柔福帝姬

米蘭Lady ◎著

此花幽獨

下

目錄

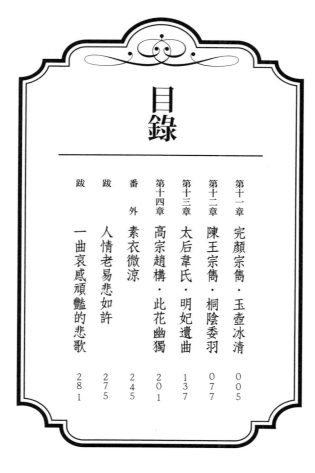

第十一章　完顏宗雋・玉壺冰清

一　楊花

柔福坐在柳樹下的山石上，膝上有一卷書，她低首專注地看，神情恬靜如水。陽春時節，天色明淨，扶疏的枝椏梳動了在淺金陽光中流轉的空氣，點點輕絮如雪，順勢漫天地飛，有些飄附於她的髮際肩上，她兀自不覺，只管凝神看書，但若有楊花落在書上，她會當即拂去，不讓它多停留一瞬。

春風曉陽，二八佳人，雅緻柔美的畫面。宗雋立於遠處迴廊下，微笑，卻非因此情此景，而是想起她手中的書，內容必定沉重得不合現下時宜。

終於翻過最後一頁，她抬目望向不確定的某處，無限憂然地輕輕歎氣，不知又是哪朝的興亡錄令她想起了自己家國的際遇。

他朝她走去。她很快感覺到了他距離上的入侵，警惕地側首視他，無形的刺於瞬間豎起。

他常在這種時候過來告訴她宋軍節節敗退的消息，所以她此刻緊蹙雙眉，不自覺地握緊手中書，小腦筋大概又在飛快轉動，爲她九哥尋找合理而不難堪的敗因，及爲他辯護的詞句。

但這次不一樣，他在她面前站定，告訴她他將帶她入宮見他的母親，讓她回房換身衣裙。

她的眸光顯示了她那一刻的釋然，許是暗自慶幸沒再聽到關於宋軍的噩耗，她對他此番要求倒很自然地接受了，站起身，移步回房。

這是天會六年的春天。她入他府中已有大半年，在某種程度上認可了與他共處的事實，卻始終與他保持著精神上的爭鬥。這狀態不算理想，然而他亦不覺有何不滿，若即若離地與她生活著，而今在母親再次問起後，他決定帶她去讓母親見見。

紇石烈氏見到柔福時神色如常，十分平靜，沒有很熱情地拉著她的手嘘寒問暖，亦無疏遠冷淡的感覺，只淺笑著朝她點點頭，倒似她是平日見慣的人一般。

「這模樣，跟我先前想的一樣。」紇石烈氏說，看著柔福和藹地問：「你叫什麼？」

柔福猶豫了一下，再仔細看看紇石烈氏，最後終於回答了：「瑗瑗。」

紇石烈氏微笑說：「聽起來像是個好名字。我不懂漢話，宗雋，瑗瑗的名字是什麼意思？」

宗雋應聲答：「是指有孔的玉璧。」

柔福一聽之下很是驚異，大睜雙目轉視宗雋。宗雋只一笑。

「玉璧……」紇石烈氏沉吟著，然後解下自己所佩的一塊玉珮，遞給柔福：「我一時找不到合適的玉璧給你，這塊玉珮伴我多年，我甚是喜愛，如今賜給你罷。」

瑩潤的青玉，鏤空加飾陰線紋雕成，一隻海東青自天際俯衝而下，地上有一孤雁，正埋首朝荷葉叢中躲。

柔福默默凝視了一會兒，才徐徐伸手接過。

「不道謝麼？」宗雋在一旁提醒。

她唇動了動，似在說道謝的話，卻悄無聲息。

「好了，不必如此客氣。」紇石烈氏淡然化去此間尷尬，繼續與宗雋隨意地聊。

自慶元宮出來後，柔福一邊隨宗雋朝外走，一邊握著玉珮留意端詳，宗雋見狀，便告訴她：「這玉珮是我父親年輕時贈給我母親的。」

柔福半晌不語，片刻後問：「你母親爲何要把這玉珮給我？」

「也許是覺得你合眼緣，便挑了個喜歡的東西賜給你。」宗雋輕描淡寫地說，忽又笑道：「你以爲會有什麼特別的意思？」

柔福兩頰不禁一紅，別過臉道：「我何曾以爲有別的意思！」

宗雋收斂了笑意，深看她一眼，以一種少見的認眞語氣說：「我不會娶你做正妻，你也不會是我唯一的女人，這點你一定要記清楚。」

柔福愣怔著花了幾步的時間來細品他的話，臉上的紅暈逐漸褪去，一咬唇，冷道：「不勞你提醒。我從未想過要嫁給你，你有幾個女人又與我何干！我不是你的女人，我的夫君也不會是你，這點也請你記清楚。」

「話我已經說了，你不妨記下。」宗雋道，然後不再多說，領著她繼續往外走。柔福微微仰首，雙唇緊抿，眼睛儘量睜大，顯然是不想讓目中霧氣凝成水滴。

「瑗瑗。」忽聽有人喚柔福，兩人便不約而同地停下。此時他們正經過宮中後苑，不遠處的亭內坐著一女子，身後伴有兩名侍女，出言喚柔福的是坐著的女子，見柔福留步，便轉身朝她微笑。

玉箱。她如今身形略顯豐盈，穿著一身寬鬆的華美衣裙，神態慵然，卻又是別樣的風華絕代。

「聽說趙夫人懷上皇子了，你過去恭喜她一下罷。」宗雋對柔福說。

柔福本已朝她所處方向走了兩步，但聞言立即停下，眉間唇際衍出一抹鄙夷而厭惡的神色，宗雋心知她必是由此想起了玉箱獻媚郎主及不救茂德之事。

柔福轉身欲走，玉箱便起身再喚，本想走過來，不料剛邁了兩三步，臉色卻陡然大變，雙手捂住小腹，痛苦地彎下腰，口中輕呼一聲，煞白的臉上有汗珠沁出。

回頭一看，柔福便又停下，不解地看著玉箱。

「夫人！夫人怎麼了？」那兩名侍女驚叫著搶著去扶玉箱。玉箱此刻已支撐不住，半倒在地上，一手撐著地面，一手仍舊捂著小腹，低垂頭使勁咬著唇強忍痛苦，侍女來扶她，她卻不順勢而起，短暫的靜默後，忽然猛地揚手推開侍女，怒道：「滾開！你們離我遠點！」

侍女一驚，也放手，退開幾步，怯怯地喚：「夫人……」

「她怎麼了？」見玉箱這般情形，柔福也有些驚惶地轉首問宗雋。

宗雋也覺詫異。她緊捂小腹，看樣子大概是動了胎氣，可她為何不要貼身侍女的扶助，反而惡言相向？

「瑗瑗，瑗瑗……」玉箱撲倒在地，盡力睜開在劇痛之下半合著的眼睛，朝柔福伸出輕顫著的右手，聲音漸趨微弱：「過來扶扶我好麼……」

二　血光

柔福仍是遲疑，留於原地，目光不確定地在玉箱身上游移。

玉箱神色一黯，便也不再喚她，收回手咬著牙想自己撐站起來，豈料剛一起身便又彎腰坐倒，流下的汗浸濕了額髮，一綹綹貼在蒼白的臉上，下唇已被她咬出一道鮮明的血痕。

「唉……」柔福重重地歎了歎氣，隨即快步朝她奔去，伸手勉力將玉箱扶起。

玉箱略朝她笑笑，輕聲道：「扶我回去罷……」然後話未說完身子又是一軟，差點再度倒下。柔福忙著力攙扶，抬頭朝宗雋求助地一瞥。

宗雋見玉箱全無血色，舉步維艱，虛弱痛楚之狀不似矯飾，遂也過去，發現玉箱幾近昏迷，身體全賴柔福支撐著，環視周圍，除了玉箱的侍女外一時也不見別人，於是展臂將玉箱抱起，本想開口讓她的侍女引路送她回去，但一轉念，覺自己是男子，畢竟不方便擅入郎主宮眷寢室，便改了主意，抱著玉箱轉身直回母親宮室。

紇石烈氏見此情景很是驚訝，問了問情況後忙讓宗雋把玉箱放在自己寢殿床上躺著，然後過去仔細看看玉箱臉色，把把脈，輕摸她小腹，再問她今日吃過什麼東西。

玉箱勉強睜目看她，苦笑：「我只吃我那兩個侍女做的飯菜……今日我胃口不好，只喝了點她們煮的粥……」

紇石烈氏站直，平靜的臉上看不出什麼表情，然後命人取來一個匣子，親自打開，自裡面撚出一粒藥丸，遞給玉箱，說：「把它服下。」

玉箱接過，卻不立即服，躊躇著問：「這是什麼？」

「藥。」紇石烈氏簡單地答，也不多解釋，只說：「放心，我無害你的理由。」

又凝眸看了許久，玉箱才緩緩將藥丸放進嘴裡服下，躺回去，雙手擱在腹部，眼睛向上看，眼神卻空洞，像是聽天由命，等待痛楚遠去或死亡來臨。

紇石烈氏回首吩咐自己的侍女：「去請太醫……和皇后過來。」

「有人給玉箱姐姐吃了什麼東西，想害她和她的孩子？」沉默著看了半晌的柔福忽然問。

「我沒這麼說。」紇石烈氏溫言對她說，輕輕拉她坐下：「是什麼原因，要等太醫診斷。如果有什麼事，自有皇后做主。」

一位中年貴婦很快帶著十數名侍女內侍趕來，衣飾華美，神態端莊，她是完顏晟的皇后唐括氏。玉箱一見她便要起身行禮，被她迅速止住，道：「病成這樣，就不必多禮了。」語氣雖不十分熱情親切，倒也頗爲客氣。

隨後到來的太醫在皇后的注視下完成了對玉箱的診斷，稟道：「趙夫人今日所進食物中必定含有可致小產的湯藥，所幸夫人進食不多，又及時服了化解毒性的藥物，因此腹中孩子仍可保住。」唐括皇后點點頭，揮手讓太醫下去配藥，然後問玉箱：「這事大概要從你身邊人查起了。」

玉箱淺淡一笑，說：「一切全憑皇后做主。」

宗雋見玉箱氣色已緩和，且事關宮闈紛爭，自己亦不便久留，便帶著柔福告辭而去。

此事的進展宗雋始終密切關注著。聽說完顏晟得知後大爲震怒，親自去紇石烈氏宮中接回玉箱，並命皇后細查嚴懲下藥之人。皇后將玉箱的兩名侍女拘起嚴刑拷問，侍女最後招認，說是李夫人指使她們下藥打下玉箱腹中胎兒的。

這李妃是西夏國進獻的女子，也是個美豔絕倫的尤物，在玉箱進宮前一直得郎主專寵，玉箱被冊爲妃後才漸遭冷落，故而對玉箱甚爲不滿，遇見時必冷嘲熱諷，就算在郎主面前也與玉箱偶有齟齬。侍女既已供認是受李妃指使，完顏晟當即便命人將李妃從宮中拖出來，重打了三十杖後削去夫人名分關入一冷僻院落。

玉箱原來的那兩名侍女也被賜死。經此一事，她似乎不再信任任何女眞侍女，婉言向完顏晟請求，讓他從洗衣院找了兩名南朝舊宮人來貼身服侍她。

押至京城的宋女先由皇室貴族挑選，另外四百餘名宮眷被送入元帥府女樂院，供金人淫樂，上京洗衣院則接收剩下的三百餘名女子，將她們沒爲奴婢，爲金人浣洗衣服，實際也有如妓院，常有金人去其中找宋女取樂。這次完顏晟命人選了兩個容貌齊整的給玉箱，一名曲韻兒，一名秦鴿子。

經完顏晟許可後，玉箱還常請一些被分賞給宗室將帥的宋室宮眷入宮陪她聊天說話，其中便有柔福。

宗雋本來以爲柔福未必願意常入宮與玉箱接觸，但她居然答應，只要玉箱有請她便入宮去陪她。據隨她入宮的瑞哥說，柔福還十分盡心地照顧玉箱，玉箱每日吃的飯菜仍是交由貼身侍女做，柔福只要在便必定在一旁守著，親眼看她們做飯的全過程，無任何問題才讓玉箱吃，有時還會自己先嘗嘗。

宗雋微覺奇怪，便問柔福：「你爲何如此關心趙夫人？二哥葬禮那天看你那麼咬牙切齒地罵她，我以爲你永遠都不會原諒她。」

柔福說：「她畢竟是我的姐妹。她獻媚於金國皇帝是不對，但我不相信她會眞的覺得快樂。在宮內又有人想害她，如果連自家姐妹都不幫她，她會很可憐。再說，我們一起流落在異國已很不幸，面對外人的欺負，我若還跟她鬥氣，便等於是幫了想欺負我們的人。」

宗雋讚賞地微笑看她：「你像是一下子長大了許多。」

「沒事時就想想，總能想明白一些東西。」柔福抬首看看遠處天邊一縷烏鬱的雲，像是忽然想起了什麼，便有點惆悵：「如果當初大哥不跟楷哥哥……」

似意識到了在宗雋面前談此話題的不妥，她止住不說，宗雋亦不問，但自知她想說的是什麼。心上便覆上一層薄薄的喜悅，知道這女孩心智的成長與她日益妍美的容貌一樣，沒有讓他失望。

而玉箱，從初見她的那天起，宗雋便覺出她必定是個不尋常的女子，與她不輕易顯露的聰明相比，外表的美麗倒並不很重要。她的美貌、莫測的個性，和郎主對她在外人看來近乎不可思議的寵愛都成了京中人津津樂道的內容，甚至演繹出不少詭異神奇的傳說。例如說晉康郡王夫人懷玉箱時曾夢見有青衣童子自天上降臨，手托鐵盤，盤中有玉印二枚，對她說：「天賜你女兒爲后妃。」晉康郡王夫人驚醒後百思不得其解，認爲其丈夫是宗室中人，女兒豈又能嫁與君王爲后爲妃。過了數年，玉箱在皇宮中水池旁遊玩，拾得玉印一枚，其上刻著「金妃之印」，自此隨身佩戴一刻不離。靖康之變時，玉箱隨眾宮眷一起被擄走，押送她的將領幾次醉酒後欲對她不軌，結果每每暈厥過去不得近前，以爲天意使然，所以一到京中便匆匆把她進獻給了郎主。

這些傳說宗雋並不怎麼相信，對欲侵犯她的將領幾次暈厥過去這事倒頗感好奇，他自不信玉箱會眞有神助如此離奇地得保清白，猜她必定是用了某種手段將人弄暈，但她是怎樣做到的？這個女子，的確很不簡單，有智慧，而危險。

他亦不信玉箱被人下藥之事會如表面那麼簡單，如此快捷地被解決掉，此後發生的一件事多少印證了他的猜想。

那日柔福照例入宮去陪玉箱，宗雋也隨後去看母親，將近日落時便去玉箱閣門外接柔福，正好見玉箱送柔福出來，兩人攜手走著，都面帶微笑。這時忽然從牆角陰影裡衝出一個女子，一身衣服破舊污穢不堪，披頭散髮，紅紅的眼睛幾欲滴血，直直地撲向玉箱，嘴裡喊著：「你這下賤的南朝女人爲什麼要害我？沒錯，我是想把你和你的賤種千刀萬剮，但藥不是我下的，你那該死的丫頭說是我，是不是你指使的……」

聽她這麼說，不需細看已知必是被廢的李妃無疑。還沒欺近玉箱身邊，她已被守門的內侍拉住。她一邊拚命掙扎廝打內侍，一邊繼續怒罵。柔福捏了捏玉箱的手，不自覺地後退一步，而玉箱倒泰然，輕輕抽出被柔福握著的手，緩步走至李妃面前，凝視著她說：「不是我。」

李妃猛地衝著她臉唾了一口：「呸！無恥的賤人，不是你還會是誰？這招眞狠，誰能想到你會拿自己腹中的孩子開刀來嫁禍於人？你如此狠毒，必遭天譴，不得好死！」

玉箱徐徐引袖拭去臉上唾液，無絲毫慍怒之色，只對拉住李妃的內侍道：「請李夫人回去休息。」內侍答應後押著李妃離開，玉箱再轉身看柔福，一笑：「沒事了。」

這事並沒就此了結。據說完顏晟聽說李妃私自跑出冷宮鬧事後便提刀親自去找她，一把扯住她亂如枯草的頭髮，迫她仰首，亮出她一向細長美好的脖子，然後引刀一割，鮮血激噴而出，淋濕了他一身。他把她扔下，任她在血泊中抽搐至死。回到玉箱宮室時，他身上的血甚至還有溫度。

據說玉箱微笑相迎，從容地用絲巾拭去他臉上的每一點血跡，什麼都沒說，依在他身邊，神情嬌媚柔和一如往常。

三　封爵

趙佶、趙桓父子及數百宗室被俘北上後先被囚於燕京，天會五年十月徙至中京大定府，到了天會六年七月，完顏晟又下詔，命「宋二庶人赴上京」。

八月，趙佶趙桓抵上京會寧府，受命著素服跪拜金太祖廟，並朝見完顏晟於乾元殿。

「我見過你父親和你大哥了。」那日自朝中歸來，宗雋告訴柔福。

柔福眸光一閃，問：「他們好麼？」

「看上去還不錯，至少沒病沒痛，但精神不太好，跪拜太祖廟時國相嫌他們頭低得不夠，喝叱了幾句，他們便受了驚，冷汗一直流。」宗雋看著柔福一牽唇角：「如今看來，你還眞不似他們。」

這幾句話他說得閒散，也沒刻意帶譏諷，卻聽得柔福面色一點點下沉，然後倏地掉轉臉，不讓他細察她目中愈加明顯的羞忿之色。

「你們讓他們來上京，就是爲了如此羞辱他們？」她說，短短一句話像一簇躍動的冰冷火焰。

他未正面答，自己坐下後，才不緊不慢地說：「郎主說他們好歹也曾是一國之君，雖說亡了國，但只讓他們做庶人也著實委屈了他們，因此讓他們入京領受爵位封號。」

柔福疑道：「郎主會給他們封爵？封了什麼？」

宗雋不禁一笑，說：「郎主封你父親爲昏德公，大哥爲重昏侯。」

她一陣沉默，眼圈漸漸紅了，卻如習慣的那樣強忍著不讓眼淚落下，然後仰首恨恨地盯著宗雋，彷佛是他給了她父兄這兩個侮辱性的封號。

「不必這樣看我，這事與我無關。如果我是郎主，我也不會如此戲弄兩個階下囚。」宗雋說，停了停，話鋒卻又一轉：「但是，你父兄有此遭遇也怨不得誰。守不住自己江山的人，生命與尊嚴便不可兼得。」

她轉身走至門邊，眺望遠處風物，只遺他一個倔強的背影，不給他欣賞自己悲哀的機會。片刻後才又問：「他們以後會留在上京麼？」

宗雋搖頭說：「現在尚不知。但郎主應該不會讓他們長留京中。」

柔福便似想說什麼，話至嘴便卻又嚥下，惟輕輕歎息一聲。

宗雋明白她的心思，也不說破，只裝作不經意地想起某事那樣告訴她：「蓋天大王宗賢自雲中返京，明日將在府中宴請昏德公與重昏侯。我一向與他交好，他便也邀我去，你可隨我同去。」

她沒有轉身以應，但聞言微微抬了抬首，仍是沉默，而他知道他剛才的話已帶給了她一瞬的光亮。

次日一進宗賢府，便見一紫衣人滿面笑容地迎了出來。那人年約四十許，魁梧高大，虎目含威，相貌頗英武，正是此中主人完顏宗賢。

宗賢平日不是南征北戰就是往返於雲中、燕京兩處樞密院之間，甚少回上京，因此一見闊別已久的宗雋很覺親切，當即與他擁抱寒暄，一路談笑著將他與柔福引至廳中。

趙佶與趙桓已坐在其中。柔福見他們已剃頭辮髮，身著金人衣裝，形容憔悴，神情頹唐，全不似舊日君王模樣，頓時有淚盈眶，凝咽著喚了聲「爹爹」，便奔至趙佶面前雙膝跪下。

趙佶忙雙手挽起，愛憐地撫撫她的頭髮，也是目中含淚。

柔福以袖抹抹淚，勉強一笑，再轉首向趙桓福了一福，喚了聲「大哥」。趙桓亦匆忙朝她笑，然後目光越過她，落到跟過來的宗雋身上。

「這是八太子宗雋，說起來也是昏德公的女婿了。」宗賢在後面笑著解釋。

柔福頓感羞恥，臉霎時紅盡，垂目低首。趙桓一時尷尬，笑容甚是僵硬，而趙佶淡看宗雋，也只淺淺苦笑。

宗雋倒相當自若，朝趙佶趙桓一拱手，算是見禮，趙桓忙也拱手還禮，趙佶略朝宗雋點了點頭，然後拉著柔福手微微退向一側，打量一下她，微笑道：「瑗瑗氣色甚好。」然後再問：「你的姐妹們也還好麼？」

柔福泫然道：「不好。北上途中許多姐妹不堪苦楚折磨，相繼薨逝。活著到了上京的只剩二十餘人，多半被分賞給金國貴人爲妾，還有一些年幼的便養在宮中，待她們成年後也免不了要被賜給金人。被賞給金人的也不見得過得好，聽說許多人常被主子或大婦打罵，生不如死……最可憐的是五姐姐……」

趙佶長歎一聲止住她：「別說了，這事我知道，你五姐夫回來跟我說過……你串珠妹妹呢？」

「串珠……」柔福越發傷心：「她被嫁給一位留守中原的將領……」但又努力笑笑，安慰父親道：「不過也好，那樣她離家就近了。她是嫁給金將做正室，我收到過她的書信，她說那人對她挺好的。爹爹別太擔心。」

聽他們提起寧福，宗雋便示意宗賢開宴，拉過柔福讓她在自己身邊坐下，不讓她再繼續與父親談下去。

趙佶聽得難過，黯然坐下，引袖拭拭眼角，一臉淒惻之色。

席間宗賢數次舉杯向趙佶趙桓敬酒，趙佶便也回敬一杯，道：「我父子二人在燕京時得蒙大王多方照料，只歎身爲失國之人，無以爲報，惟有在此以酒謝過。」

宗賢朗然笑道：「實話說，照料你父子非我本意，你若要謝，謝的也不應是我。」

趙佶愕然，不知他此語何意。宗賢便一顧左右，吩咐道：「請夫人出見。」

眾人遂都靜默，等待他夫人出現。許久後才隱隱聽得自內室傳來環佩之聲，漸行漸近，最後人明明已走至宗賢所坐主席的屏風之後，卻似又踟躕，便停在那裡，遲遲不肯露面。

四　冰綃

宗賢不耐久等，見她止步不出，索性自己起身伸手到屏風後將她拉了出來。

那是一中年美婦。所著黑紫色六悉襜裙上遍繡全枝花，裙內有鐵條圈架為襯，裙擺因而擴張蓬起，看上去甚是華麗；上衣亦為同色的直領左衽團衫，兩側分衩，前長拂地，後長曳地尺餘，腰束五色絲帶；辮髮盤髻，其上綴有珠翠少許，完全是金國貴人正室的打扮。

被宗賢驟然拉出，她大驚失色，倉皇抬首，正好迎上對面趙佶探視的目光。

迸閃的光芒，在四目交會時不由自生，卻瞬息湮滅在彼此似近還遠的眸中，久別重逢的那點喜悅被星移的時空生生化去，兩人不約而同地低首，勉力藏匿那蔓延上眼角眉梢的羞慚與尷尬。

趙桓見了這夫人也頗意外，不自然地輕咳一聲，亦低頭不再細看。而柔福怔怔地直視她，似一時未回過神來。

見此情景，宗雋頓時了然，這夫人必定是趙佶的賢妃韋氏，南宋皇帝趙構的生母。韋氏北上後被宗賢所得他早有耳聞，適才宗賢提起照顧趙佶父子之事，他便猜到與這位夫人有關，現在夫人現身，趙佶等人如此反應，也證明了他所料不差。

宗賢讓韋夫人在自己身邊坐下，韋夫人深深垂首，不敢發一言，臉上彤雲瀰漫至耳根，雙手茫然緊絞膝上衣襟，想來已是羞愧欲死。

趙佶趙桓也一味低首枯坐，既不說話也不再舉杯握箸，廳中無聲，宴會氣氛隨之冷卻。

沉默須臾，宗賢忽命侍女取酒來爲趙佶父子及韋夫人斟滿，請他們共飲，並對趙佶說：「我是看韋夫人面，才照料你們父子，你可知道？」

趙佶無言可對，只舉杯向韋夫人略略致意，再勉飲杯酒。趙桓隨後也勉強一笑，向韋夫人舉杯道：「多謝夫人。」隨即自己先飲盡。

韋夫人惻然淺笑，飲過面前杯中酒，依舊垂目而無言。

此事微妙，宗雋自覺也不便多說什麼，於是席間又默然，最後又是宗賢先啓口，對韋夫人說：「你們許久不見，如今見了怎不說話？……不說也罷，聽說昏德公昔日開宴時常命人歌舞助興，你曲子唱得甚好，現在不妨再爲他唱一曲。」

韋夫人也不應聲，頭越發低垂，恨不得把臉深埋入懷中。宗賢又再催促，她仍不答應，最後只是擺首，眼淚眼看著便要掉下來。

「唉……」忽聽趙佶長歎一聲，對宗賢道：「往日都是韋娘子唱曲給我聽，今日讓我爲她唱一曲罷，也算將她對我多年情義一併謝過。」

隨即他以箸擊著桌上杯盞，揚聲清唱：「裁剪冰綃，輕疊數重，冷淡胭脂勻注。新樣靚妝，豔溢香融，羞殺蕊珠宮女。易得凋零，更多少、無情風雨。愁苦。閒院落淒涼，幾番春暮。憑寄離恨重重，這雙燕，何曾會人言語。天遙地遠，萬水千山，知他故宮何處。怎不思量，除夢裡、有時曾去。無據。和夢也、有時不做。」

他唱這詞時神色蒼涼，且詞意極淒婉，一旁聽著的趙桓與柔福均掩面拭淚，而韋夫人再也忍受不住，熱淚滴滴滾落，她以絲巾遮顏，雖盡力壓抑卻仍有哀聲透出。

宗賢懂得的漢話不多，趙佶唱的詞他聽不明白，便問宗雋：「昏德公唱的曲是什麼意思？」

宗雋淡然答說：「是詠春花的，大概是描述昏德公旅途中所見景象。」

宗賢便笑著對眾人搖搖頭：「你們南人心思眞多，一首唱花兒的曲子都能聽得你們哭成這樣。」

韋夫人聞言本欲笑笑，無奈終是過於淒鬱，彎彎雙唇，眉頭卻始終緊鎖，非哭非笑，甚是難看。

宗賢見狀歎歎氣，說：「你的心事，我也不是不知……罷了罷了，你若還念著他，今日就跟他回去罷。」

此言一出，不僅韋夫人驚愕莫名，趙佶等人也都大睜雙目疑爲聽錯。少頃，才聽韋夫人輕聲道：「奴家自知失態，以後必不再犯，大王請勿如此取笑。」

「我是說眞的。」宗賢正色道：「強留你在身邊，看你終日鬱鬱不樂，我也不痛快，不如索性讓你跟他去了，倒還算做了件成人之美的好事。」

眾人細看宗賢表情，均覺他異常認眞，應該不是假意試探，遂又再矚目於韋夫人，看她如何回答。默思良久後，韋夫人緩緩抬首凝視宗賢，低歎道：「事已至此，豈可回頭？奴家情願繼續跟隨大王，此後半生，不離不棄。」

趙佶當即無言側首，一笑頗蕭索。而宗賢在與她相視片刻後忽然爆出一陣爽朗大笑，道：「好！你終究有心，不枉我如此待你！」

然後宗賢一摟她肩，自己滿飲一杯，再親自提壺為韋夫人斟滿，舉杯讓她飲，韋夫人卻輕輕推開，站起施禮告退：「奴家不勝酒力，適才那一杯飲得太急，現在頭暈目眩，恐不能繼續作陪，請大王允許奴家先行離席回房休息。」

宗賢頷首答應，韋夫人便鬆了口氣，匆匆啓步欲退出，不想此時有人出言止住她：「且慢！」廳中諸人朝聲源處望去，見柔福已自宗雋身邊站起，滿面怒容，目光正灼灼地迫向韋夫人。

五　國母

「皇后娘娘！」她盯著韋夫人，這樣喚道，竭力使語氣顯得平靜，然眉峰顰聚，櫻口緊抿，鬱結的怒氣加重了呼吸，胸口亦隨之起伏不定。

聽她如此稱呼，韋夫人一時有些茫然，下意識地轉目四顧，彷彿不知道她喚的是自己，想找出那個她言下所指的人。

「皇后娘娘，太上皇后娘娘，」柔福又開口，一字一字說得清楚明白：「我喚的是你。你沒聽說九哥已經遙尊你——他的母親為宣和皇后、太上皇后了？」

韋夫人頓時面如死灰，徐徐退後數步，直到忽地碰到屏風才一驚抬首，雙唇輕顫，半啓又無聲，淚水在眼眶中迂迴，辯解還是哭泣，也許自己都沒了主意。

宗雋當即起身一握柔福手腕，再向宗賢告辭，稱另有要事不便久留，改日再設宴賠罪，然後拉著柔福便朝外走。柔福拚命掙脫，衝至韋夫人面前，拉起她雙手殷殷地勸：「韋媽媽，北上蒙塵錯不在你，箇中委屈，瑗瑗豈會不知？可是既然現在蓋天大王肯讓你回到爹爹身邊，你爲何不答應？你如今身爲國母，行事應以家國爲重，切勿貪戀一時富貴而折損自己清譽，有負於爹爹，影響九哥名望，使大宋國君淪爲金人笑柄！」

韋夫人流著淚抽出手，迅速奔入屏風後，柔福欲再追，卻一頭撞在此刻走來以身相擋的宗賢身上。宗賢冷冷看她一眼，手輕輕一撥，她便被摺倒在地。

趙佶忙疾步走來扶起柔福，搖頭道：「好孩子，不要爭了，此事多說無益。」

柔福卻倔強地側首望向那屏風後的身影，含淚道：「不行！她是九哥的母親，九哥的母親豈可主動委身事敵！」

宗雋又再過來，一言不發地拖著她離開。柔福掙扎，也一如往常那般無效，身體不由自主地被他拖著出門。她無可奈何，卻又心有不甘地頻頻回首，向內喊道：「韋媽媽！你是大宋的太上皇后……想想九哥，想想九哥……」

屏風後的影子默然而立，裙幅不動，隱約可窺見雙肩在微微地抖，但始終未再現身露面。

宗雋將柔福扔進馬車中，自己也上車在她身邊坐下，命家奴策馬，馬車便轆轆地應著清脆的馬蹄聲向宗雋府駛去。

淡掃柔福一眼，見她虛脫般地倚在車廂一角，雙目倦怠而悲傷地半晗著，微嘟的小口邊尚有餘怒，宗雋不意安慰她，只說：「她這樣選擇沒錯，是很明智的做法。」

柔福轉身不理他，一瞥間，頗不屑。

他亦不看她，雙手枕在腦後仰靠下去，直視前方，道：「她以前很受寵麼？你父親有無正眼瞧過她？我聽說，你父親是在你九哥出生後才給了她一個像樣的封號，而最後的『賢妃』，也是你九哥用出使金營為代價為她換來的。」

她繼續沉默。他便說下去：「她與你父親相處多年，大概苦大於樂罷？福沒享多少，倒因他給她的身分受盡苦楚，若非遇上宗賢，現在會怎樣，便說不得了。剛才你也看見，她一身衣飾華麗，作正室打扮，可見宗賢對她何等重視。京中人都暗笑宗賢放著那麼多南朝少女不選，卻撿了個半老徐娘當正妻，他卻全不在意，對韋夫人呵護有加，這等情意，可是你父親曾給過她的？

「就算她能漠視宗賢的關切，為了忠貞名節回到你父親身邊，結果又會怎樣？即便是現在，你父親身邊仍不乏女人，郎主不但讓鄭皇后一直跟隨著他，也給他留了幾個嬪妃，應該都比韋夫人年輕貌美。據說今年二三月間，其中三位嬪妃又先後為你父親生了二子一女。韋夫人本就無寵，再以失節之身而歸，你父親就算表面上能與她相敬如賓，但心下豈會不介意？屆時韋夫人處境之尷尬，可想而知。同是南朝女子，你為何不能設身處地為她想想？你既能原諒趙夫人，為何又不肯原諒她？」

「因為她跟玉箱不一樣，也不同於我爹爹的任何嬪妃。」柔福終於忍不住回頭駁道：「我知道她有苦衷，可是她如今身為國母，所涉的榮辱就不是她一個人的了。家可破，國可亡，但一國之母的氣節不能喪！韋賢妃前度蒙塵想必也非她所願，情有可憫，但今日既有機會離開，她為何還要甘心留下侍奉金人？一己感情私利，在大宋尊嚴前根本微不足道。心之失節，遠甚於身。我九哥在國破之後苦苦收拾殘局，如此艱辛地領兵復國，而他的母親卻不回父親身邊，在金國主動以身事敵，且不說此事傳出後他會如何遭人奚落恥笑，單說他自己……他自己該多麼傷心難過……」

說到這裡，已哽咽不能語，淚珠撲簌而下。

宗雋倒笑了笑，道：「你九哥，你九哥……你一喜一怒似全繫於他身上……你確信他真值得你這麼全心維護？」

「當然。」她抹著淚說：「他是我的九哥，身繫大宋中興重任的國君，我不允許任何人對他說不敬的話，做有損於他的事。」

宗雋悠悠地點點頭，沒再說什麼。而柔福越想越悲傷，一路不停地哭，回到府中也未止住。那夜宗雋躺在她身邊，轉側間觸到被她眼淚浸濕大片的枕頭，聽著她持續的抽泣聲，不禁想起她失身於自己那晚，而自那次以後，似乎還沒見她如此傷心。

六　裂袍

類似的事此後又發生過一次。那日她自玉箱閣中回來，下了車便直直地疾走回房，牽著潔白的衣裙在金黃的梧桐樹下穿行，步履似乎比平日沉重，可以聽見地面上枯脆的葉脈在她足下瑟瑟地斷裂。她的臉龐宛如冰玉清麗無匹，但無一絲溫暖的表情。嘴唇蒼白，雙目卻微紅，含怒的餘光自眼角掠出，隨著她的行走，透明的空氣中便似劃出了兩道無形的鋒芒，一路驚飛數樹寒鴉。

她自宗雋身邊走過，目不斜視，宗雋喚她一聲，她恍若未聞，迅速消失於庭院盡處。宗雋便叫住在她身後趨行的瑞哥，問她：「小夫人今日怎麼了？」

瑞哥說：「剛才她在趙夫人處遇見蓋天大王的韋夫人，說著說著忽然就爭了起來，後來趙夫人冷言說她幾句，她才不爭了，馬上帶著我出宮回府。」

宗賢此時又已離京出戰，但這次把韋夫人留在了京中，玉箱也常召她入宮作陪，因此遇上柔福倒是早晚的事。宗雋再問：「她們爭什麼？」

瑞哥答說：「不太清楚……當時我在室外跟曲韻兒聊天，沒聽眞切。」

以後玉箱再遣人來請柔福她便先要問問可有他人在，若聽說韋夫人在必一口回絕，連托詞婉拒都不會。她漸漸變得很沉默，以往跟宗雋常有的口角意氣之爭也少了，仍堅持看書，有時練習騎馬。放開纏足後她的雙足雖依然無法恢復天足模樣，可也變大了不少，使騎馬不再顯得那麼困難。策馬馳騁時的她會有少見的好心情，展眉回眸間神采飛揚，但有時她又會在興頭上陡然勒馬，然後轉首望雲，眼神忽憂傷，起初的笑意悄然淡化為一抹遼遠蒼茫的痕跡。

天會六年十月，完顏晟決定把趙佶趙桓父子及玉箱的父親，晉康郡王趙孝騫等宋宗室九百零四人徙往韓州居住，給田十五頃，令他們自己種植作物以自養。

啓程那日宗雋帶柔福去城外送行，窺見了父兄等人的身影，柔福卻不願走近，只站在較遠處，黯然地看。

一行宋人，或乘舊車，或騎瘦馬，更多的是徒步而行，在惻惻冷風中衍成一條蜿蜒的線，探入天邊與人等高的秋草深處，趨向又一陌生的土地和未知的命運。趙佶、趙桓的馬車在隊伍中間，柔福隱於一排樹木後，隨著車的徐行不住地跑，輕塵沾衣，淚流滿面。

那破落的馬車行得甚慢，車輪遲緩地轉動著，發出吱嘎的聲音，似一步三歎。忽有人騎馬疾馳而來，揚袖高呼：「昏德公請留步。」

車隊便停下，趙佶自車中揭簾而出，見來人是一宮中內侍，遂頷首相問。那內侍說：「請昏德公稍候片刻，趙夫人將來送行。」

未過多久便見一車輦迅速駛來，其上有鍍金鳳頭、黃結爲飾。車一停玉箱便出來走至趙佶面前，一福行禮，說：「公爺此行山遙水邈，一路多保重。」

趙佶忙還禮，抬首間見玉箱身形臃腫，便知她身懷六甲即將臨盆，不免感慨，道：「夫人如今更應多保重，城外風寒，大可不必趕來相送。」

玉箱臉一紅，低首輕聲問：「伯伯，我爹呢？」

趙佶舉目望向前方：「他乘馬走在前面。」

玉箱順他眼神看過去，果見她父親晉康郡王趙孝騫乘馬立在兩三丈外。他穿的仍是一身宋人青袍，已洗得褪色，卻無比乾淨，衣料單薄，後裾獵獵地展於風中。他正默然凝視著玉箱，神色沉靜，目光清和。

玉箱立即快步過去，揚首微笑喚道：「爹！」

孝騫不應，只徐徐打量她。玉箱今日特意選穿了一身寬大的素色衣裙，但有九月身孕的身形終究無法掩蓋，她頓時羞愧難言，雙手惶惶然覆上高隆的腹部，含淚低首，像一個做錯事的孩子。良久，見孝騫始終不發一言，又勉強抬頭，努力笑著說：「爹，我向郎主請求過，他答應讓你留在京中，並要賜你一處府邸，封你做官，不必去韓州種地了。爹跟我回去罷。」

聽了此言，孝騫下馬，向玉箱一揖，道：「多謝夫人美意。孝騫身爲宋俘，無才無能，豈敢留於京中做大金國的官。孝騫深受大宋皇恩，雖國破家亡，亦不能有負於道君皇帝，此後必誓死相隨。昔日既能與他錦衣玉食同享富貴，今日當然也應與他鋤禾伐薪患難與共。夫人請回，勿與我等宋俘多言，以免令郎主不喜。夫人尊榮來之不易，自當珍惜才是。」

孝騫是神宗皇帝趙頊二弟吳榮王顥的長子，與趙佶是堂兄弟，自幼與趙佶關係甚好，且爲人一向正直忠義，在宋宗室中頗受人尊重，有較高的地位。

玉箱見他不答應，本想再勸，但一觸到他不怒自威的目光便又將話縮回，知道再說也無用，明白他是對自己在郎主面前曲意承歡十分不滿，遂悽楚一笑，看看他單薄的衣服，目中當即又漾出點點淚光，轉言道：「爹，今日風大，怎麼穿這麼單薄？」然後命侍女取出備好的一襲鑲有貂裘的披風，自己親自接過雙手奉上：「爹……」

孝騫不待她說完便揮手推開，說了聲「夫人請回」便又揚身上馬，準備啓程。玉箱大驚，拋開披風急忙拉住他馬上韁繩，含淚道：「爹，你眞的不原諒女兒麼？」

馬上的孝騫垂目靜靜俯視她，終於又開口：「夫人，你若想在宮裡獲得更高的地位，有我這樣的父親無疑是最大障礙。我不敢再拖累夫人。今日就在此地與夫人斷了這父女之情，從此後各不相干，夫人不妨另尋金國貴人爲父，我一介草民前往韓州種地，各得其所，皆大歡喜。」

言罷拉開她手，輕踢馬腹，馬便啓步前行。玉箱流著淚拉住他衣袍後裾，隨馬疾行，仍不肯放他走，凝咽著說：「爹，你聽我說……」

孝騫停下，望著天際煙塵輕歎一聲，道：「玉箱，你是我一生最大的恥辱。」隨即低手自靴中拔出一柄利刃，朝後一劃，後裾便生生裂開，玉箱握著那半截後裾跌倒在地，而孝騫也沒再看她，揚鞭揮下，先自策馬向前奔去。

玉箱撲倒膝行數步，望著父親遠去的身影失聲痛哭。趙佶見狀匆匆趕來，伸手欲扶卻又躊躇，轉首示意玉箱的侍女內侍將她扶起。

玉箱卻忽地把來扶她的人推開，自己緩緩站了起來，一手抵著後腰，一手撫著腹部，勉力站穩，再引袖把臉上淚痕擦淨，淡漠地轉身上車。剛才的哀戚之色瞬間蕩然無存，若非雙目血色未褪，幾乎看不出她曾如此動容地哭過。

她的鳳輦掉頭駛回城內，趙佶等人也繼續前行。柔福一直立於樹叢後怔怔地看著，此時才回神抬頭，見身邊的宗雋也在目送玉箱的車輦，似在沉思。

七　皇子

玉箱此行動了胎氣，回宮當晚便生下一子，早產了半月，那孩子看起來相當瘦弱，好在有驚無險，母子平安。而完顏晟時年五十四，此前一連數年宮中妃嬪無一人產子，故倍感欣喜，給新生子賜名爲宗殊，厚賞玉箱綾羅珠寶並增派奴婢供其役使，此外宮內外慶儀一律依制而行，一切用度排場未因玉箱的宋人身分有所削減。

柔福次日聞訊後立即入宮去看玉箱母子，回來時神色甚喜悅，不待宗雋詢問自己便先說：「那孩子眞小啊，才這麼一點點大……」兩手一分，比了個不足一尺的長度：「滿面通紅，小臉皺皺的，像隻小猴子。嘴閉著時小得像顆沒長大的櫻桃，餵他喝水都是極困難的，要把水一滴滴地點在他唇上，然後讓他自己慢慢抿進去。可是如果哇哇地哭起來，哎呀，眼睛鼻子全縮得看不見了，整個小頭上只見一張翕張著的嘴……」

很少見她如此神采飛揚地談什麼事。雙眸晶亮，跳躍地拂視眼前人，彷彿看見了她描述的嬰兒，明快的笑意使她的面容有了曉陽下初夏芙蓉的光暈，毫無陰霾地純淨。

「剛生的小孩都是這樣的。」宗雋說，隨手輕輕觸了觸她粉色的頰。

她正說得興起，也沒注意宗雋的動作，不似平日那般躲避，聽了他的話點了點頭，說：「玉箱也這麼說……以前聽我乳娘說過，剛生的孩子越醜越好，長大了就會很漂亮，我想殊兒以後一定會很漂亮，就像玉箱一樣……」

宗雋便笑她：「別人家的孩子，你何必這麼關心。你既如此喜歡小孩，我們不妨自己生一個。」

這話令她頃刻變了色。「不！」她臉一沉，堅決地說：「我不會爲你生孩子。」

這亦不是你能決定的。宗雋心想，卻未說出，漠視她漸升的怒氣，但笑不語。然目光掃過她平坦的小腹時，倒也微微有些詫異，他們已相處一年多，她卻一直未有身孕，他不認爲她會有辦法避免此事發生，難道這小女子僅憑意志便可影響天意？

自此後柔福頻頻入宮去看望玉箱和被眾人喚作殊兒的宗殊，也常忍不住把關於殊兒的大事小事在宗雋面前反覆地說：殊兒胃口很好，現在長得白白胖胖的，一點也不像瘦猴兒了；殊兒的眼睛很大，可不跟一般小孩一樣愛亂轉，看什麼東西常盯著一看就是大半天；殊兒眞勇敢，今天乳娘抱他時手一滑，他就摔在了床上，大家都嚇壞了，可他一點也沒哭；他還不會笑，據說郎主說了，誰能先逗他笑就賞銀百兩，可無論人怎麼逗他都不笑……

這些事她起初是當作趣事樂事來說的，但一月月過去，當她漸漸意識到殊兒異於普通孩子之處越來越多時，她的語氣便不再這般輕鬆愉快，開始變得憂慮起來：「殊兒怎麼還不會笑呢？他已經快滿兩歲了，別的孩子這麼大時應該都會喚爹娘了呀，可他不但不會喚，連笑都不笑，也不常哭，上次乳娘餵他的粥有點燙，但他也一口口吞下去，後來我發現他嘴都被燙壞了，他居然也沒哭……」

這孩子的頭腦似乎有點問題。聽她這麼說，宗雋便得出了這樣的結論。而這事也成了妃嬪宗室大臣有興趣議論的話題，玉箱懷孕初期的那次藥物變故和後來的早產都足以影響殊兒的智力，宮內宮外的人都興致勃勃地竊竊私語著，言笑間掩飾不住幸災樂禍的神情。

玉箱自然也看出了自己兒子的異常。「這孩子像是有點傻。」某日她躺在宮室外的軟榻上，看著在乳娘懷中呆呆地凝視庭院內落花的殊兒，不無倦怠地說。

「不會的！」一旁的柔福激烈地否認，似是自己的孩子遭到了無端的誣衊：「有些孩子學說話走路都會晚一些，再大一點自然就好了。」

玉箱只一笑：「傻不傻，又有什麼關係？」然後一手擱在腹部，慵然閉上了雙目。

彼時的她已再度懷孕，可見聖眷之隆。殊兒的頭腦使擔心此子影響自己利益的人小鬆了一口氣，卻不想她這麼快又將臨產，那些若隱若現滿含敵意的目光遂又落在了玉箱及她腹中孩子的身上。

天會七年歲末，玉箱又產下一子，眉目清秀模樣可愛更勝殊兒，被賜名為宗青，小名喚作青兒。

青兒兩三月大時身染風寒，過了好些天都不見好。唐括皇后聞說後便命人送來一碗煎好的藥，說：

「這藥治小兒風寒頗有奇效。」玉箱謝過，讓青兒服下這碗藥，但此後不到一個時辰，青兒即七竅流血而亡。

青兒死後，玉箱一直緊緊摟著他，將臉貼在他的小臉上，直到感受不到一點溫度，才猛然抬頭，發出一聲淒惻悲涼的哀呼，響徹宮闕九霄，其聲久久不散。

完顏晟聞訊趕來，一聽太醫說青兒所服的藥含有劇毒，當即怒不可遏地命人將皇后傳來，質問她為何要下此毒手。

唐括皇后驚道：「臣妾賜藥給青兒完全是出於一番好意，想治好他的病，豈會下毒加害？」

完顏晟道：「太醫自藥碗餘液中驗出劇毒，難道會冤枉了你不成？」

唐括皇后急忙跪下辯道：「我若當真想加害青兒，也應找個萬全之策吧？豈有明目張膽地賜毒藥之理？」

完顏晟聽她這一說，一時語塞，也開始低頭思索。此時哭得如帶雨梨花的玉箱拭淨淚痕，幽幽開口：「皇后是六宮之首，本就可決定三千宮人生死禍福，即便公然賜死一兩個妃嬪和她們的孩子，也算不得什麼，何況玉箱身為宋俘虜之女，命如草芥……只是玉箱自覺入宮以來一直謹言慎行，侍奉皇后向來很盡心，未曾有半點失禮犯上之處。若是我犯錯而不自知，皇后儘管處治我一人便是，何苦拿我的孩兒出氣……」

說到這裡又以袖掩面，泣不成聲，柔軟的身軀斜斜倚過去，哭倒在完顏晟懷裡。完顏晟忙摟著，掠著她散落兩鬢的髮絲連聲勸慰。看得唐括皇后氣不打一處來，索性站起衝過去劈頭搧了玉箱一耳光，怒道：「賤人，休在此煽風點火挑撥離間！我與郎主說話，哪有你插嘴的份兒！」

完顏晟怒極，揚腿一腳把皇后踹倒在地：「在朕面前都如此猖狂，可見平日一定囂張慣了，公然下毒加害朕的皇子也不足爲奇。」

皇后搖頭含淚說：「她說什麼你就信什麼？你眞被這狐狸精迷住了心智，看不出她想陷害我？」

「唉……」玉箱忽地長歎一聲，在完顏晟注視下，以婀娜步態走到皇后面前，盯著她，道：「皇后，你敢發誓麼？在郎主面前，指著你自己兒子的性命、你與郎主多年的夫妻情義，和你唐括氏的世代尊榮發誓，說你從未起過害我孩兒之心，不曾讓人在碗中下藥？」

八　春寒

唐括皇后一聽即怔住了。玉箱要她指著發誓的，均是她珍視逾生命的東西。兒子的性命，與郎主多年的夫妻情義自不消說，而作爲嫁入皇室的唐括氏女子，維持延續本族的世代尊榮是她一生最重要的職責。

唐括氏的興起要歸功於景祖昭肅皇后唐括多保眞。多保眞聰敏過人，豪爽大度有見識，自十五歲嫁給景祖烏古乃後，便與其出生入死，患難與共，同創大業。烏古乃五十四歲病逝，多保眞遂輔佐次子劾里鉢維護部落統治並擴大勢力，劾里鉢兄弟凡用兵，必先稟於母親而後行，後來太祖完顏旻能統一女眞建立金國，也是因祖母協助祖父父親先爲其打下了堅實基礎。在多保眞的安排下，劾里鉢的長子完顏烏雅束、次子完顏旻和四子完顏晟皆娶唐括氏的女子爲妻，此後唐括氏便成了最爲顯貴的后族，宗室皇子納妃與公主下嫁均願優先選擇唐括氏族人，而嫁入皇室的唐括氏女也以自己出身爲榮，處處維護自己家族利益，絕不願做絲毫有損族人尊榮之事。

故聞者皆知此誓之重，紛紛緊盯唐括皇后，凝神看她如何反應。

待了許久也不見皇后開口發誓，完顏晟便冷笑：「果然是你。」

唐括皇后不再否認，舉目直視玉箱，道：「趙玉箱，我低估了你。」言罷自己站起，整理好衣裙簪飾，然後面朝完顏晟微微仰首：「請郎主降罪。」

完顏晟側目道：「失德妒婦，豈能母儀天下！你去外羅院住上一陣罷，好好靜心思過。」

外羅院是失寵妃嬪所居之處。皇后行禮接旨，臨去回眸再瞥玉箱，見玉箱俏立於郎主身後，適才煙視媚行的神態斂去，端然目送她，兩剪秋水波瀾不興冷靜異常。

完顏晟並未正式下詔廢后。廢后本就非同小可，何況唐括后族勢力不可忽視，幾位皇子又力保皇后，因此完顏晟對外只說讓皇后閉門思過，但不再讓皇后主管後宮事務，倒分了多半給玉箱接掌。玉箱權傾後宮，引起朝臣驚惶不滿，屢屢進諫於完顏晟，可完顏晟見玉箱行事穩重謹慎，並不驕矜自恃，也就不以爲意，毫不理睬非議之聲。

青兒夭折之時柔福亦在宮中，當晚回來後神色有異，一直閉門不出。次日，宗雋聽聞此事後也沒多在意，只道柔福喜愛青兒，所以尤爲悲傷，不料柔福一連數日憂戚之色不減，最後竟鬱鬱成病。

某夜瑞哥極爲慌張地跑來告訴宗雋：「小夫人周身發熱，流著淚不住說胡話。」

宗雋一躍而起過去看她。只見她燒得滿面緋紅，兩行清淚自合著的目中涓涓流下，雙唇輕顫，含糊不清地喃喃囈語。

宗雋摸著她的額，喚了聲：「瑗瑗。」

「啊，九哥……」她當即有了反應，像是想盡力睜開眼，卻怎麼也睜不開，只得緩緩伸出一手探向上方：「是你麼，九哥？」

宗雋握住她的手，無言。

「九哥，我殺了人……我殺了青兒……我抱著他，一口口地餵他藥，他不停地轉頭躲避，還哭，我以爲他是嫌藥苦，還繼續餵他，我不知道藥裡有毒……他開始吐……起初是藥，後來就是一口口的血……我看見血從他的鼻子眼睛和嘴裡流出來，紅的，黑的……他的臉漸漸變紫……」

她斷續的敘述重現了她當日的驚懼，宗雋擁她入懷，她一時不辨時空，意識模糊地偎著身邊人嚶嚶地哭：「九哥，我想回家……我幾時可回家？……」

春寒料峭的夜，她滾燙的臉龐依在他胸前，流出的淚打濕了衣襟，瞬間冰涼。宗雋摟著她，一動不動，直到她安靜下來，終於疲憊地睡去。他在她醒來之前離開，遺她一個固守的夢境。

兩日後，玉箱讓自己的侍女曲韻兒來請柔福入宮。柔福半臥在病榻上，對曲韻兒說婉拒的話，宗雋察覺到她注視那侍女的眼神含著隱約的不安，垂目轉側間，眉宇有了更深一重的陰影。

宗雋便知她的驚懼或許不盡源自使青兒誤服毒藥一事，想她必不願道出實情，他亦不問。待她病勢好轉，便備好車馬抱她上車。

「去哪裡？」她詫異地問。

他簡單地答：「踏青。」

九　花事

一行即數天，他不曾告訴她這踏青是遠遊，而她似也不再關心何處是盡頭，蜷縮在一張白色狐裘之下，連臉也遮住，只露出澄澈的眼睛和清婉流溢的烏髮，異樣地安寧，一任馬車碾著豔豔霞光漉漉月色越過一重重山陌麓林。

某日，馬車停在了一山丘上，宗雋扶柔福下車，她極目一眺，先略有些訝異，隨即便微微笑了。天色碧藍，日色如金，丘下阡陌縱橫，中植千株桃樹，桃花不負春光怡然而開，樹樹芳菲凝霞敷錦，其紅之純不遜美人面，遠遠望去，似粉色輕霧籠於陌間。

那桃花影裡有一蒔花人，手持花剪，背對著他們，且行且止，不時擇枝而修。他身形秀逸，不類粗獷健朗的金人，尋常的金式窄袖圓領衣衫被他隨意穿著，竟有了宋人長袍廣袖的風致。

「哎，這些桃樹不可再修剪了！」有一老者高呼著奔向他：「冬剪已過，摘心扭梢期又尚未到，切勿隨意修剪。」

蒔花人聞聲回首，清雋容顏上的淡雅笑意於空中拂過，如一剪清風牽動湖水鏡面，日光晃了晃，是金色的漣漪。

「剪雖剪了，但這些花枝還不夠參橫妙麗，應再稍加修整，令枝枝有雲罨風斜之姿才好。」他淺笑著說。

老者歎道：「這是果樹，又非昔日宮中種來觀賞的桃花，照三官人這般剪法，今年哪還能結出多少果子！」

蒔花人倒也不爭，略一頷首：「嗯，是我錯，今後不再多剪了。」話音剛落，忽然一蹙眉，左手拳曲抵於唇下，輕輕咳了咳。

老者忙關切地說：「三官人有恙在身，就不必勞累了，果園的事我來打理即可。」

他仍笑著一擺手：「小小頑疾，不礙事……」

兩人正說著，卻聞一陣馬蹄聲響，便側首望去，但見一行金人策馬揚鞭踏起一路煙塵朝他們直馳而來。

爲首之人年約四五十，身穿貂飾衽袍，腰配金刀，應是頗有身分的將領，一見蒔花人便怒目而視，握著馬鞭向他一指，問：「你就是趙楷？」

蒔花人打量他一下，微笑：「是。」

那金人手腕一抖，馬鞭頓時如靈蛇般舞向空中，趙楷下意識地側首舉袖一擋，只聽「啪」地一聲，馬鞭便熱辣辣地落在他臉龐手臂之上，衣袖應聲而裂，一道血痕綻開在他左頰耳邊。

「好個南蠻子，」金人頭上青筋凸現，貌甚兇狠：「竟敢勾引我的女兒！」

山丘上的柔福看得失色，急問宗雋：「那金人是誰？這裡是……韓州？」

宗雋點點頭：「那人是韓州守臣阿離速。」

趙楷以袖拭去臉上滲出的血珠，淡視這咄咄逼人的金將，笑容不改：「佳人投我以木桃，故我報之以瓊瑤，何罪之有？」

這話阿離速聽不懂，卻也懶得細究，怒道：「休要狡辯，今日若不把你活活打死難解我心頭之恨！」言罷揚手又是一鞭。

柔福大驚，拉著宗雋道：「你快去命他住手，不許他傷我楷哥哥。」

宗雋倒頗平靜，朝右一望，道：「有人來了。」

柔福順他目光看過去，見右路道上有一少女馭著一棗紅小馬飛馳著趕來，紅衣衣袂翻飛，額上束髮的髮帶上鑲著紅色寶石，整個人似一簇燃燒著的火焰隨風飄至眼前。

「不許傷他！」她一路高呼著馳至阿離速與趙楷跟前，當即揚身下馬，想也不想便撲向趙楷，摟著他脖子，以自己身體生生爲他擋住了阿離速再度揮下的一鞭。

一記馬鞭打裂她背上幾層衣衫，露出的肌膚上受傷的痕跡令阿離速愣了愣，然後在馬背上坐直，厲聲斥道：「朵寧哥，閃開！」

趙楷輕歎一聲，輕撫著她的背道：「疼麼？別管我，快回家去罷。」

而朵寧哥摟著趙楷仍不放手，只恨恨地轉首，透過垂下的幾縷髮辮斜斜地瞥了瞥阿離速，潔白的貝齒一咬粉色的唇：「你若要傷他，就先把我打死好了！」

阿離速一顧左右，命道：「把她拉開。」

朵寧哥立即轉身怒掃欺來的阿離速侍從：「誰敢過來？」

那些侍從遂止步不前，阿離速見狀喝道：「他們不敢，我敢！」又舞著馬鞭朝他們揮下。

豈料這次朵寧哥不再甘願捱打，在他鞭子落下時舉手一抓，便抓住馬鞭一端，奮力一扯，竟把馬鞭自阿離速手中奪了過來，再拋在地上蹬著鹿皮小靴猛踩了幾下，然後轉視阿離速，一仰下頷：「阿離速，我喜歡楷，我要嫁他，你管不著！」

「我管不著？我自己的女兒我管不著？」阿離速氣得渾身發顫：「好，你既不把我當爹，我以後也只當沒你這女兒了！」

朵寧哥瞪著他，一雙杏眼熠熠生輝，滿不在乎地說：「那就這麼說定了，我不做你女兒，以後我們的事你也不要再管。」

阿離速卻冷笑，徐徐拔出腰間佩刀：「你既不是我女兒，我便不需有所顧慮，既看不順眼，不如一刀殺個乾淨……」

朵寧哥一驚，揚眉上前欲說什麼，卻被趙楷拉住。他移步向前，將她擋在身後，對阿離速說：「此事令嬡無錯，楷願承擔一切罪責，請大人勿傷及她。」

阿離速冷道：「你自然逃不了，這樣的女兒我也不想要。」

他舉起佩刀，眼見著便要砍下，此時宗雋才出聲，在丘上高喝道：「阿離速，住手。」

阿離速聞聲一看，見了宗雋很是意外，那刀一時便沒再揮下。

宗雋迅速走來，對那氣急攻心的父親淡然說了些勸解的話，阿離速未必在聽，眼神仍鎖定在那叛逆的女兒身上，而朵寧哥恍若未覺，依著趙楷站立，悄然牽著他的手，眉間激越神色不知何時隱去，間或抬頭凝視趙楷，眼波溫柔，頭上天際，一捲雲朵輕悠飄過。

阿離速目中戾氣漸漸消散，不覺竟紅了紅，在聽到宗雋說「看在我面上，今日之事不妨就此作罷」之後，他頹然一歎，對女兒說：「罷，罷，你日後就跟他過罷，只不要後悔。」隨即不再多說，連宗雋也不理，掉轉馬頭，帶著隨從，依舊疾馳離去。

「我永不後悔。」朵寧哥目送父親遠去，亦含淚光，說完這句話，卻淺淺一笑。

春風再起，趙楷不由又輕咳數聲，朵寧哥忙撫著他的背問：「病還沒好？」

趙楷不答，朝她溫和地笑：「你不後悔，我卻後悔了。你爲我如此犧牲，他日我若一死，遺下你一人，又該如何是好？」

「你怎會死？」朵寧哥作勢一拍他：「我沒答應，你敢死麼？」

趙楷搖頭道：「生死由命，豈是你我可以決定的。我處境不堪，日後死時只怕連葬身的棺木都沒有，你此後半生，豈能不受我所累？……現在想來，當眞對不住你。」

朵寧哥低首想了想，握起他雙手，忽然又一笑：「你想這麼多做什麼？你若死了，沒有棺木，我就用馬槽葬你，然後……然後把你的孩子撫養成人……」

這話倒令趙楷一怔：「你……」

朵寧哥一撫小腹，臉泛紅暈，卻甚喜悅。

趙楷了然，一時感慨，反握住她的手，亦微笑，卻無言。

「楷哥哥。」此時柔福才緩緩走近，輕聲喚他。

趙楷見是她，笑容頓時明亮起來，很驚喜：「瑗瑗，是你。你怎麼來了？」

柔福便頗羞赧，一瞥宗雋，垂首說：「是他帶我來的。」

一覽二人情形，趙楷不難猜到此間之事，略朝宗雋點點頭，然後牽柔福近身，問：「他待你好麼？」

這問題難住了柔福，她遲疑地眨眨眼，像是不知如何回答，半晌後，終於輕輕一頷首。

趙楷才稍顯釋然地笑笑。

朵寧哥見他們態度甚親密，便有些疑惑，看柔福的目光也暗蘊戒備之意，忍不住問趙楷：「她是誰？」

趙楷告訴她：「她是我的妹妹瑗瑗。」

朵寧哥疑慮頓消，亦欣喜地朝柔福示意。

「這金國姑娘對你很好呢。」柔福含笑對哥哥說。

趙楷啓步引柔福步入桃花林中，徐徐解釋道：「起初我好好地在這裡種樹，不知爲何她總看我不順眼，每日對我非打即罵，我不免有些惱怒，便存心逗她……」

柔福不禁莞爾：「怪不得她現在會對你這般死心塌地……你呢？你亦弄假成眞了？」

趙楷未答此問，擺手一顧周圍桃花，說：「當日我離京時曾答應歸來給你畫幅櫻花圖，可惜如今是畫不成了，好在種了這一片桃林，花開時節，也似一幅秀麗畫卷。今日此景，可算還你一諾？」

一朵桃花因風而墜，與桃枝疏影一起飄落在趙楷肩上。柔福以指拈起那脆弱單薄的五瓣粉色花，目光有些飄忽：「昔日櫻花，今日桃花，豈能相若？」

「艮嶽櫻花格外夭穠，那粉色爛漫，無邊無際，也經得起揮霍，開到盛處，任他落英如雨繽紛，枝上仍是芳菲千繁，恰似當年盛世繁華。與其相較，這漠漠平林中的嶙峋桃枝便冷清了許多，襯著變遷世事，更顯得人與花皆蕭索。是不是？」趙楷問她，而又輕輕擺首：「花開滿樹紅，花落萬枝空。說到底，此花與彼花，又有什麼不一樣？」

柔福詫異地看他：「楷哥哥如今說話似個老和尚，看破紅塵了？」

趙楷一笑：「窮極無聊時，倒想通了許多事。」

繼續於桃林中漫步，詢問彼此近況，聊及父親、兄弟、姐妹，甚至嬰茀。「嬰茀現在在何處？」趙楷問。

柔福搖頭：「我也不知道。但當初她已隨你派來的人出宮，我北上途中亦未見她，想來應該是逃過此劫了。」

「那你呢？」趙楷一歎：「你為何沒能逃出？」

「我？」柔福垂眸道：「那時皇后已將蘭萱嫂嫂接入宮中，我想等第二天去找她和金兒、串珠一起走……」

「所以，你失去了脫身的機會。」趙楷憐惜地摟摟她的肩，說：「我與爹爹憐你幼年喪母，所以一直對你百般呵護，不想你長大後，卻活得比別人辛苦。」

柔福在他的凝視下澀澀地笑了笑，避過針對自己的話題，問：「往日熟識的人都被你問遍了，卻為何獨不問蘭萱嫂嫂。」

彷若一滴雨跌入水面，漾起幾層波圈，趙楷眸光有了些微變化，他轉首看向別處，沉默無語。

「你知道她的事？」柔福問。

他搖搖頭，神色黯然。

柔福再問：「那是不想知道，還是已經猜到？」

又待了片刻，他才淡淡回首，看著她微笑，而目底已浮起悲傷：「好，告訴我，她怎樣。」

於是她告訴他蘭萱為守貞墜井的事，他平靜地聽著，絲毫不覺得驚異，像是聽她說的只是件早已心知的舊事。等她說完，他勉力淺笑：「她是蘭萱，不這樣，又能如何？」

然而一陣突如其來的暈眩令他幾乎無力站立，一手猛撐在身邊桃樹上，晃動了枝椏，亂紅飛花中，一口鮮血激湧而出。

柔福忙雙手扶他，垂淚問：「楷哥哥怎麼了？早知如此，我便不提此事。」

「楷！」遠處一直在注視著他們的朵寧哥見狀亦驚叫一聲，急急地朝他們奔來。

「即便嘔盡一身鮮血，也還不清臨別時她為我流的兩滴淚。」趙楷說，自己的淚亦隨之而落：「她是我看不破的那處紅塵。」

漸漸泣不成聲，他開始動容地哭。這異常的情緒亦驚動了冷眼旁觀的宗雋，他走近，以漠然的神態看著這南朝皇子，心中不是不訝異。只窺他一眼，便知他是個端雅入骨的人，無論身處何境都會精心維持自己無垢容止，不會允許自己在人前失態，想必連含怒之時，一舉手一拂袖都依然溫雅無匹，而現在，他在毫不掩飾地慟哭，像個孩子般傷心。

朵寧哥手足無措地勸慰他，卻全無成效，最後抬首一掃柔福，蜜糖色的臉龐被怒氣染得通紅：「你跟他說什麼了？」

柔福拭了拭淚，兩眸空濛：「我如今才知，蘭萱嫂嫂對你何等重要，可你當初為何……」

「她的一生纖塵不染，又生就一雙清澈明淨的眼睛，把我看得太清楚。我，大抵是讓她失望的罷。」良久，趙楷才略平靜些，而一重淒鬱仍深鎖在眉間：「我對她，越在乎，越害怕，便越疏離。這些我是過後才想清楚，而一切已不可重來。」

「你們在說什麼？」他們說的是漢話，朵寧哥聽不懂，終於忍不住插言問。

柔福看著這個剛才對她劍拔弩張的女真姑娘，掩淚朝她友好地笑笑，再對趙楷道：「滿目山河空念遠，落花風雨更傷春。不如憐取眼前人。」

趙楷輕輕歎息，溫和地凝視她：「你呢？不要再讓我們的錯失累及你，背負你不該承受的東西。你本無辜，要學會善待自己。」

柔福瞥了瞥宗雋，面對兄長，千言萬語不知從何說起，呆立半晌，結果也惟一歎。

朵寧哥見他們自顧自地聊著，仍不理自己，便著了急，拉著趙楷衣袖再問：「楷，你們在說什麼？提到我了麼？」

楷便對她微笑：「我跟妹妹說，你是個好姑娘，還會跟我學背詩……前些天教你的那首會背了麼？」

「會！」朵寧哥欣喜地答，隨即開始用生澀的漢語背誦：「床前明月光，疑是地上霜……低頭望明月，舉頭思故鄉！」

其餘三人一聽「低頭望明月，舉頭思故鄉」，不由都是一笑，朵寧哥看見，便困惑地問趙楷：「我背錯了麼？」

趙楷卻搖頭：「不，你背得很好……舉頭思故鄉，舉頭思故鄉……」低吟這此句，他微微仰首，望著遼遠碧空，天上雲影融入他雙目，悄然化作了一層水霧。

「該走了。」宗雋此時開口，對柔福說。

柔福一驚：「現在就走？去哪裡？」

「回京。」宗雋說：「你父親和其餘宋宗室在五里外的地方插秧，但我不認爲你有必要見他們。」

柔福不解問：「爲何不讓我見父親？」

宗雋答說：「又不眞是回娘家，未必每個親人都要見罷！見了又如何？免不了又是一番哭泣。何況晉康郡王與你父親形影不離，你準備如何跟他談起玉箱？」

「玉箱……」柔福像是心忽然抽搐了一下，臉上頓時現出一抹苦楚神情，咬著唇，不自覺地退後一步。

宗雋一牽她手，她亦木然隨他走。趙楷追上兩步，叫住他們，然後朝宗雋一揖，懇切地對他說：「請君務必善待瑗瑗。」

宗雋不置可否地笑笑，拉著柔福繼續走。趙楷站定目送他們，和風飲下一聲長歎。朵寧哥挨近他，挽著他的臂，輕聲說：「上次的詩我會背了，再教我一首好麼？」

趙楷轉首，目光再次撫過重重桃花，唇邊又呈出了那抹憂傷笑意。

「好……」他頷首應承，於剪剪清風中合目輕吟：「洛陽城東桃李花，飛來飛去落誰家？洛陽女兒惜顏色，坐見落花常歎息。今年花落顏色改，明年花開復誰在？已見松柏摧爲薪，更聞桑田變成海。古人無復洛城東，今人還對落花風。年年歲歲花相似，歲歲年年人不同……」

十　天命

再次看望母親之時，在慶元宮前，宗雋遇見正款款走出的玉箱。

移步如閒雲，衣袂輕揚，這女子一舉一動皆從容，見了宗雋，薄施一笑似浮光。

宗雋亦施禮，低首間目光一掠她左右，便窺破她鎮靜表情下的不安，猜知她來見紇石烈氏的目的。

兩列的侍從，手中均托有價值不菲之物。人參、鹿茸、紫貂皮，南朝的古玩和珠寶，每件皆極品，數量不少，非紇石烈氏宮中物，顯然是玉箱帶來的，然一絲不亂地盛在托盤中，上覆的輕紗幽幽飄垂，像是根本沒被動過，亦證明了紇石烈氏對這批禮品的拒絕。

在大金後宮攬盡風華的玉箱，除了郎主的寵愛，其實一無所有。春日的雪花敵不過漸暖的天氣，消融是隨時可能經受的命運，她眼下的地位，便如此脆弱縹緲。

皇后失勢，並不意味著她這宋俘之女有被立爲后的機會，而她如今的受寵引起了大金宗室權臣的惶恐，保住現在的皇后或設法讓完顏晟另立女真名門淑媛爲后，是他們積極策劃著的事。

宗幹建議完顏晟立新后，並已爲他挑選了數位候選女子，均爲裴滿及徒單氏女，宗幹的母親與正室便分別出自這兩大家族。

宗幹的行爲激怒了唐括皇后的長子宗磐，他一面與宗幹明爭暗鬥，一面與手下謀士黨羽商議，尋求讓皇后獲郎主諒解、重掌後宮的辦法。

后族唐括氏的人首要考慮的自是怎樣維護本族利益，皇后的長兄支持宗磐營救皇后，但卻也不敢將希望僅寄於此，他在自己女兒中選了數位有才色者，若皇后無法步出冷宮，便準備送女兒入宮。

無論如何，即便完顏晟果眞廢后，再立的皇后也許會是裴滿氏、徒單氏，或另一個唐括氏，而不可能是玉箱這個趙氏宗室女。

縱然長袖善舞，她始終孤立無援。新后一立，她會瞬間回轉至一個普通妃嬪的狀態，這必是她最不願見到的。她需要一些可以助她的力量，與她一起阻止此事發生，而曾經有恩於她的紇石烈氏是完顏晟敬重的皇嫂，也是她現下唯一可以接近的貴人。

但紇石烈氏不會接受她的拉攏，這點宗雋很清楚。母親一生從未跟後宮哪位妃嬪有過密往來，待每人都友好而客氣，永遠保持著冷靜恰當的距離。她在玉箱蒙難時曾向她伸出援手，然而其後並不因此多接近她，婉言謝絕她此時的賄賂是理所當然的事。

見宗雋看著一干禮品，玉箱徐徐解釋：「我見紇石烈皇后生活極爲簡樸，日常用度全不似皇后應有的，想來是宮中管事一向疏忽了，所以今日挑選了一些補品玩物奉上，親自送來，也是應有的禮數。可惜紇石烈皇后似乎不喜歡。八太子可否告訴我你母親平日都喜歡什麼，以免玉箱下次還如此冒冒失失地行事，惹她老人家不高興。」

宗雋微笑說：「夫人誤會了。我母親不是不喜，只是一向簡樸慣了，不愛珍寶玩物，身體也還健朗，不需這麼多補品，所以才請夫人帶回，但夫人好意，我母親必是心領的。」

玉箱亦淺淺一笑：「知母莫若子，八太子說的話與適才紇石烈皇后所說的不差分毫。」

宗雋道：「爲人子者，自應瞭解母親的性情習慣。」

玉箱微微頷首，又道：「聽說八太子去韓州了？」

宗雋答說：「是，帶瑗瑗去踏青。」

「還是八太子有心。」玉箱含笑道，然後一顧兩側侍從，吩咐身邊一侍女：「鴿子，你先帶他們回去。」

那侍女名叫秦鴿子，與曲韻兒一樣，是當初從洗衣院中選出來服侍玉箱的南朝宮人。此刻鞠身應承，帶著侍從先行離去，玉箱僅留曲韻兒相伴。

玉箱再看宗雋，問：「八太子能否隨我去後苑一敘，跟我談談一路春日美景？」

明白她想知的非僅春景而已，宗雋卻也未拒絕，坦然隨她去後苑。

坐定在亭中，玉箱隨意問了幾句宗雋此行沿途風物，忽話題一轉，道：「此去韓州，路途不近，想必八太子另有公務在身，卻還能分心欣賞春景，當眞灑脫之極。」

「公務？」宗雋搖頭笑道：「此行確是帶瑗瑗踏青，因她思鄉心切，順便讓她見了見她三哥。我這等無才之人不堪郎主重用，哪有許多公務可行！」

玉箱悠悠目光拂過他臉：「八太子過謙了。八太子文才過人，精通漢學，這我素有耳聞，最近更聽說你武功也不俗。天輔七年五月，你隨先帝及二太子大破遼軍，生擒遼主皇子秦王、許王及公主奧野，那時你還不過是個十幾歲的少年，此事已在國中傳爲佳話。」

「哪裡，」聽她提起自己昔日輝煌戰績，宗雋不露半點喜悅之色：「當日那戰功在父皇與二哥，我之所爲微不足道。」

玉箱也沒繼續恭維下去，抬首看看苑中枝上新綠，轉而問他：「那遼國公主奧野也是個美人罷？八太子可納了她？」

宗雋一笑答道：「是很美，但我無福消受，把她獻給父皇了。」

「獻給了先帝？」玉箱詫異道：「可我在宮中未曾見過她。」

「現在自然見不到了。」宗雋說：「父皇駕崩後，郎主將她賜死殉葬。」

玉箱暫未說話，但雙眸一漾如微瀾，可見心中亦有一凜。須臾，她輕輕歎道：「亡國之女，半生殘命不由己，倒也不足爲奇。」

宗雋延續著那點笑意，略低了低聲音，卻足以使她聽清楚：「夫人何必如此感傷。你身負天命，貴不可言，豈是其他亡國之女可以相比的。」

「身負天命？」玉箱沉吟著迎視他雙目，再問：「此話怎講？」

宗雋保持著閒坐的姿態，不曾轉側，而眼角餘光已悄無痕跡地掃過周際。除了低垂雙目默然立於玉箱身後的曲韻兒，此刻後苑中再無駐足停留的人，偶爾有人經過，也都行色匆匆，能聽到他們說話的，惟枝頭飛鳥而已。

於是了無顧慮，他說：「夫人不是有枚天賜玉印麼？由此可知，夫人母儀天下是命中註定事。」

「玉印……」聽宗雋提及此物，玉箱並不顯意外，只搖搖頭：「那只是枚嬪妃的印章，如今我已是郎主之妃，確應了當日拾印之兆，但母儀天下豈是我這南朝臣女能奢望的？八太子這般說，玉箱實在惶恐。」

那傳說中的玉印存在與否尚不可知，宗雋一向是不信關於玉箱的詭異流言的，適才那一說，一半意在試探，而今見她神態如此坦然，倒越發好奇了，難道她眞有這麼一枚印章？

不動聲色地，他繼續剛才的話題：「夫人不必有所顧忌。既然玉印上刻的是『金后之璽』，說明天意便是如此，郎主遲早會立夫人爲后。」

玉箱雙目微瞠，問：「我那印章上刻的是『金妃之印』，八太子從哪裡聽說是『金后之璽』？」

「從哪裡聽來的，我倒忘了，但聽說的便是如此，一定不會錯。」宗雋語氣斬釘截鐵，倒似那玉印是自己的一般：「夫人不妨取玉印出來一觀，看宗雋有無說錯。」

玉箱笑道：「自己隨身帶著的東西，上面寫的什麼我還會記錯麼？」一壁說著一壁解下腰帶上繫著的一個繡花絲囊，果然從中取出一枚玉印，自己先看了看，再遞給宗雋：「看，我沒說錯吧？」

宗雋接過，見那枚玉印是由和闐玉雕成，通體瑩白溫潤，其上爲螭虎鈕，四側刻雲紋。螭虎頭似虎，身形如獅，爲螭與虎的複合體。螭爲陰代表地，虎爲陽代表天，螭虎神獸意指天地合，陰陽接，象徵皇權與吉祥。自秦漢以來，惟帝后之璽才可用螭虎鈕，普通嬪妃的玉印一般用梟鈕，而玉箱這枚玉印用了螭虎鈕，但印面陰刻的卻是篆體「金妃之印」四字。

果然好雕工。宗雋心下暗讚。形狀古樸似秦漢古物，足以亂眞，難爲她身在金國居然還能找到有這等手藝的南朝玉匠爲她製這枚印章。在印面謙遜地刻「金妃之印」字樣，卻用了尋常金人不懂其含義的螭虎鈕，假託「天賜玉印」的說法，將來爭后位時又可成秉承天意的理由。這女子早有預謀，心機當眞頗深。

抬目看看玉箱，見她正凝神觀察自己的表情，便在心底那絲冷笑浮上唇際之前給它略加了點溫度，宗雋注視著那滿懷戒備的女子，讓自己的笑容顯得十分誠懇：「是我沒說錯，果然是『金后之璽』。」

玉箱便微笑，道：「奇了，別人看見的都是金妃之印，爲何八太子偏偏會看成金后之璽？」

宗雋將玉印遞還給她：「這玉印既是天賜，必與凡品不同，蘊有靈氣，此中眞意未必人人皆能看出。」

玉箱手指輕撫印面刻字，含笑看宗雋：「八太子確是有心人，只是玉箱命薄福淺，但求能與殊兒平安度日就好，不敢有任何非分之想。」

宗雋笑道：「夫人龍睛鳳頷，地角天顏，這等命相天下罕有，將來富貴不可限量，也不是夫人能推卻的。」

玉箱奇道：「咦，八太子連看相也精通麼？」

宗雋道：「不過略知一二。是夫人命相矜貴，讓人一看便知。」

玉箱淺笑不語，須臾，忽歎了歎氣：「紇石烈皇后眞是好福氣，有八太子這樣文武雙全才智過人的兒子，可惜我那殊兒先天不足，甚爲愚笨……日後八太子若有空，不妨對他多加教導，玉箱感激不盡。」

宗雋一頷首：「夫人客氣了。我與殊兒是兄弟，相助是應該的，『教導』二字不敢當。」

「如此，玉箱先謝過八太子了。」欠欠身，說完此話，玉箱緩緩理好膝上雙袖，坐直，微微向後仰，看宗雋的眼神帶了一絲嫵媚，如她平日看完顏晟時一般。

宗雋正是等她這麼說，此刻聽見了，貌甚平靜，與她相視，心照不宣地笑。

「夫人，該回去讓小皇子服藥了。」此時曲韻兒悄聲提醒。

玉箱便起身，向宗雋告辭，走了幾步，忽又回首，似瞬時想起了什麼，對宗雋微笑道：「先帝之子各有所長：二太子四太子戰功赫赫，八太子精通漢學智謀過人，大太子除了治國有方外，還精於醫術，可惜我幾次三番請他給殊兒治病，他總謙辭推卻，殊兒只得繼續吃著太醫開的不溫不火的藥，也不見變聰明一點……」

這下宗雋倒大爲訝異了：「大哥精於醫術？我怎麼一向不知？」

玉箱亦睜大雙目，像是吃了一驚：「八太子不知道？大太子常跟太醫們來往，切磋醫術，據說哪位將領領軍途中受傷患病，都是由他先瞭解病情後再遣合適的太醫前去爲他們治療的……」

宗幹？宗雋怔了怔，一抹疑雲無法遏止地飄過心間：「那麼，我二哥病時，也是大哥派太醫去給他治病的？」

玉箱點點頭說：「我聽郎主說過，是這樣……怎奈那次的太醫發揮失常，連小小的寒疾都治不好……也許是二太子位高權重，太醫面對如此貴人惟恐誤診，戰戰兢兢地治，反而弄巧成拙……」

「位高權重……」宗雋低聲重複這詞，不覺淺淺苦笑：「位高權重……」

玉箱瞥他一眼，微笑說：「二太子薨逝已久，八太子如今念及仍惻然，當眞兄弟情深。」言罷輕款轉身，帶著曲韻兒徐徐離去。此時有風乍起，吹落她簪在髮上的一朵早開的薔薇，那花隨風飄至宗雋足下，他俯身拾起，恰逢她回首，他便將花引至鼻端嗅了嗅，再朝她微笑欠身。她右邊唇角一挑，一半笑意風情萬種，在他目送下穿過花園，她分花拂柳而去。

十一　藥引

若玉箱所言是眞，宗幹刻意隱瞞他與太醫們來往之事，並稱為宗望治病的太醫是宗磐請郎主派遣的便顯得別有用心，殊為可疑。

宗幹為人穩重，身居高位卻不飛揚跋扈，與宗雋一向相處親睦，宗望死後又是他幫助料理後事，對宗望家人頗為照顧，因此宗雋從不曾懷疑過他跟二哥的死有關。如今聽玉箱這麼說才漸漸想起，宗幹身為國論勃極烈，是輔政大臣，而宗望當時掌管燕京樞密院，與宗翰一起控制大金軍權，領軍在外時常自作主張，未必總聽朝廷號令，回朝議事時往往與文臣意見相左，完顏晟礙於他戰功與權力，決策不得不傾向於他。在郎主面前尚且不存多少顧忌，想必宗望也不會將宗幹放在眼裡，且不說政治上的分歧，就是平日私下相處，言辭舉止間得罪了宗幹也未可知。而以宗幹的性情，即便對宗望懷恨在心也必不會流露，暗施毒手並嫁禍於宗磐倒是很有可能的事。

從皇位繼承順序來看，他是先帝庶長子，若嫡子嫡孫們均早薨，他不是沒有繼位的希望。當然，以他一向求穩的行事習慣來看，他不會讓自己身處險境成爲眾矢之的，現在他已請求郎主將完顏亶交予自己照顧，一手安排這小皇孫的生活與教育問題，如此一來，若完顏亶日後即位，宗幹必將借助他得到想要的權力。

再回想宗幹言笑晏晏的神情和每次見自己時必行的親切抱見禮，宗雋不免有些不寒而慄。入慶元宮見了母親，便將這點疑惑說出來，問母親是否知道爲在外大將出診治病的太醫是由宗幹派遣。

紇石烈氏看看他，問：「是趙妃跟你說的？聽說剛才她請你去後苑敘話。」

母親平靜的表情使宗雋覺得她對這一切早已心知，此刻聽他忽然提起，也不覺得奇怪，像是一直在等他自己來問。

宗雋點頭，說：「宗幹現在在勸郎主另立新后，趙妃這樣說有攻訐宗幹的嫌疑，但若此事不是她憑空捏造，那二哥之死，大哥便脫不了干係。」

紇石烈氏歎歎氣：「追究這件事對你沒好處，即便要追究，現在也不是時候。」

「怎可不追究？」宗雋手按了按佩刀，目中寒光隱約一閃：「有仇不報，非女眞男兒作風。」

紇石烈氏蹙眉道：「我不喜歡你現在的模樣。把殺氣都寫在臉上，你是怕人家不知道你想對付他麼？你還是先管好自己罷，眼下情形，你拿什麼跟他們鬥？稍有異動，便性命不保了。」

宗雋低頭一想，再一笑，神色頓時緩和：「多謝母親提醒。母親請放心，如今該怎樣做我自有分寸。」

關於宗幹的事，紇石烈氏再不肯多說，話題一轉，談及玉箱：「那趙妃……你日後離她遠些。」

宗雋問：「娘看出什麼了？」

紇石烈氏側首看他：「她很危險，你不會看不出。」

「危險？」宗雋笑問：「是人危險還是處境危險？」

紇石烈氏未正面答，只說：「如今的她，就像一個漩渦，隨時可能把接近她的人席捲入內。所以，與她接觸是極不明智的做法。」然後凝神注視宗雋，鄭重說：「何況，你不可忘記你是大金皇子，不能助這個宋女做任何有損大金的事。」

「母親言重了。」宗雋道：「她那點心思我豈會看不穿，適才只是碰巧遇見，便隨意跟她說幾句她聽得順耳的話，若她眞有什麼企圖，我絕不會受她擺佈。」

紇石烈氏便略笑了笑，說：「你從來便是這麼自信……她是個相當聰明的女子，只是現在處境十分不利，才有些沉不住氣……若她眞能忍過現下這段，說不定眞能做出什麼事來，到時，只怕你也未必會是她對手。」

此後幾日，宮中陸續有關於玉箱的傳言散播開來，說她那天賜的玉印常有吉祥瑞光閃現，有慧眼之人還能看出那上面的刻字其實不是「金妃之印」，而是「金后之璽」，想來應是她將被立爲后的徵兆……傳的人多了，細節也越來越豐富細緻，瑞光的色彩亮度、何時及如何閃現，那刻字如何幻化都被描述得活靈活現。女眞人原本就崇拜天地敬畏神靈，聽了傳言亦有不少人相信，一些納了宋宗室女的貴族甚至頻頻讓這些妻妾入宮，意在巴結玉箱這傳說中的新后。

但柔福一直不再入宮，就算玉箱再三命人來請她也每每藉故推辭。宗雋知她因青兒之死落下了心病，亦不加以干涉，自己也未刻意與玉箱接觸。

某日，卻見玉箱的貼身侍女曲韻兒隻身前來求見，未穿宮中宮裝，打扮得跟尋常市井女子無異，且未乘轎，是自己步行走來。宗雋便覺詫異，轉瞬一想，即猜到她此行目的不同尋常。

果然，見了宗雋與柔福，她要求摒退了周圍侍從才說：「趙夫人想請八太子為宗殊小皇子找一味治病的藥引。」

宗雋道：「既是夫人吩咐，宗雋自是樂意效勞。但要尋藥引為皇子治病，若直接告訴郎主，請他傳下令去，想必要比我去尋找快捷得多，夫人又為何特意讓姑娘這般辛勞多走這一趟呢？」

曲韻兒解釋說：「夫人是從南朝古醫書中找到這個治腦病的偏方的，因這藥引不但不好找，也甚是特殊，若讓郎主知道，恐不會答應讓夫人用來為小皇子配藥，故此夫人才命奴婢前來請八太子幫助尋找。」

宗雋遂問：「那這藥引是什麼？」

曲韻兒抬目淡定地看他一眼，答：「人腦。」

「人腦？」柔福一聽，當即蒼白了臉色，失聲驚問。

曲韻兒一頷首，重複說：「人腦。」

宗雋倒不驚奇，神色如常地微笑問她：「一定要人腦麼？可否換用羊腦豬腦？」

曲韻兒聞言一愣，旋即又恢復了適才神色，順目答道：「八太子說笑了。若家畜腦髓可用，夫人只管問御膳房要就是，何必再來煩勞八太子相助尋求呢？」

身著庶民的布衣，低垂的眼睫下卻投出屬於宮廷的陰影，這玉箱器重的女子，舉止間亦帶有些她主子的風範。宗雋雙目半晗觀察著她，一時未置可否。

「她……要八太子殺人麼？」柔福沉吟著問。

曲韻兒淺笑道：「八太子去尋個死囚處決後取腦即可，這並非傷天害理的事。」

柔福再問：「這死囚有沒有指定是誰？」

「沒有。」曲韻兒答，向柔福微微一欠身，問：「帝姬還有問題要問奴婢麼？」

柔福默然，宗雋此時開了口：「請姑娘回稟趙夫人，既是要爲小皇子治病，宗雋自會盡力尋求這藥引。姑娘兩日後來取便是。」

曲韻兒道謝，深施一禮告辭而去。她平靜地走遠，裙幅輕擺如微瀾，卻讓他想起母親提及的漩渦。

柔福扶門目送曲韻兒，漸晚的天色帶來幽涼的風，她不禁打了個寒戰。現下空氣轉瞬間便可用陰冷形容，此季的溫度從來都被日光與暗夜隔得分明。她身處北地已久，卻始終未慣及時添衣，立於風中時，那身影便顯得尤爲單薄。

宗雋看在眼裡，便喚她進來，她卻搖頭，鬱鬱地走開。

玉箱的目的，宗雋暫時也想不明白。人腦能治癡傻之症，這說法他並不相信，若眞是爲兒子治病，她直接問郎主索要又有何妨？本就殺人如麻的完顏晟又豈會覺得此事殘忍。曲韻兒便衣而來，顯然也是爲掩人耳目。可她要這人腦何用，頗令人費解，難道僅僅是要他爲她殺個人以證明他願意爲她效勞的誠意？一切不會如此簡單，這詭異的要求下必隱藏著涉及陰謀的眞相。

次日與人的一次閒聊讓他意外地窺見了此事端倪。

白天入朝議事時，聽宗幹說要爲完顏亶尋一漢學先生，宗雋便隨口推薦了昭文館直學士韓昉。韓昉字公美，是燕京漢人，此時四十餘歲，年輕時於遼天慶二年科舉中考中進士頭名。金滅遼後亦入朝爲官，因出使高麗有功，官至昭文館直學士，兼堂後官。其人飽讀詩書，學富五車，宗雋亦常就漢學問題請教於他，因此便建議宗幹讓他教完顏亶學漢文。宗幹見他確有學識，爲人也穩重，性情耿直，非奸猾之輩，便點頭同意，並建議郎主加韓昉爲諫議大夫，遷翰林侍講學士。

散朝之後，韓昉找到宗雋表示謝意，宗雋遂與他略聊了一會兒。其間聽見韓昉咳嗽了兩聲，便道：「這幾日夜涼風急，韓學士多保重。」

韓昉笑道：「不礙事。偶感風寒而已，我已自配了幾副藥，再喝兩天就沒事了。」

宗雋當即問：「韓學士還懂醫理？」

韓昉擺手道：「胡亂看過一些醫書，未敢稱懂。」

宗雋便問：「不知學士可曾見醫書中有人腦入藥一說？」

韓昉想想，搖頭：「從未見過。」頓了頓，忽又說：「但聽人說過，人腦可用於巫蠱之術中控制人思想舉止。」

宗雋瞬目：「如何控制？」

韓昉道：「具體如何做就不知了。我也只是聽一位南朝的親戚提過，幾年前汴梁城中有位女巫曾取人腦和以符水作法，欲蠱惑其夫聽命於她，後被察覺，當時開封知府便將她斬首示眾。」

心底的疑問隨之有了隱約的答案，宗雋一笑，對韓昉說：「多謝。」

「八太子不必如此客氣。」韓昉亦笑著問他：「八太子為何突然想起問此事？」

「沒什麼。」宗雋輕描淡寫地回答：「我是在一部南朝書中看到取人腦之事，但取來何用書中不曾細說。我便猜人腦與熊膽虎骨一樣可入藥，因此才來請教學士。」

與韓昉又暢聊一番，回府後已是夜間，見書房有燈光，便知必是柔福在內。走進，果然見她，案上擺滿一疊疊醫書，她正蹙著兩眉一冊冊地翻看。

「不必看了，這次，她不會害自己的兒子。」宗雋坐下，對她說：「現在殊兒是她唯一的兒子，也是保住她地位的重要條件。」

她抬頭，訝異地直視他雙眸，他便唇角上揚，對她呈出一點笑意。

「不要這樣對我笑。」她冷冷側首，看著地上燭紅搖曳的影像：「我討厭你這種笑。」

「為什麼？」宗雋問。

「這種笑似未帶任何情緒，卻可惡地含糊，彷彿將它傾入水中，便會沉澱出幾層色彩。」

「是麼？你有否發現，趙妃也會這樣對人微笑？」

「玉箱……」她輕輕歎息：「她從小便是如此……我初次見她，是在某年父皇的天寧節上，她隨她父親晉康郡王入宮慶賀。因她只是郡王女，無任何封號，在鄭皇后向她引見各位帝姬時，我的幾位姐姐對她露出了倨傲的表情，她便走回父親身邊，牽著他的手，依然看著姐姐們，彷彿什麼事都沒發生過。我注意到她，便朝她笑，她亦對我微笑，但當我走去拉她的手要她跟我玩時，她卻輕柔而決然地將手抽出，看著我，臉上仍帶著那淡淡的笑。後來見到我爹爹，她又是另一種態度，思維敏捷，口齒伶俐，應對如流。我爹爹見了很高興，竟逾制封她這郡王女兒為宗姬。她拜謝如儀，似乎很喜悅地笑。但一轉身，面對我的姐姐們，她笑意立即隱去，朝她們挑了挑眉，目光冷淡。後來我長大了才漸漸懂了，很多時候人露出笑容，並不僅僅是表示喜悅之情，而我，還是常常看不懂玉箱的微笑。」

「看不懂未必是壞事。」宗雋說，看她的目光多了些許柔和：「如果你看懂了，便也會對別人這樣笑。」

她轉而凝視燭上焰火，無盡悵然。須臾，問宗雋：「你眞會爲她找人腦麼？」

宗雋點點頭，說：「爲什麼不找？她不是要用來爲殊兒治病麼？」

不覺間他面上又浮現出了一抹意味深長的微笑，柔福淡看一眼，不語起身，棄書而去。

次日晚曲韻兒如約而至，宗雋親手遞給她一個食盒，曲韻兒打開一看，見其中正是一泊腦髓，鮮亮細白，上面兀自帶著幾縷紅紅的血絲，顯然是不久前才取出的。

十二　鏡舞

一隻纖纖素手拾起果盤邊的小銀刀，另一手扶著桌上選定的蜜瓜輕輕一剖，蜜瓜旋即裂開，淡黃綠色的表皮下露出滿盈瑩亮水色的淺桔紅色果肉。玉箱有條不紊地將果肉削出，切成大小均勻的塊擱入碟中，雲紋織錦袖口下露出一隻細細的金素釧，隨著她的動作在如玉皓腕上悠悠地晃。

這日是她二十一歲生辰，郎主設宴廣請宗室大臣爲她慶祝，並特意命他們將所納的趙氏宗室女也一併帶來。蛾眉只是淡掃，朱唇只是漫點，未刻意多做修飾，席間盛裝女子百媚千妍，她靜靜地處於其間，仍炫目如光源，閒閒一轉眸，晨曦千縷梳過雲靄，曉天從此探破。

她身著窄交領花錦長袍，腰束紳帶，帶兩端垂於前面，長長飄下，那腰身纖細，似不盈一握，雖已連生二子，她卻還婀娜苗條若未嫁少女。殿內男子都在凝神看她，她彷彿渾然未覺，漫不經心地切完手中蜜瓜，放下銀刀，以銀匙挑起一塊切好的果肉，這才加深了唇角若有若無的笑意，抬首，眼波微漾，將銀匙送至完顏晟嘴邊，請他品嘗。

完顏晟卻以手一擋，含笑對她說：「愛妃忘了麼？太醫說朕腹瀉之症還沒完全痊癒，不可多吃瓜果。」

坐於近處的宗雋聽了此言低首舉杯，將不禁溢出的那絲微笑及時淹沒在杯內美酒中。

在此之前，完顏晟一連數日腹瀉不止，據說是吃了玉箱的貼身侍女曲韻兒按宋宮秘方調製的「冰雪白玉羹」所致。那羹色如豆腐腦，內調有冰雪，和有蜂蜜及花露，冰涼而芳香撲鼻。現下尚未入夏，可那幾日京中異常炎熱，故完顏晟一見此羹大喜，當即飲盡，並讚不絕口。豈料不久後便腹痛不已，連瀉多日，如今看上去面色蠟黃，眼圈烏黑，整個人似虛弱蒼老了許多。

出事後曲韻兒立即當眾長跪請罪，供認說是不慎用了不潔冰雪，誤使郎主致病，玉箱大怒，命人杖責曲韻兒，並將她趕出宮，稱永不再用。而完顏晟似乎絲毫未怪罪曲韻兒的主子玉箱，仍對她十分寵愛，並興師動眾地爲她慶祝生辰，使妃嬪大臣們更爲憂慮，都道郎主受此女所惑非輕，照此下去，他不顧眾人非議立她爲后也大有可能。

然而這遠不是結局，眼下的盛宴應是一場好戲的序幕。宗雋側首看身邊的柔福，見她正帶些疑惑地注視自己，遂對她笑笑：「看什麼？」

柔福雙睫一閃，問：「什麼事這般可笑，讓你一笑再笑？」

這麼說，他剛才那絲意味深長的微笑也沒能逃過她的眼睛，這小女子如今很是留意琢磨他的心思。宗雋便笑得更愉悅，低聲對她說：「在殿內女子中，惟有你堪與趙夫人相比，豈不可喜？」

不慣他突兀而頗顯親密的恭維，她彆扭地轉頭看別處，面無喜色，但兩頰終究紅了紅。

見完顏晟拒食蜜瓜，玉箱遂放下銀匙，蛾眉一蹙，輕輕歎息：「是臣妾疏忽了，只念著郎主喜食蜜瓜，所以……可惜，切了這許久竟都白費了……」

完顏晟哈哈笑道：「不會白費，這些蜜瓜朕親手餵愛妃吃也是一樣。」說完自取銀匙，果然親自餵玉箱吃蜜瓜。

玉箱亦未拒絕，略吃了兩口才接過銀匙，微笑道：「不敢再煩勞郎主，臣妾自己取食即可。」

完顏晟點頭同意，再一瞥殿內的教坊樂伎，樂伎會意，停奏絲竹喜樂，轉而擊樂鼓。

先是一名樂伎立於大鼓前花敲干打，擊打鼓的各個部位及鼓槌、鼓架，獨奏序曲，節奏初頗徐緩，逐漸急促起來，將至高潮處忽然鼓聲稍歇，但聽珠環叮噹聲響，自殿外湧入五個舞伎，均為身形豐腴的十七八少女。

她們面塗丹粉，頭插孔雀翠羽，上身半裸，項掛以金、銀、琉璃、車𤦲、瑪瑙、眞珠、玫瑰合成的七寶瓔珞，累累珠玉直垂至胸前，手臂上箍有與瓔珞相配的臂環，下穿五色長裙，足踝上也戴滿懸著珠玉的足飾，每人各執兩面鏡子，高下起手，左右揮舞，鏡光閃爍，其形頗像祠廟所畫電母。

這是源自金國傳統宗教薩滿教的鏡舞。眾金人連聲歡呼叫好，那些宋宗室女子見舞伎半裸，便有些羞澀，然終敵不過好奇心，也都悄悄抬目留心去看。

舞伎現身後，數十面鼓頓時齊鳴與主鼓相和，氣勢磅礴，聲韻鏗鏘，其聲隆隆似雷雨起兮，舞伎起舞間全身飾物碰撞隱約若雨聲淅瀝，而鏡光如電，劃過殿內陰幽空氣，詭異陸離地閃動游移，引導著雷雨鼓樂的輕重緩急。在一陣激揚樂章後，主鼓最後重重一響，舞伎聚攏一旋，四名女子分列於領舞者兩側，屈膝俯首，手中雙鏡交叉相扣，而領舞者引臂揚腿狀如飛天，將鏡子高高舉起，一道電光犀利地朝主席刺去，落到一人臉上。

玉箱。

鏡舞出自薩滿教祭祀儀式，意在驅邪消災，卻絕非獻於喜宴的樂舞，而舞者以鏡光直射玉箱更是大不敬之舉。郎主見狀不慍不怒，顯然早知此事，甚至或許此事根本是由他授意。席間眾人便都凝視玉箱，看她如何反應。

自舞起之時，玉箱笑意便斂去，端然危坐冷眼看，待鏡光落到她臉上，亦未見她驚慌，只側首合目，一抹厭惡神色一閃而過。

「這是朕特意命人為你獻的舞，有降妖除魔、驅滅鬼魅、佑護家國社稷平安之效，怎麼你不喜歡？」完顏晟笑問玉箱。

玉箱轉瞬間即恢復了常態，巧笑答：「郎主費心為臣妾點選之舞，臣妾豈會不喜歡。凡郎主所賜，臣妾莫不感恩領受。」

「是麼？」完顏晟一顧身側，侍候著的內侍心領神會地取出一詔書雙手奉上，完顏晟接過，似笑非笑地淡視玉箱：「朕還為你準備了一份厚禮，不知你會否感恩領受。」

眾人聽說是「厚禮」，又見完顏晟亮出詔書，大多都猜這是要下旨立玉箱爲后，均屏息靜氣以待宣旨。而玉箱亦起身離席，跪下準備接旨。

完顏晟卻將詔書擲至她面前，說：「你自己看罷。」

玉箱拾起詔書，展開一看，漸漸變了色：「郎主決定將昏德公與重昏侯移至五國城囚禁？」

完顏晟徐徐點頭：「聽說那一干趙室宗室對愛妃你頗有微詞，你父親還與你割袍斷義，所以朕便將昏德公與重昏侯移往更爲苦寒的五國城囚禁以示懲戒，看他們日後是否還敢對你有所冒犯。這份厚禮應該頗合愛妃心意罷？」

此言遠在眾人意料之外。移宋二帝前往五國城是宗弼的建議。金將立劉豫爲僞帝統治中原，而如今南朝有韓世忠、岳飛、張俊、劉光世爲將，已收復不少失地，且勢將擴大，宗弼率兵與南朝作戰已頗感吃力，故連連上疏，請移二帝於遠北，以防他們與南朝互通消息，加深政治上可能的危險。但完顏晟一直未作批示，想來亦有顧及玉箱之故，而今日在趙妃生辰之際宣佈移他們往五國城，且說是賜她的厚禮，雖玉箱平素未與韓州宗室有何聯繫，可這樣的決定顯然是她這趙氏女絕難接受的。完顏晟一向寵愛玉箱，此舉大大反常，除了宗雋帶著了然神色靜觀其變，諸人均一臉驚詫。

果然玉箱輕歎了歎，俯首再拜，道：「臣妾身爲趙氏之女，骨肉親情，豈可罔顧？此次遷徙又將北上數百里，彼地苦寒，非昏德公重昏侯所能禁受。郎主以臣妾故，倘能庇他父子，不至凍餓，猶如臣妾身受聖恩。」

完顏晟呵呵一笑：「這話前些天你已跟朕說過多次。」

玉箱抬頭坦然視他，目光冷冽：「是，臣妾是勸過郎主多次。郎主也有父兄叔伯，何獨不容於臣妾？且臣妾記得昨晚郎主已親口允諾，說必將留他們於韓州。君子一言既出駟馬難追，何況君無戲言。」

「哦，朕允諾過？」完顏晟故作沉思狀，隨即微微冷笑：「朕想起了，朕已喝了你的冰雪白玉羹，理應對你惟命是從，你要做皇后，要朕立你的兒子爲諳班勃極烈，甚至要朕的性命，朕都會俯首聽命，這等小事又豈會不答應？」

臉上血色褪去，玉箱一時無言，然而仍以從容眼色打量完顏晟，細看他的雙目他的笑，靜默須臾，才緩言道：「郎主適才說的話，臣妾不懂。」

「好，那朕就讓人細細解釋一番，讓你聽得清楚明白。」完顏晟舉臂引掌一拍，殿外當即有人聞聲走進。

那是一名侍女，穿著與尋常宮女一式的宮裝，深垂著頭，小心翼翼步履細碎地慢慢走至殿中，跪下行禮後才抬首匆匆窺了玉箱一眼，旋即又低首，不敢再看，臉已燒至通紅。

玉箱的唇漸漸挑出冰涼的弧度，看她的神色頗不屑：「鴿子，是你。」

十三　巫蠱

這侍女是秦鴿子，玉箱當初從洗衣院選出的兩名貼身侍女之一。聽見玉箱的聲音她侷促地略略膝行退後，似欲儘量遠離這年來朝夕相對的主子，而頭依然深垂，向郎主請安，語音輕顫。

完顏晟簡短吩咐：「說。」

秦鴿子略微躊躇，然頃刻肅靜的氣氛令她心驚，未敢久拖，終於啓口輕緩地開始說：「趙夫人自入宮以來，不曾有一日忘國破家亡之痛，每月朔望必焚香南面再拜，獨寢之時夜半常飲泣。近日知有大臣勸郎主另立新后，恐新后危及自己現下地位，便十分憂慮。再聽聞郎主有意將昏德公與重昏侯移往五國城，更是憂心如焚，且又明白郎主一向不喜她干涉朝政和提及宋俘，必不會聽她勸告將昏德公與重昏侯留在韓州，一籌莫展之下每每鬱然凝思，愁眉深鎖。後來侍女曲韻兒便獻計說，可用巫蠱之術攝郎主心魄，使郎主聽命於夫人，到時郎主對夫人言聽計從，不僅可讓他善待宋俘，就連讓他立夫人爲后，宗殊小皇子爲諳班勃極烈也非難事。」

「巫蠱之術？」坐於一旁留心傾聽的宗幹此刻奇道：「據說南朝歷代皇帝最忌巫蠱，若有宮人私行此術必嚴懲，涉及此類事的皇后都非死即廢，趙夫人身爲南朝宗室女，豈會不知其中厲害？而且她這般年輕，又不與僧道往來，怎會知道施術的方法？」

秦鴿子答說：「昔日汴京曾有位女巫以巫術控制了數人，最後欲將此術用在她丈夫身上時被其夫察覺，向官府告發了她，於是她被斬首示眾。而這女巫就是曲韻兒的表姑，她父親在送她應選入宮時買通采選的人，刻意將此事隱瞞了，所以宮中人也不知曲韻兒與這女巫的關係，是最近曲韻兒見趙夫人終日煩悶憂慮，才自己將此事說出，告訴夫人她入宮前曾目睹表姑作法，知道如何施術，稱那法術確有奇效，極力勸夫人一試。夫人起初一聽便拒絕，但曲韻兒反覆說那方法簡單易行，外人不可能看出，不妨試試，若成功一切問題便迎刃而解，即便不成功，也無人知道此事，不會牽連夫人。夫人猶豫良久，見除此外無計可施，最後終於決定採納曲韻兒的建議。」

聽她如此說席間眾人都很好奇，紛紛追問那巫術如何施行，秦鴿子卻搖頭：「具體如何做奴婢也不知。趙夫人一向行事謹慎，平日最寵信的是曲韻兒，對奴婢其實並不特別親近，曲韻兒與夫人商議之事原本都是瞞著奴婢的，是奴婢那日見曲韻兒夜半悄悄起身去找夫人，覺得詫異，便暗中跟了去，這才得知此事。只依稀聽說最重要的是以符水加在生人腦裡，調以冰雪，讓人服下。後來曲韻兒便出宮找來人腦，加冰雪蜂蜜調成『冰雪白玉羹』，外表看來便是一清涼甜品，經細細研調，想必也嘗不出腦髓味了。曲韻兒將這羹給夫人騙郎主服下，又偷偷作了法……好在郎主是真命天子，自有天佑，這種邪法亦不能損郎主分毫……」

宗幹頷首歎道：「留這樣的賤婢在宮中當真禍害無窮。」一顧玉箱左右，不見曲韻兒，便又問秦鴿子：「那曲韻兒現在何處？非得找出嚴懲才是。」

秦鴿子微微側首再窺一眼玉箱，說：「郎主喝了那羹就開始腹瀉，趙夫人見勢不妙便故作憤怒狀，杖責曲韻兒，將她趕出了宮。奴婢猜，她大概是怕郎主起疑，所以先讓曲韻兒出宮，也是爲保全曲韻兒的性命。」

「這賤婢朕自不會輕饒。」完顏晟冷冷接口：「朕已命禁軍出宮搜捕，翻遍整個京城也要將她搜出來。」

「那賤婢自然該死，但也只不過是聽命於主人的狗罷了，父皇眞應嚴懲的還是這個南朝女人！」宗磐拍案而起，一指玉箱，被酒意和血液燒紅的眼底有不加掩飾的快意：「自她入宮以來後宮便不得安寧，我娘也被她陷害，至今仍住在外羅院中。我早就勸父皇提防她，這女人一直有異心，想媚惑君主做皇后，再干預朝政，奪取大金江山，如今父皇總應明白了罷？」

完顏晟點點頭，對宗磐道：「現在看來，你娘確實冤枉，朕會接她出來。」再轉對秦鴿子道：「再說說關於皇后的事。」

「皇后……」秦鴿子踟躕著斷續說：「當日害死宗青小皇子的毒不是皇后下的……是趙夫人自己……在那碗藥中下了致命的鴆毒……」

聽了這話滿座譁然，諸人注視著玉箱神色頗震驚，而玉箱一味漠然，始終保持著先前姿態，聽著秦鴿子的話亦無一絲懼色，似她言下那一樁樁罪狀根本與己無關。

宗磐便冷笑，對完顏晟說：「虎毒不食子，而這女人爲爭寵居然向自己親生兒子下毒手，可見其心之狠。我娘仁慈良善，竟被她這般陷害，將她千刀萬剮也不爲過。我想知道父皇會如何處治她，是凌遲，還是車裂？」

完顏晟側目看玉箱，忽然笑了笑：「你說朕該如何處治你呢，玉箱？」

玉箱亦淺淺冷笑，道：「自臣妾入宮以來，一直深受郎主恩寵，故平日多遭後宮嬪妃嫉妒，她們私下對臣妾惡意攻訐是常有之事，蓄意陷害亦不鮮見，郎主應該很清楚，此番秦鴿子必是受人收買才會捏造出這等事來誣衊臣妾。臣妾服侍郎主一向盡心，不想如今郎主寧聽她一面之詞也不相信臣妾。」

旋即又轉首一掠秦鴿子，垂目問她：「鴿子，這回是得了誰什麼好處，居然昧著良心來害我？」

依然是平和冷靜的語調，她聲音不大，卻仍令秦鴿子一驚，額上沁出汗珠，顫著雙唇，嘴裡模糊不清地囁嚅著什麼，終未拼出一句成形的話。

完顏晟忽然一把拉起玉箱，一手將她緊箍在懷中，帶著適才的笑意迫視著她：「你想知道這些話是誰讓她說出來的？」

玉箱凝視他，透過他倏忽收縮的瞳孔看到答案，深吸了一口氣，她說：「是你。」

完顏晟哈哈笑：「玉箱玉箱，你眞是聰明，叫朕怎麼捨得殺你！」隨手自桌上拿起一杯酒，自己先飲一半，再送至玉箱唇邊，玉箱漠然側首避過，完顏晟也不勉強，自己飲盡，一擲酒杯，說下去：「朕喝了你奉上的羹便腹瀉好幾天。這病這般嚴重，是前所未有的，朕覺得蹊蹺，猜是有人在羹裡做了些手腳，放了些不潔之物，故意讓朕腹瀉，便將你的貼身侍女秦鴿子召來詢問。本來只打算問明白你是否知道這羹裡有異物，不想才一發問秦鴿子便嚇得渾身顫抖，跪在地上只知叩頭，連聲說與她無關，於是朕便知這其中必有更深內情。繼續追問，起初秦鴿子似還顧及你們主僕之情，一味搪塞不肯明說，後來朕一抬手命人將五十兩黃金擺在她面前，她尙猶豫，朕又加至五百兩、五千兩，又稱待她說出眞相便冊她爲妃。果然這賤婢兩眼漸漸亮了起來，當下全都招了，從頭到尾，把你瞞著朕做的事一樁樁講得清清楚楚、明明白白！」

再斜眼瞟瞟秦鴿子，完顏晟又道：「這丫頭一向膽小，豈敢在朕的面前說謊陷害寵妃？何況她平日行事說話也不夠伶俐，若要在頃刻間編造出這麼一大堆事，說得這般有條有理也不是件容易的事。聽得朕眞是心驚，竟把你這麼個隱患留於枕邊多年而不自覺！幸而天佑大金，而你們南朝最不缺的便是賣主求榮的小人，讓朕及時窺破了你的陰謀。」

伸手撫撫玉箱瑩潔清涼的臉龐，完顏晟歎歎氣，語氣卻忽轉冰冷：「留你在宮中，實是心腹之大患，外則有父兄之仇，內則懷妒忌之意，一旦禍起，朕勢必追悔莫及。」

玉箱忽地一掙扎，勉力以臂推開完顏晟，面無表情地看他，而眸中有愈燃愈烈的怒火在閃動。「別碰我。」她說，聲音聽起來清冷而幽遠，彷彿是從早已被光陰碾過的某處塵封時空中飄出：「我終於可以當面告訴你，你對我的每一次觸摸，對我說的每一句話，都會讓我感到無比噁心！」
她如此反應，是完顏晟沒有料到的。若按以往見慣的常例，將要受罰的宮人或反覆高呼冤枉，或跪下哭求，再或是嚇得手足無措無言以對，而玉箱竟以他從未見過的強硬姿態說出此話。完顏晟不禁一愣，暫時未有任何舉動，殿內亦鴉雀無聲，所有人都默然。
玉箱揚手怒指完顏晟，斥道：「你不過是個北方小胡奴，一朝得志，竟敢侵凌上國，南滅大宋，北滅契丹，不行仁德之政，專務殺伐，淫人妻女，使我父兄孤苦流離於苦寒之地。他日你惡貫滿盈，必也會遭人如此夷滅！」
完顏晟大怒，當即右手一摁佩劍，便要拔出。
玉箱見狀一冷笑：「入宮的那天，我便失去了珍視逾生命的東西，死又何足惜！只恨一著不慎滿盤皆輸，我忍辱至此，終究功虧一簣，等不到為國為家雪恥之日。」
這時完顏晟倒不怒反笑，放開佩劍，再次拉她近身，拾起玉箱不久前為他剖蜜瓜的小銀刀，對她輕聲說：「聽你們南朝人說，聰明的人都有顆七竅玲瓏心，朕眞想看看你是否也長了這麼顆心！」
話音甫落，手猛地加力，那小銀刀頓時剜入玉箱胸中。
玉箱痛呼，完顏晟手一鬆，她便跌倒在地。
滿座女眷亦都失聲驚呼，尤其是趙氏女子，慘白的臉上皆是驚懼痕跡，惟一人例外，她當即離席，如風般朝玉箱奔去。
「瑗瑗！」宗雋驚起，卻未及時拉住她。
柔福奔至玉箱身邊，伸手扶她，讓她倚靠著自己半臥著，哽咽著喚她：「玉箱姐姐……」

玉箱淒然笑：「你不怨我了？」

柔福無言，惟匆忙地點頭。

這時原本跪著的秦鴿子不覺間也嚇得站起，愣愣地看著玉箱，忽然也流出淚，走近兩步，似欲說什麼：「夫人……」

「滾開！」柔福看她的目光有徹骨寒意：「她把你從洗衣院救出來，一向待你不薄，你卻出賣她。」

「不……」玉箱卻伸手掩住柔福的嘴，困難地轉頭看了看秦鴿子，再一瞟完顏晟，又朝著秦鴿子隱約一笑，並意味深長地向她微微頷首。

秦鴿子困惑地眨眨眼，不知玉箱何意，也不敢問，依舊垂下了頭不說話。而完顏晟的眼光便狐疑地游移於她們之間。

玉箱輕攬柔福脖子，示意她低頭，然後在她耳邊輕聲說：「背叛是可恥的罪行，不要放過背叛你的人。」

柔福不太明白，蹙眉看玉箱，玉箱卻不再多說。

「父皇，」宗磐此刻走上前來一指玉箱，問道：「你就這樣把她殺了？豈不太便宜了她？」

完顏晟擺首：「當然不。那一刀其實未傷及她心臟，一時還死不了。」

宗磐笑道：「那好！她殺了自己兒子卻栽贓到我娘頭上，可把娘害苦了，不如把她送到娘閣中，讓娘親手將她皮剝了。」

「我栽贓你娘？」玉箱聞言嗤然冷笑，直視宗磐：「你以爲你娘又是什麼好人？當眞品性端淑母儀天下？」

「我的青兒……」她微垂雙目，心有一慟，一絲鮮血自唇角徐徐蜿蜒而下：「不錯，是我下了致命的鴆毒，可是皇后自己也早在藥裡下了毒藥，不過是毒不死人罷了，青兒若服下暫時也看不出什麼異狀，可那藥損人心智，青兒長大之後也會變得跟殊兒一樣……還有殊兒，我懷殊兒的時候誤服的那劑墮胎藥其實也是皇后命我的侍女下的，她還把罪推給李妃，好個一箭雙鵰……既然如此，我便索性在青兒的藥裡下鴆毒，讓這狠毒的女人早些得到報應……」

完顏晟蹙眉問：「你又怎會知道她這些事？」

「你們會買通我的人，卻想不到我也能學會這招麼？」玉箱淡淡掃視完顏晟及宗磐，微揚的雙眉銜著分明的鄙夷：「你們金人也會賣主求榮。」

完顏晟與宗磐對視一眼，額上幾欲迸裂的青筋顯示了他們漸升的怒氣。

「媽媽。」異樣安靜的殿內忽然響起一聲稚嫩的呼喚聲。眾人聞聲尋去，卻見發出此聲的竟是躲在角落處的乳母抱著的殊兒。

玉箱亦訝異，這是殊兒首次開口說話，且是喚她。

殊兒自乳母懷中掙扎而下，邁著不穩的步伐蹣跚著朝玉箱走來，小口中仍一聲聲練習般不停地呼：

「媽媽，媽媽，媽媽……」

玉箱微微笑了，朝他伸出右手：「來，殊兒……」

殊兒繼續一步步走近，玉箱的笑意亦加深，臉上漸有了一抹明朗的光彩……

「噌」地一聲，是利刃出鞘，隨即銀光如閃電橫空，一揮而下，激起一片血光。

鮮血濺入玉箱眼中，她下意識地閉目，耳邊響起的是柔福的悲呼，待睜開眼時，她看見的是倒在血泊中頭頸被刀砍斷的殊兒——那幼小的孩子甚至還未來得及發出最後的呼喊。

只一瞬間，最後一絲血色自臉上褪去。柔福緊摟著她，柔福的淚滴在她髮際，而她無語，亦無淚，只怔忡地凝視血泊中的兒子。

宗磐神情倨傲地拭了拭佩刀上殘留的血跡，再對完顏晟一欠身：「父皇，我殺了這賤人的兒子，你不會怪罪我罷？」

完顏晟大手一揮：「無妨。這南朝女人的孽種留下早晚也會成禍害，何況還是個傻子！」

玉箱忽地直身坐起，俯身以手摸了摸面前的殊兒，然後引回手，看看滿是鮮血的手心，靜默片刻，再徐徐轉過將血紅手心朝外，盯著完顏晟，一字一字，清楚而決絕地說：「我死之後，必為厲鬼，徘徊於上京宮闕間，無論晝夜。等著看比女眞更野蠻的鐵蹄踏破金國江山，等著看你們金人為奴為婢、身首異處，遭受比宋人更悲慘萬倍的痛楚！」

宗磐怒不可遏，亮出佩刀，就要砍下，但被完顏晟一擋，冷道：「朕會命人把她拖出去，在宮門外裸身凌遲處死。」

「瑗瑗……」玉箱似虛脫般重又倒地，卻依然鎭定地睜目看柔福，捏了捏她的手，彷若鼓勵地笑笑。

柔福噙著淚，鄭重點頭，然後雙手握住玉箱胸前的刀柄，猛然拔出，再在眾人尚未反應過來之前高高舉起刀，用盡全身力揮下，整段刀刃，完完整整地沒入玉箱體內，不偏不倚，所刺之處，是玉箱的心臟。

玉箱全身一震，旋即恢復寧靜神態，默默躺著，連一聲呻吟也無。雙目半晗，她微笑，眼波迷離地投向上方，似透過那積塵的穹頂看到雲外三春明迷、紅塵繾綣。

死亡的迫近使她不堪重負地側首，雙睫一低，一滴清亮的淚自目中零落。

「爹……」她輕輕地喚。

那是她遺於世間最後的聲音。

十四　夜闌

柔福把刀拔離玉箱身體，整理好她的衣服與微亂的髮，讓她以安詳端雅的姿態躺著，自己默默跪在她身邊，久久凝視著她。一道灰色陰影漸漸趨近，擋住柔福面前光線，她抬頭，完顏晟指向她的劍刃在她臉上映出一道寒白的光。

她直視這魔般男人，毫無懼色，無盡恨意點燃眸中冰冷烈焰，她從容而堅決地再度握起身邊猶帶血痕的銀刀，站起身，揚起手，一粒刃上血珠陡然驚落，刀尖亮了亮，隨即急揮而下，刺向自己的腹部……

一隻有力的手及時截住她的腕，另一手迅速奪過她手中的刀，拋於地上一腳踹開，宗雋順勢從柔福身後將她一把箍住，她下意識地掙扎，他便加大束縛她的力量，並騰出一手緊緊捂住她的嘴，不讓她說任何話。

完顏晟不垂手中劍，依然指向他們，微微抬了抬下頷，冷道：「宗雋，讓開。」

宗雋並不放手，亦未移一步，對完顏晟說：「郎主，此事與她無關，請放過她。」

「無關？」完顏晟一哂：「她是趙妃姐妹，又常與趙妃來往，謀逆之事她也難脫干係，何況又在殿上做出這等囂張行徑，刺死趙妃讓她早得解脫。你說，朕饒得了她麼？」

宗雋正色道：「她雖是趙妃從姐妹，但素不喜趙妃平日作爲，已久不與其往來，謀逆之事她半點不知。她本性純良，做出今日之事全是出於姐妹親情，且其行爲一未危及大金，二未傷及龍體，郎主有天子胸襟，必不會把這小女子這點不敬放在心上。」

當下情景令宗磐想起昔日與宗雋爭奪柔福之事，便頗爲不快，有心落井下石，在完顏晟身邊側目瞧著柔福開口道：「這女子目光狠毒，更甚於趙妃，只怕將來會做出些更禍國殃民的事，不如早早殺了乾淨。」

「她只是我一姬妾，手無縛雞之力，能做出什麼大事來？」宗雋力辯：「郎主若放過她，我自會將她鎖於府中懲治管教，以後讓她遠離宮禁，若她以後再觸怒郎主，宗雋願以死謝罪。」

完顏晟並不理睬，只重複那句冷硬的話：「宗雋，讓開。」

宗雋搖頭，而柔福始終不斷掙扎，兩足狠狠在宗雋身上亂踢，想使他放開她，被捂住的嘴裡發出一些含糊不清的聲音，宗雋心知那必是些咒罵痛斥金人的言語，更不敢有一絲鬆懈，牢牢鎖住她的嘴，極力護住她繫於一線的生命。

完顏晟再不多說什麼，振臂挺劍，朝宗雋摟住的柔福胸前刺去。

宗雋不及多想，立即摟緊柔福背轉身向一側閃避，但劍已逼近，終究無法完全避開，那劍便一下刺在宗雋的右臂上。

他一痛之下身體不禁顫了顫，卻仍不放開柔福。

完顏晟引回劍，看了看劍尖宗雋的血，歎道：「當年隨先帝滅遼的八太子完勝而歸，也不曾被遼人傷及分毫，不想如今竟會爲一個南朝女人不惜以命相搏。」

宗雋淡淡一笑，還以身擋住柔福：「她是我的女人，又沒犯不可饒恕的罪過，我爲何不救？」

柔福暫時靜默，兩行淚倏地墜下，分別滑過宗雋的手背與手指，他覺察到那液體溫度灼熱，便像是被燙了一下，心底忽然微微一震。

柔福又開始不甘地掙扎，不住左右轉首想擺脫他手的控制，他歎了歎氣，不顧手臂上流淌的血，堅持一手箍住她腰，一手緊捂住她口鼻，不讓她發出任何聲音。

他加大的力道減少了她所能呼吸到的空氣，鬱結於心的怒氣燒火了臉龐卻找不到傾吐之處，她漸漸不支，手腳發軟，意識漸模糊，終於窒息。

她在夜半醒來，周遭漆黑，感覺陰冷。

她伸手以探身邊物，卻觸到一人。他當即坐起，握住了她的手。

那熟悉的觸感，和這人身上熟悉的氣息使她瞬間明白他是誰。她呆了呆，問：「我是不是死了？」

他說：「有我在，你不會死。」

她睜大眼睛想極力看清周圍環境，但一絲光線也無，令她被迫放棄這個嘗試，垂目問：「這是什麼地方？」

他平靜地告訴她：「宮中牢獄。」

逐漸想起不久前發生的事，她倒也不詫異，惟想起他時才又不解地發問：「你怎麼也在這裡？」

他在黑暗中笑了笑：「如果我不在這裡，我不敢保證你還能從這裡出去。」

完顏晟始終不肯放過她，即便見他不惜流血相護，亦稱要將她收監治罪，而他知道將施加到她身上的任何刑罰對她來說都將是毀滅性的災難，此刻離開她，就等於放棄了她，所以他決定隨她留下，那怕是留在宮掖間的囚所中，他會有時間去想怎樣把她平安帶走。

她便沉默，須臾忽然驚問：「我的姐妹們呢？她們被放出宮了麼？」

他有片刻的躊躇，不知是否該告訴她眞相，握在掌心的她的手許久也仍冰涼。她執著地追問，他終於還是照實說：「郎主說凡平日與趙妃往來密切的趙氏女子都要株連問罪，你那些姐妹，大半被縛於庭院中，以棒敲殺。」

深黑的夜令他無法看清她此時的表情，而室內一片寂靜，她未發出任何聲音。他以手去探，才發現她的臉上已滿是淚痕。

她惱怒地側首避開他的輕撫，道：「你何苦救我？這樣的日子多活一刻也是折磨。」

「一定要找個救你的理由？」他想想，微笑道：「我還想喝你煎的茶，你的小命，你自己不知道珍惜，那我只好替你珍惜。」

她又久久不說話，只埋首於膝上，隱有啜泣聲傳出。如此良久，他撫了撫她的頭髮，發現她在微微顫抖，便問：「冷麼？」

她沒有回答，他解下外衣，披在她身上，然後輕輕拉過她，摟於懷中。

她如往常那樣抵抗，掙扎間忽觸到他右臂上包紮過的傷口，她便停下來，緩緩來回觸摸那裡。他便猜她也許又會突然在傷處狠狠一剜，然而她始終沒有，只是以手指來回猶豫地觸。他展開雙臂再擁她入懷，這次她沒有再動，依偎在他懷中悄然飲泣。

兩日後，宗雋的母親紇石烈氏將他們領出了囚所。宗雋私下問母親如何說服郎主放出他們，紇石烈氏淡然答：「我只是讓他明白，那姑娘是你的軟肋。一個會爲女人喪失理智的男人能做成什麼大事？有她在你身邊，你便只是個微不足道的莽夫。」

宗雋聽後雖不悅，卻也並不反駁，淡笑低首。

紇石烈氏搖搖頭，歎道：「這話你也要記住。我亦想知道，她到底有什麼好，可讓你忘記我的教導，失掉心智，不管不顧地做出這等冒失的事？」

「她喜怒由心，愛恨分明，對自己性情從來不加掩飾。」宗雋收斂了笑意，說：「我保護她，就如保護那個只活在我心底的自己。」

第十二章　陳王宗雋・桐陰委羽

一　血雨

很快自宮中傳來秦鴿子的死訊。

她近身服侍完顏晟時，不慎將半碗熱湯失手灑在他身上，引來了隨後的滅頂之災。

完顏晟暴怒，一把掐住她脖子，質問她是否有意爲之，是否還與玉箱有陰謀，想伺機弑主。

秦鴿子嚇得面無人色，驚恐地拚命擺首否認，完顏晟卻不相信，連連逼問她玉箱臨死之前爲何竟會看著她曖昧微笑，並朝她暗示性地頷首。秦鴿子魂飛魄散，不知如何辯解，除了搖頭便只會流著淚咳嗽，間或擠出一句「奴婢不知，郎主饒命」。

完顏晟便把她狠狠拋於地上，再命人將她拖出去杖斃。

這事沒讓宗雋覺得意外，那日見玉箱朝秦鴿子詭異地笑，便知這侍女難逃厄運。完顏晟本就喜怒無常，再經身側寵妃謀逆一事疑心更甚，杯弓蛇影之下寧可錯殺也必不會允許宮人再帶給他一絲一毫潛在的威脅，何況一個南朝侍女的生命在他眼中根本微不足道。

玉箱遭秦鴿子出賣而死，卻以輕巧一笑殺她於無形，給了這變節的侍女最嚴厲的懲罰，但此事亦引起了隨之而來的更大殺戮。

完顏晟下令，凡服侍過玉箱的宮人一律賜死，並嚴查與玉箱接觸的南朝女子，若是頻繁往來的，即便不是宋宗室之女亦不可活，洗衣院中人，與玉箱、曲韻兒、秦鴿子三人沾親帶故的都要查出一併處死。

玉箱的父親晉康郡王趙孝騫，完顏晟也欲命人誅殺，不想諫議大夫韓昉挺身而出，力勸完顏晟收回成命。

韓昉認識趙孝騫，以前在燕京時與他略有來往，對他人品學識氣節一向頗欣賞，故此刻願爲他說情，向完顏晟諫道：「趙孝騫雖是趙妃之父，卻素來不喜這女兒，當年遷韓州時更在人前與趙妃割袍斷義，從此絕了父女之情，兩年來與趙妃無任何聯繫。他當初既未享趙妃之榮，今日郎主亦不應以趙妃之罪累及於他。」

重臣完顏希尹亦覺孝騫不可殺，道：「趙孝騫在宋宗室中頗有威望，極受人尊重，在韓州帶領宋俘埋頭種地，至今未有任何差池。南朝宮眷已殺了不少，若此時再誅趙孝騫，恐會激起宋金兩國宋人強烈不滿，一則不利駕馭管制大金國內宋俘，再則大金將立劉豫爲帝統治中原漢人，本就要多引宋文臣武將入朝治國，亦不應橫生枝節，殺宋宗室令宋臣有他想。」

完顏晟便問宗翰意見：「依國相看，這趙孝騫應不應殺？」

宗翰呵呵一笑，道：「這幾年來趙孝騫寸步不離趙佶左右，趙佶能活到現在倒是多因有他精心照顧侍奉，若他死了，只怕趙佶也活不了多久。趙佶還是活著好啊，好歹對南朝有個威懾，將來不費一兵一卒也能讓趙構乖乖奉上銀子國土，如今四太子千軍萬馬打下的江山，或許還沒他一人可換的多呢。」

完顏晟知他言下之意是說宗弼如今與宋作戰並不占多少優勢，趙佶等人是將來可通過和議獲利的資本，現下這情形，還是不殺趙孝騫爲好，便也猶豫，沉吟不語。

完顏希尹見狀再道：「這趙孝騫也不難處治，郎主下令讓他隨趙佶趙桓一起遷往五國城囚禁，嚴加看管便是了，就算他有何異心也絕不可能掀起什麼風浪。」

韓昉聞言歎道：「這點郎主甚至不需下令，臣敢肯定，只要他得知昏德公將往五國城，便是拼死也會要求隨行。」

宗雋一直默然旁觀，聽了韓昉這話忽然想到，當日玉箱如此強烈地欲阻止完顏晟將宋二帝遷往五國城，除了固有的忠君愛國心外，必也是因料到她父親會要求隨行，從而將徹底失去自由在苦寒之地度餘生，所以她才決定鋌而走險孤注一擲地在此時行巫，想控制郎主，將二帝及父親留下。

想起宋宗室遷韓州那日玉箱在父親裂袍後撲倒在煙塵中慟哭的情景，宗雋有些感慨，玉箱這樣有心機的女子他並不喜歡，但她對父親的眞情卻也令他多少有所動容。她如此聰慧，那日去送行，致使孝騫與她割袍斷義應該是她料得到的結果，或許，她根本就是希望讓父親當眾與自己斷絕父女關係，以免日後自己出事會連累他？

玉箱臨終時淒豔的容顏又浮現於心，映著瀰漫純紅的血色，她唇際的微笑絕美至奇異，身上有淡淡光華，還如初見那日，黑木旁綻放的丹芝……宗雋忽地有些不安，深吸一氣，摒去腦中關於她的景象。

在幾位重臣進諫下，完顏晟終於放過了孝騫，但洗衣院的女子仍在劫難逃，一個個被反覆嚴查，若有證據表明她們與趙妃三人有關便要被拘入宮中杖殺。涉及的數十名女子眼見大禍臨頭，竟橫下心，趁大批禁軍尚未趕到之前，於深夜以繩索勒斃看守她們的幾名金兵，奪過馬匹車輛逃走。想是亦自知終究逃不出金國，便直奔韓州而去，欲在被抓回誅殺之前先見見在韓州的親人。

完顏晟得訊後當即決定遣人領兵前去捉拿誅殺她們，而這任務，他指定由宗雋來完成。

捉幾名南朝女人不是什麼大事，原本犯不著命宗室皇子來做，但宗雋明白是自己上次反常的舉動引起了完顏晟的疑心，便特意要他去殺這些女子，當下一口答應，未有半點猶豫。

他請母親派幾位宮人入他府中守護柔福，若完顏晟欲趁機殺柔福還請母親極力保全，然後回府略爲收拾，穿好戎裝便上馬起行。

柔福見他來去匆匆，且披甲帶兵神色凝重，忍不住跑來拉住他的馬問：「你去哪裡？幹什麼？」

宗雋朝她微微一笑，溫和地說：「曷蘇館那邊的舊部出了點亂子，要我去管管。只是小事，我去幾天就回。」

柔福疑惑地蹙眉凝視他，一時不放手，宗雋繼續保持笑容，輕輕握住她手拉開，把韁繩收回，揚鞭策馬，絕塵而去。

他沿途陸續抓到逃跑女子，在韓州城邊捕住了最後幾名，然後將她們全拘往韓州府治中，麾下將領讓她們一行行列於院內，再請示宗雋如何處治。宗雋一瞥身後弓箭手，弓箭手會意，當即上前曲膝引弓對準諸女。宗雋一揮手，簇簇箭矢直飛過去，那些女子便如疾風掠過的麥苗，在慘叫聲中層層倒地。一輪射過，院內女子已死大半，只略剩幾個還站著，在不住地悲呼哭泣。此時第二批弓箭手已準備好，只待宗雋下令。

見金兵再亮弓箭，那幾名活著的女子又是一陣驚呼尖叫，其中有一聲音與眾不同，脆弱而細柔，很稚嫩，但頗悅耳，宗雋聽來竟覺有幾分熟悉。

朝聲源處望去，見一約十四五歲的小姑娘正掩面而泣，穿著一身破舊的衣服，瘦小而柔弱，瑟瑟地縮著身子倚著牆緩緩坐下，再抬頭，縈滿細碎淚珠的長睫毛下的雙眸閃著驚懼的光。

頃刻心一凜，宗雋睜大了眼睛。

二　金兒

面黃肌瘦的狀態不掩麗質天生的容顏，這小姑娘姣好可人，竟與柔福頗有幾分相似，眉眼間。

宗雋示意隨從引她過來。隨從領命過去拉她，她當即嚇得尖叫著向後縮不肯走，待被人拖到宗雋面前，她便伏在宗雋足下連連磕頭，驚亂地不住哭：「不要殺我，不要殺我……我沒有想逃，是那些姐姐拉我走的……我到洗衣院沒幾天，眞的什麼都不知道，什麼都沒做過……」

宗雋負手站著，頭也未低，只垂著眼漠然看她鬢邊的散髮隨著她叩頭的動作一次次拂過他的靴尖。等她語無倫次的解釋暫告一段落，才開口問她：「你也是南朝的帝姬罷？」

她點點頭，輕聲答：「我是賢福帝姬……」又像是忽地想起這樣說不妥，急急地改口補充道：「奴婢叫趙金兒，是昏德公的女兒。」

賢福？金兒？宗雋十分訝異，他記得柔福的這個同母幼妹早死在劉家寺的火屋中了……在再次下令放箭之前，宗雋牽起了賢福的手，將她帶離這血色狼藉的天地。

問及她此前的經歷，她難堪又遲疑，在宗雋溫和目光的鼓勵下，才吞吞吐吐地說了個大概。

天會五年，她隨其餘南朝宮眷一起被押送到劉家寺，此後即被國相宗翰的二弟澤利看中。澤利知自己地位不及宗室重臣，定然無法從郎主那裡索要帝姬，便設下一計，硬說生寒疹的賢福患的是痘瘡，把她隔離在茅草屋，隨即深夜偷偷劫她出來，交予心腹先行送到京城家中，再找了個身形跟賢福相似的小宮女鎖入草屋，並放火焚燒，造成賢福已死的假象，不令外人生疑。

澤利回京後賢福淪爲其姬妾，澤利平日外出時便將她鎖在家中後院，而他家大婦亦是個不容人的，看賢福頗不順眼，每每任意淩辱打罵，前兩年因顧忌澤利，行事尚還不敢太過，而如今見澤利漸漸厭倦了賢福，很少再搭理她，便肆無忌憚變本加厲折磨她。半月前澤利因公出京，他夫人便尋了個藉口把賢福毒打一頓，再讓家奴將她送入了洗衣院。不想未過多久即遇上玉箱之事，洗衣院被牽連的女子起事逃跑，也拉上了她，其實她確也不清楚此事原由內情，但聽凡與趙妃沾親帶故的都要被誅，便著了慌，無措之下也隨眾女子逃往韓州，若非宗雋看出她容貌與柔福相似，必也死於亂箭下了。

「八太子……還會殺我麼？」最後，她試探著偷眼看宗雋，怯怯地問。

宗雋朝她笑笑，說：「如果我要殺你，剛才就不會領你出來。」

「可是……」她仍不放心：「若郎主要殺我……」

宗雋略擺了擺首，看穩她：「我既作了決定，便自有法子擔當。」

賢福如釋重負，伸手拭拭額上的汗，淺笑帶梨渦，那笑容純淨而明朗，但衣袖滑至半肘間，宗雋在她露出的手腕上看見幾塊青紫的傷處，再沿著她臉龐看下去，發現右耳下脖上有一道結了血痂的鞭痕。意識到宗雋在看她傷痕，賢福頓時變得侷促不安，牽袖引領儘量遮擋，然後深深垂首靜默侍立。

宗雋本欲領兵回京，卻又接到完顏晟的命令，說經此一變恐韓州宋宗室亦生作亂之心，宗雋務必再留於韓州數日，嚴密監視此間宋人，如有異動一併誅之。

宗雋接旨，暫駐韓州，賢福亦隨他留下，每日侍奉在他身旁，主動端茶送水鋪床疊被，惟恐有一絲怠慢。

那些傷痕，不僅留於她身上，更烙在了她心間。宗雋一聲輕微的咳嗽都足以令她驚怕，倉皇地抬頭，像是想看他，卻又不敢直視他雙目，微蹙著淡淡的煙眉，目光飄浮，一脈可憐兮兮的模樣。感覺到他注視的眼光時，就匆忙跑來跪下，顫聲問他有何吩咐，若他說沒事，她便又乖乖地退回去，在角落站著，低首發呆。

有次他喚了她一聲「金兒」，她即現出無比驚異的神情，不敢確定地問：「八太子是在喚奴婢麼？」

「對。」宗雋道：「我記得這是你的名字。難道我記錯了？」

「沒有，沒錯。」她急忙應道：「是奴婢不習慣……以前的主人從來不叫奴婢的名字。」

宗雋倒有些好奇了：「不叫你的名字，那叫什麼？」

她面紅過耳，甚是艱難地勉強答：「他們叫我賤……賤……」

「不必說了。」宗雋了然地打斷她：「我以後都會叫你金兒，聽到我喚，你便要及時答應。」

「是！」她喜悅地答，感激地看他一眼，又迅速掩下喜色，恢復了低眉順目的常態。

這小小的變化令宗雋覺得興味索然。他其實很喜歡看她笑，那是她最接近她姐姐瑗瑗的神情，而當她以婢女姿態恭謹候命時，她與瑗瑗相似之處，也惟在眉眼間了。

那日夜裡，賢福服侍宗雋更衣，收拾疊放他換下的衣服，動作輕柔，面帶微笑的臉在燭影浮光下顯得分外鮮妍。待宗雋坐定在床沿，她輕輕爲他放下帳幕，然後徐徐退至門邊，卻未說告退的話，只靜待他吩咐。

淡淡看她須臾後，宗雋向她伸出手。她似不感意外，輕盈地走回，在他身側跪下，將纖細的雙腕擱在他膝上，螓首悄然枕於其間。

宗雋撫了撫她柔順如絲的烏髮，她安寧地合上眼，神色恬淡靜和，溫婉得像一隻終於找到一處細暖裀褥的受凍的貓。

三　冷焰

此後兩日宗雋頻往宋宗室駐地巡視。那些趙氏男子得知宮眷變故後雖難免悲傷卻也無能爲力，在宗雋重兵看守下只得強忍哀痛繼續鋤禾，一時倒也沒再生出什麼事端。

一天傍晚宗雋巡視後回府治，才進到廳中便聽見門外有馬蹄聲傳來，俄頃那馬長嘶止步，馬上之人策身落地，立即便往府中衝來。

守門衛士橫刀喝止，那人開口怒斥：「閃開！」

再熟悉不過的聲音。宗雋舉目一望，當即微笑：「瑗瑗。」

柔福撥開衛士之手直直闖入，一身衣裳薄染塵灰，跑得急了，頭上風帽因風墜下，露出微顯凌亂的頭髮，鬢邊還沾有幾點碎葉飛絮，想是馬不停蹄地連夜趕來，膚色暗啞無華，人頗憔悴疲憊。然而還是目光灼灼，胸口微微起伏，她緊抿著唇，似在壓抑心中怒氣。

「你怎麼來了？」宗雋牽她的手，想拉她在自己身邊坐下。

她冷冷地將手抽出，亦不移半步，盯著他問：「洗衣院的姐妹們呢？」

宗雋一時未答。柔福從懷中取出一疊紙張，目中泛著淚光，她又問：「串珠呢？」

那是寧福被賣到西夏前提前爲柔福寫的信，宗雋按寧福的囑咐每年給柔福一封，剩下那些一直藏在書房隱蔽處。

「我在你書房找到這些信。在這些信上，串珠都以現在的語氣說著將來的事。她爲什麼要提前寫好以後很多年向我報平安的信？她到底去哪裡了？現在在哪裡？」柔福揚著這疊信箋，眼淚直掉了下來。

宗雋吸了口氣，決定告訴她實情：「宗磐拿她跟夏國人換馬，她現在應該在夏國。」

「換馬？」手中信箋散落一地，她流著淚質問：「你爲什麼把她送給宗磐？你爲什麼不救她？你爲什麼要騙我？」

宗雋側首避開她咄咄逼人的怒視，暫時找不到可以平復她悲憤的合理解釋。

此時又有一名女子緊隨柔福氣喘吁吁地跑來，一見宗雋便跪倒行禮，大概想解釋什麼卻又不知該從何說起，語氣甚踟躕：「八太子，小夫人……小夫人……」

那是柔福的侍女瑞哥。宗雋瞥她一眼，問：「誰告訴小夫人我在這裡？」

瑞哥看看柔福，低首輕聲道：「小夫人在書房翻找想看的書時發現那些信，立即哭著跑出來，說要去找八太子，然後，是宮裡來的那幾位姐姐說漏了嘴……」

「她們還以爲我知道你來韓州追捕洗衣院女子的事，認定我哭也是因爲此事，」柔福自己接口說：「說你情非得已皇命難違，勸我想開些，不要因此與你失和。」

宗雋呵呵一笑，轉身看門外天色，道：「所以你就心急火燎地趕來了？」

柔福定了定神，拭淨臉上淚水，再走至他面前，繼續追問起初的問題：「洗衣院的姐妹們呢？她們現在在哪裡？」

宗雋微微仰首，天邊血色霞光映入他雙眸：「不錯，皇命難違。」

這寥寥數字給了柔福預想到的答案，她卻仍陡然一驚，半垂雙目徐徐退後兩步，久久默然。再看他時，她搖了搖頭，目光冰冷而犀利：「不，害我族人的事，沒人逼你，你也會做。」

宗雋揚眉看她，心下有些詫異，不知她如何得出此結論。

「我剛出門就遇見打扮成乞丐守在府門路邊的曲韻兒，」她說：「她在那裡躲著等我，一見我便問玉箱如今怎樣，我告訴她實情，她當即失聲痛哭。然後，她對我說，有一件事她想不明白：她那人腦符水完全是按她表姑當年的方子做，何以郎主服了不見效？不見效也就罷了，若非他腹瀉得厲害也不至於引起那樣的警惕，給玉箱招來如此大禍。那人腦雖是生的，可金人一向茹毛飲血慣了，吃生肉都沒事，吃一點生腦也斷不會腹瀉數日都不好……」

「宗雋，」她難得地喚他，眼底卻滿蘊深重疑惑：「你給她的是人腦麼？裡面做了什麼手腳？」

宗雋一哂：「那丫頭說這些不過是意在挑撥離間你我，你何必如此當眞，平白地來興師問罪。」

「離間你我對她有什麼好處？那時她悲傷得命都不想要了，還會惦記著去誣陷人麼？」柔福一拭再度漫出的淚，聲音有些嗚咽：「她說這些只是想提醒我提防你，讓我明白你也未必比別的金人好。說完，她便撞壁殉主了。」

略頓了頓，她壓下哀戚情緒，尋回冰冷的語調問宗雋：「事到如今，你還想瞞我？你當初給她們的是什麼？」

宗雋默思片刻，忽然一頷首，似笑非笑地說：「好，我告訴你。當初我給她們的……是豬腦。」

柔福一怔，逐漸蒼白的臉上現出一絲苦笑：「不盡於此罷？你還在其中加了瀉藥。」

宗雋未出言承認，但唇際笑意隱隱加深。

「你，還瞞著我做了什麼？」柔福惻然再問：「想必郎主追究此事，召秦鴿子來問也出自你授意？」

宗雋仍未置一辭。柔福一把抓住他雙臂，冰涼的指尖隔著衣服掐入他肌膚：「你先騙取了玉箱的信任，又如此陷害她，殺她的人，原來是你。」

宗雋伸臂按下她的手，道：「我是金人，我不可能隨趙妃做出叛國的事。若換了你，你會容許一個外族之女隱於你父兄身後圖謀不軌麼？」

「你豈會與我一樣？」柔福冷笑：「對你來說，叛國又如何？你愛的不是如今的國，忠的亦不會是如今的君。一個整日讀《資治通鑑》與《貞觀政要》的人不會甘心蟄居在王府裡過一輩子，你想必早有了竊國之計，而玉箱是否是你目中潛在的對手，一旦有了機會便先除去，以免她日後阻你前程？呵，不錯，你也會怕她！」

宗雋笑笑：「有些事我不跟你說，就是爲了不讓你自尋煩惱。你想得這麼多，於人於己有何益處？很多時候，還是糊塗一點好。來，進去換身衣服，一會兒我讓你見一個想見的人。」

他伸手想拉她，她卻恨恨地躲過，怒道：「別再碰我，我以後決不再與你共處！」

「姐姐！」一聲歡快呼聲忽地響起，聞聲而來的賢福從內室跑出，欣喜地奔至柔福面前，連聲喚：「瑗瑗姐姐……」

柔福大爲驚異，難以置信地盯著她看半天，才又哭又笑地摟住她：「金兒，姐姐終於又見到你了……你當初怎麼活過來的？過得好麼？怎的這般瘦了……呀！你身上有傷！」

賢福一時間也不知該怎樣回答，只微笑著連聲說：「沒事沒事，都過去了……我現在很好，八太子待我很好……」

「他？」柔福蹙眉問：「是他找到你的？」

「是呀。」賢福看看宗雋，臉頰緋紅：「是他把我救了……以後我可以跟姐姐一起……嗯，在一起了……」

見她神情忸怩，語意曖昧，柔福便有幾分疑惑，轉頭詢問地看宗雋。宗雋亦未解釋，而是回首吩咐瑞哥：「見過小小夫人。」

瑞哥愣了愣，但迅速會意，上前向賢福請安。柔福卻呆立半晌才緩過神，像是怕聽錯般輕輕重複問他：「小小夫人？」

宗雋點頭，淡然說：「我納了她。」

有一簇類似焰火的光在她眸中轟然綻裂，又於頃刻間靜寂湮滅消散無蹤。她垂下頭，再次抬起時那雙清亮妙目已被淚水灼傷：「她……才剛滿十四歲。」

四　深紅

「那又怎樣？」宗雋說，並不迴避柔福盈淚的眼眸：「我甚至不是第一個納她的人，也早跟你說過，你不會是我唯一的女人。」

怒極，柔福揚手朝他臉上揮去。音高的「啪」，驟然響起，心碎的聲音在其下悄然隱匿，柔福收回摑他的手，倔強地仰首側目視他。宗雋的頰上留下異樣的紅色，有如燙傷的痕跡。

他的目中有驚詫的意味，融有一絲慍色，然而又迅速緩和，仍以適才的姿勢穩立原地，只是沉默。

倒是賢福衝來拉住柔福的手，擋於她與宗雋中間驚道：「姐姐你幹什麼？休要對八太子無禮。」

柔福轉目看賢福，引袖抹淚，竭力使自己平和些許，再對妹妹柔聲說：「金兒，有姐姐在，必不會讓他再傷你分毫。」

「姐姐多慮了。」賢福忽然微微笑：「八太子是金國少有的好人，他沒有傷我，也不會傷我。姐姐這麼早便入他府，真是好運氣。而今金兒能遇上他，亦是萬幸。日後我們姐妹可以長伴他身側，像娥皇女英……」

「娥皇？女英？」柔福不由瞠目，一時無言以對。

賢福點點頭，許是自覺說得過於直接，小臉不免又紅了紅，壓低了聲音：「這樣我們就能在一起，再也不分開……」

柔福忿然反握住賢福雙手，懇切地說：「你不能留在他身邊。這裡是韓州，爹爹和哥哥們都在這裡，我送你去找楷哥哥好不好？留在他和爹爹身邊，雖然要種蒔自給，日子過得會清苦些，但總好過給金人爲奴爲婢……」

賢福微蹙著眉頭，愕然問：「姐姐不願意我留在八太子身邊？」

「你……」柔福眼波朝宗雋一橫：「你想留在他身邊？你當他是好人？你才認識他幾天？你知道他做過什麼事？」歎歎氣，輕撫賢福的肩，說：「聽姐姐的話，去找楷哥哥，而今也只有哥哥可以相信了……」

賢福卻輕輕掙脫開來，泯了笑意，噙淚垂首，說：「姐姐何苦跟我說這些？金兒雖小，姐姐的心思卻還是能明白的。姐姐若不喜金兒留在八太子身邊，不妨直說，金兒自會回洗衣院，無論如何，總不礙姐姐眼就是了。」

怒意隱去，面色漸白，心便涼了。柔福的手頹然垂下，清苦一笑：「我的心思，你眞能明白麼？我亦不求你明白，這些年來我對你怎樣，你應是知道的，若尙能記著一個『好』字，我便心滿意足了。如今你說出這番話，讓人好不寒心。」

賢福泫然道：「如果金兒說錯了什麼，請姐姐原諒。但姐姐若眞對我好，怎不肯聽我自己的意見？姐姐這幾年在八太子府中想必過得不差，身受八太子百般寵愛，以致可放任性情，對八太子動手打罵，這於金兒是不敢想的。姐姐能想像得出府中大婦侮辱欺凌金兒的手段麼？姐姐連鞭笞的滋味也未嘗過罷？金兒雖服侍八太子無幾日，可他對我非但不打罵還處處多有關照，何況金兒的命都是他救的，與以前主人相比，差異如天淵，在金兒心裡，他當然是好人。姐姐不知惜福也就罷了，爲何連金兒棲於他翼下也容不得？」

柔福擺首，道：「現在我說什麼你必也聽不進了，可只要我在，便不會給他傷害你的機會。你跟我走，我帶你去找楷哥哥。」

「我不去。」賢福決然退後遠離她，垂淚的目中閃出一道犀利的光：「留在八太子身邊是受他傷害麼？去楷哥哥那裡就安全了？那姐姐自己爲何不去，卻巴巴地想趕我走！」

聽了這話，宗雋不禁「嗤」地笑出聲。柔福轉頭看看他，雙頰與身上素衣一般蒼白。她呆呆站著，胸口急促起伏，像是一時間難以喘過氣，迫得她最後以手去撫。

「扶小夫人入室休息。」宗雋向瑞哥命道。

瑞哥眼睛微紅，答應了一聲，過來相扶，卻被柔福一把推開。隨即她急促地朝外跑去，目光失神，神情迷亂。

宗雋暗暗一驚，追至門邊，但見她已揚身上了先前所乘的馬，拔出匕首斬斷繫馬之繩，再一揮鞭，策馬衝出院外。

見她在如此狀態下乘馬狂奔，宗雋自是不放心，當即也上了自己的馬，一路追她。

她無目的地策馬而行，未知要去何方，淚水迷了眼，根本不辨方向，只一味失控地不住鞭馬，欲以加速的奔騰來逃離此間的天色。

宗雋逐漸靠近她，終於到了與她並駕齊驅的位置，再伸出一臂，想將她攬過來。

柔福咬唇睜目，目紅若泣血，右手一揚，側身用盡全力向他揮出一鞭。

宗雋下意識地仰身以避，手便縮回，身下的馬亦隨之移開半步。而柔福用力過猛，一鞭打空，身體頓失平衡，朝著左側直直地撲倒落馬。

那馬受驚，揚著四蹄如風奔遠，而柔福跌於沙土之上，微呼一聲，雙手按住腹部，側躺的身體痛苦地徐徐曲縮。

宗雋亦大驚失色，立即下馬摟起她。她閉著眼睛狠狠咬唇，阻止被痛苦迫出的呻吟自喉中溢出。

「瑗瑗！」宗雋把她緊摟於懷中，感覺到她脆弱身軀的輕輕顫抖。

他想抱她上馬，手掠過她身下，不想竟發現她裙上有異樣的觸感。

潮濕的溫熱。

他的心跳陡然喪失了一貫的節奏，怔了怔，才試著去看那溫熱的觸感在手中印下的色彩。

紅。

五　藥傾

「八太子不知道麼？小夫人有近兩個月的身孕，但如今……胎氣已散了。」請來的醫官精心救治良久後，終於向宗雋宣佈如此結果。

宗雋一陣緘默，再揮手，讓那人走開，轉首看柔福。她此刻僅著一層單衣躺在床上，衣色素白，最後一絲血色自唇上隱去，青絲無力地自枕上傾下，神情冰涼如霜，錦被下的她脆弱得彷若一片即將化去的春雪。

他走近，立於她身邊，問：「你爲何不告訴我？」

她緩緩抬目，一見他眸中即射出深寒的光。「我根本不想要這個孩子。」她盯著他切齒說：「我寧死也不生有金賊血統的孩子！」

「你何苦如此倔強。」宗雋在她身邊坐下，惻然笑笑，想撫撫她的臉：「如今眼淚比無謂的嘔氣對你更爲有益。」

她一驚而起，拚命朝裡縮不讓宗雋靠近，怒道：「離我遠點！……我本來就不想要這個孩子，我不要你的孩子！從知道有他的那天起我就一直在想怎麼阻止他的出生……我討厭他……現在好了，沒了，沒了，多好……」她忽然有些失神，但立即又睜目冷笑道：「告訴你，我是故意從馬上跌下來的……」

「你……」宗雋當即捉住她一臂，驚問：「你是故意的？」

「對，我是故意的！」她用她所剩無幾的可憐的力量掙扎著說：「我不要這個你強加給我的孩子，所以我故意摔下來……我殺了他……我從沒想過要生下他……」

宗雋蹙眉凝視她，手指狠狠地深陷入她臂下肌膚，她似渾然不覺此處疼痛，繼續笑，繼續喃喃地重複剛才的話，然而臉上笑容逐漸扭曲，她眼底的悲傷沉重得令她不堪負荷，兩滴淚難以抑制地墜落。

原來是她的驕傲與怨恨促生的謊言。心下頹然長歎，宗雋鬆了手，柔福一下跌伏在床角，將頭深埋於被中，硬壓住自心湧出的悲聲，但雙肩卻仍無可掩飾地不住顫抖。

宗雋拋下她大步流星地朝外走，那急促的推門將候在門外的賢福嚇得失色，先接連退後幾步，再惶惶地喚：「八太子……」

宗雋正眼也不曾看她，目不斜視地走，只擲給迎面端著湯藥過來的瑞哥一句：「好生侍候小夫人。」

瑞哥答應一聲，小心翼翼地端藥入內。賢福悄然跟她走，待瑞哥轉身示意門邊侍從關門時才含淚急問道：「瑗瑗姐姐怎樣了？我可以進去看她麼？」

瑞哥回頭看看猶在悲泣的柔福，歎了歎氣，對賢福說：「小小夫人，你若還顧念你姐姐，此刻就不要再跟她說什麼了。」

然後略略退後，命人輕輕關上了門。賢福呆立良久，才黯然抹淚離開。

那藥柔福並不曾喝，連瑞哥熬的粥也難以嚥下，一直到深夜仍是滴水未進，而體內的血仍在陸續地流。瑞哥每次掀開被子都會看見觸目驚心的痕跡，終於不堪忍受，哭著去敲宗雋的門，將此情告之。

宗雋立即起身去看，卻見幾碗湯藥和粥食擱在她床前，涼的熱的都有，卻都未曾動過。侍女不斷地換她身下加鋪的薄褥，一片片地抽出，她的生命也似分附於那片片殷紅的色彩中，即將流失殆盡，她懨懨地躺著，沒有再哭，眼睛半睜，卻空洞無神。

「喝藥。」他在她身邊命令，平淡的語氣，不生硬，但也沒有乞求的味道。

她側首向裡，毫不理睬他的話。

「惟有如此，才能救她。」宗雋便立於柔福床前，垂目看她：「我以爲你會明白。」

「救她？」柔福不由冷笑：「納她便是救她？她甚至比我當初……還小，我看不出你跟以前折磨她的金人有什麼區別。」

「那你要我如何待她？」宗雋反問：「把她接到府中仍當帝姬供著？還是把她當小姨、當妹妹，日後尋個好人家嫁出去？」柔福暫未說話，宗雋又道：「納她，是最好的做法。她是郎主指定要殺的罪女，我若要放她，便需要一個能向人解釋的理由。除了看中她的美色，我再無讓她活下去的藉口，而這也是能讓我的族人接受的唯一藉口……」

「不，這只是你自己的藉口。」柔福決然打斷他，說：「你看出她是我妹妹，有與我相似的容貌和與我相異的性情，這讓你覺得很有趣，你想收集她、把玩她，就像當初對我一樣。我與金兒之於你，有如書畫古玩之於我父親，你們慣於尋求收集，品玩細賞，多多益善，永無饜足。納她是爲了救她，是爲了哄我還是騙你自己？你應該並不屑爲你的好色找任何藉口才對，你還有騙我的必要麼？從你送出串珠，加害玉箱之時起，你就該猜到我會如何恨你，也不應在乎多這一樁。只是至此，我更看透了你。」

宗雋一牽唇角，道：「是，我本不屑與你解釋。殺人又怎樣？好色又如何？你並無資格要求我不殺你的族人，不納別的姬妾。你常常向別人提出過高要求，而人無意做到，所以你註定失望。你希望把握的東西，總是超出你力所能及的範圍，竭力去爭，不如安分度日，你何時才會明白？」

柔福搖搖頭，只回了他一句：「總有一些東西是我自己可以把握的。」言罷合目，緊閉雙唇，似決意不再對包括他在內的俗世紅塵給予一顧。

她分明是指自己的生死：但求一死，你能奈何。

奄奄一息，卻依然保持著如此冷硬態度，看得宗雋不覺怒起，一把拉起她攬在懷裡，另一手拾起藥碗硬送到她嘴邊：「你又錯了，若非我允許，死也不是你所能決定的。」

柔福掙扎，然終究敵不過他。他捏緊她下頜迫她張嘴，將藥傾入，卻被她迅速吐出，一面擺首躲避，一面雙手使勁朝他亂抵亂打。

碗中藥左右搖晃，幾欲盪出，宗雋索性揚首一飲含於口中，將碗一摔，便摟緊柔福低頭尋她唇，欲將藥湯送入她口中。豈料甫觸到她唇，她被怒火激得渾身發顫的身軀便當即一震，胸下有氣急湧，一口清水噴出，濕了他胸前衣襟。

「污穢！」他聽見她恨恨說，看見她再次合目前透出的恨意，冷寒徹骨，探不見半點寬恕的可能。

六　飲鴆

房中的女子歸於沉寂，倦怠地躺著，他在她臉上看見一種愛恨之外的情緒，從未有女人對他呈出的情緒，極端的厭惡。他一時竟然無措，感覺到胸前的潮濕，有一絲涼意由此沉澱到心裡。終於他離開，院內月色如霜拂面，彷彿冰涼。

柔福一直未能進食，瑞哥等人強餵她亦不可，就算勉強送入她嘴中，她也會立即盡數嘔出，人便越發虛弱，昏昏沉沉地半睡半醒，顯是已無求生的欲望。

宗雋無計可施，只命瑞哥好好照料她，自己不再踏入她房內半步。她那一口清水終於撲熄了他臉上向她呈出的不滅笑容，心情與隨後的陰天一般灰暗，他居然也會鎖眉不展。

這日傍晚，貼身服侍了他母親紇石烈氏幾十年的老宮人什谷馳快馬趕來，帶給他一個消息：完顏晟得知了宗雋私放賢福帝姬的事，勃然大怒。

宗雋倒不驚慌，說：「我回京後自會向郎主解釋。」

什谷搖頭說：「此番郎主震怒非同尋常。八太子不會不知，上回八太子極力保護柔福帝姬已使郎主心存芥蒂，這次任務交予八太子便意在試探，不想八太子竟又救下一位南朝帝姬。娘娘命我帶話給八太子，我如今說出，一字不改，如有冒犯還請八太子恕罪：『你有何能耐可屢拂郎主意又全身而退？』」

宗雋道：「我既決定留下她，便會承擔由此導致的後果。」

什谷歎歎氣：「娘娘還說了一句話：『爲女色而損大局，是爲不智，何況，並不是任何女子都值得人捨命相救的。』」

宗雋凝神細思，忽了然一笑：「母親命你老人家日夜兼程地趕來，不會只是要你傳幾句話罷？」

什谷亦微笑，轉首朝門外吩咐道：「進來。」

一名侍女恭謹地舉著一托盤入內，盤中置有一壺酒。

什谷親手把酒接過，擱在宗雋身邊的桌上，再垂首說：「娘娘說，若無柔福之事，賢福可留；若無賢福之事，柔福可留。但若八太子想二美兼收，便是無謂冒險。娘娘對八太子當眾為柔福帝姬沖犯郎主之事已頗感失望，如今不想再看八太子犯同樣的錯誤。八太子若不想招禍，兩位帝姬便只可留一位，這酒讓誰飲下，由八太子決定。」

宗雋揭開酒壺蓋朝內看了看，但見酒液清澄，無一絲雜質，其味幽幽蔓延融入空氣，詭異地香。將酒壺略略推開，避開那冶豔的香味，宗雋問：「必須如此？」

什谷頷首道：「娘娘教八太子做的事，哪件錯過？」

然後行禮告辭，說未便久留，要立即回宮覆命。宗雋送她出去，回房凝視那酒片刻後，自取府中所備的酒，將兩壺酒各倒了一杯，再命人把賢福找來。

自柔福小產後，他一直未理睬賢福，此刻賢福蒙他召喚，迅速跑來，眼角眉梢有明亮喜色。

宗雋待她行禮後，和顏對她說：「我母親給我出了個難題，我不知如何解答，看來要你助我了。」

賢福驚訝道：「我？……奴婢愚笨，八太子都解不出的難題，奴婢又豈會解答？」

宗雋一擺手：「對你來說倒不難，不過是作個選擇而已。」

賢福鬆了口氣，微笑問：「選什麼？」

宗雋轉視桌上酒：「母親不想讓我享齊人之福，說你們姐妹只能留一人，送來一壺鴆酒，讓我給你或你姐姐飲。我甚為難，不知讓誰飲較好，故此召你來，由你決定罷。」旋即一指兩個已斟滿酒的酒杯，說：「左邊的是鴆酒，右邊的無毒，你選一杯飲下，剩下那杯便是你姐姐的。」

語氣那麼平靜，似讓賢福選的不過是一件衣裙一朵珠花。而賢福已如遭雷殛，慘白了臉色求道：

「八太子放過我與姐姐吧！金兒不敢奢望做八太子姬妾，便是爲奴爲婢也無怨言。我們身爲弱女子，不可能做出任何危害八太子的事，都留下又何妨？八太子何必定要除去一個呢？」

宗雋淺笑道：「我也想把你們都留下，但這是我母親的命令，想必也是郎主的意思，我若讓你們都活著，便是公然違抗母命君命，不孝不忠了。」

賢福流著淚，拉著他衣袍下襬，泣不成聲地繼續懇求，宗雋不再睬她，一拍桌面，毫不憐憫地提高語調命道：「選！」

賢福嚇得噤聲，不敢再多說什麼，透過瑩瑩淚水看看左邊酒杯，再徐徐移至右邊，反覆遷延數回，仍遲疑著未作決定。宗雋不耐，再三催促，她聽得惶恐，才伸出微顫的手取了左邊那杯，緩緩引至面前，未立即飲，無比酸楚地低首，一滴眼淚墜入杯中。

這時門忽被人推開，瑞哥衝進來，道：「八太子，小夫人醒來了，說想見小小夫人。」

賢福一驚，手中杯滑落下來，「砰」地一聲，酒傾杯碎。

宗雋再取一酒杯，依舊提了酒壺邊注邊對瑞哥說：「你先回去，告訴她小小夫人隨後就到。」

賢福神色便又哀戚，在他足前繼續跪著頻頻拭淚。瑞哥不解地看著，一時未移步。宗雋擱下酒壺，抬眼淡問：「還不走？」她才驚覺，垂首後退離去。

宗雋再對賢福笑笑，道：「這杯還是鴆酒。我看你剛才選了左邊的，那麼這一杯還是你飲了？」

賢福悚然抬首，惶惶地搖搖頭。

「那就再選。」宗雋命令：「快，我無耐心久等。」

淒然沉默半晌，賢福作了最後的抉擇。這次，她的手朝右邊探去。

宗雋面無表情地端坐著，一瞬不瞬地看賢福將右邊的酒飲盡。

飲盡，賢福將酒杯擱在地上，手依然在顫，使那杯底在地面連續擊出一串輕微的脆響。又有兩滴淚珠奪眶而出，滑過她的臉，縈在頷下，清圓如朝露。

梨花帶雨般柔弱。他漠然看著，卻想起柔福流淚的情景，與此大不相同，就連她的眼淚中都彷彿長有傲骨。

賢福無依地伏於冰冷地面上越哭越傷心，目中滿是愧疚之色，喃喃地不住喚：「姐姐，姐姐……」

「你不必覺得對不起她。」宗雋對她說，一笑，很溫和：「其實你是救了她。」

賢福抬頭，甚是困惑地等他解釋，宗雋卻不再說什麼，直到她自己覺得體內有了異樣反應。

她緊按胸腹，驟然而生的痛苦令她眉眼幾欲縮至一處，她失神地拿起剛才的酒杯：「這酒……」

「我記錯了，左邊的無毒，右邊的才是鴆酒。」宗雋持起左邊酒一飲而盡，朝賢福亮了亮杯底，依然微笑：「抱歉。」

七　詛咒

賢福面如死灰，手不止地顫，酒杯跌落，一路滾至宗雋足邊，被他漫不經心地踢開。

以手掩面，賢福重又悲泣，此番與前不同，那泣聲哀婉孤清，若一縷輕煙一線游絲，無力地嫋嫋飄浮於燭影中，好似吹口氣便斷了。

宗雋繼續獨斟無毒的酒，徐徐飲著，靜待她魂魄如煙散去。對她，他不覺憐憫。他讓她選擇的其實不是她或柔福的生命，而是他再度冒險救她的機會，如此結局源自她自己的選擇。

忽見窗上光影游移，似是有人走近，廊上隱隱傳來瑞哥的聲音：「小夫人別急，慢些⋯⋯」賢福聞聲睜開眼，像是頃刻間有了些精神，一點點挨到門邊，一手緊摁胸口強忍疼痛，一手扶著門框欲站起，匆匆舉目朝外看。

來的確是柔福，披散著枕亂的長髮，穿著白色素衣，連外衣也未及穿，只披了襲披風，在瑞哥與另一名侍女的攙扶下趕來，四肢乏力，路也走不穩，卻還想跑，幾次差些便跌倒。

見了賢福她竭力甩開侍女幾步搶過，伸手欲摟她：「金兒⋯⋯」

賢福臉上呈出淡淡微笑，亦朝她伸出手，未料先於「姐姐」的喚聲脫口而出的是再也強忍不住的鮮血，豔豔紅光一閃，濺了柔福一臉半身。

與此同時她倒在柔福身上，柔福也承受不住，兩人一同跌倒在地。柔福怔忡之下以手撫撫右頰，垂目看看手上溫熱的液體，忽地摟緊賢福，仰首閉目，雙唇輕顫卻無聲，良久才有一聲悲鳴自心底響起。

賢福努力朝柔福露出的笑意被劇烈疼痛迫得變形，血開始自七竅中持續地流出，她左手緊揑住姐姐的手臂，依偎在她懷裡，閉目反覆地喚著「姐姐」。柔福摟著她，抬頭看宗雋，滿面淚痕，和著哭聲道：「你放過她，救救她！」

宗雋漠然道：「這毒無藥可解。」

「姐姐，不要了⋯⋯」賢福在她懷裡輕聲喚，目中流著血紅的淚：「我，我⋯⋯」

柔福低頭，將臉龐貼在她額上，凝咽道：「別說了，我明白。」

賢福再睜目，卻蹙眉道：「姐姐，我看不見你了。」鬆開抓她手臂的手，引至她臉上，似是想如盲人那般借觸摸來辨識她最後的模樣。

柔福把住妹妹的手撫上自己的臉，含淚柔聲對她說：「姐姐在這裡。」觸及她臉上的皮膚，賢福倉促地笑了笑，全身一抽搐，嘔出最後一口鮮血，手軟軟地垂下。

柔福喚了聲「金兒」，不見她答應，居然沒有更多的哀戚之色，反倒甚爲平靜，默默地以手從容拭淨賢福面上的每一處血跡，合上她雙目，再把她輕輕放在地上。再看宗雋時，她的目中亦無他預料的怒火，只是冷淡，寒冷，令他忽然想起臨死前的玉箱。

他寧願她狂怒地咒罵他，甚至衝來對他拳打腳踢，那是他可輕鬆應對的情景，而她如今神情如此，他有些詫異，不悅，甚至有隱約的不安。

「以前我總想不明白，爲什麼玉箱姐姐行事會那麼不擇手段。」她開口說，依然甚平靜，聲音清冷：「如今我終於懂了，對付良知泯滅的金人，用怎樣狠辣而決絕的法子都不爲過。」

她再垂目看手上鮮血的痕跡，忽地側首以視宗雋，唇角挑出一抹幽異的淺淡笑容：「陰謀和權術，想必是你喜歡和擅長的？」

言罷她站直，收斂了笑意，以血色手心正對宗雋，目中的寒光凝結了空氣。

「我詛咒你，完顏宗雋。」她說：「你，和你的家族，必將在你們的野心與陰謀織就的陰影下萬劫不復。你會被你自己的陰謀所害，五馬分屍，身首異處。而你那些豺狼般的族人也將彼此撕咬殺戮，世世代代地延續，在被異族所滅前，金國的土地上便已灑滿完顏氏的血！」

她的詛咒似冰涼的利刃直落心間，宗雋眉頭一蹙，那寒意令他怫然不悅，沉下臉來正欲說出懲罰她的命令，卻見瑞哥先已跪下求道：「小夫人病糊塗了，所以才胡言亂語，八太子請勿與她計較。」

宗雋遂暫且不發話，再看柔福，見她此刻扶門站著，已漸不支，身體微微晃動，隨時便要倒下的模樣，但仍堅持直視著他。他在她的目光中覺出她的恨，拒絕時光沖刷的不泯的恨，讓他想起曾經捕殺的形形色色獵物，在受傷之後，生命被他最終掠奪之前，它們亦會這樣看他。

他便釋然。那些獵物如果會說話，想必也會發出如她那般的詛咒，自己從未有介意的必要，如今亦如此，他蔑視那虛無的情緒。如果獵物有利爪和利齒，也許尚還值得略微留神。獵物而已。

「帶她回去。」他吩咐瑞哥，再命門外的兵士進來，讓他們把賢福的屍身拖出去。

柔福一時未肯移步，但也不見有過激舉動，默然看人將賢福拖離自己視線，才轉頭對瑞哥輕聲道：「我們走。」

走了兩步，她足軟跌倒，瑞哥忙彎腰攙扶，她淡淡一笑，說：「我想吃點東西。」

瑞哥大為驚喜，問：「小夫人你肯進食了？」

柔福頷首，倦怠地合了合目，再勉力向前行：「我們走。」

回房後她果然如常進食，給她的藥也每碗必喝，然後便安靜地躺著，亦不再流淚，不喜不悲。

瑞哥把這些事當作喜訊頻頻來報，而宗雋不覺可喜。真如表面這般平靜地接受現狀，便不是他熟識的那倔強的趙氏帝姬，不再求死，要生存下去不過是為了日後的抗爭，如今他唯一想知道的，是她下一步會做什麼。

她很快給他欲知的答案。

次日深夜，從遠處馬廄中發出的馬嘶聲將他驚醒。那一聲其實不長，馬廄到他臥房的距離也足以將聲音減弱至不礙他安眠的程度，然而他還是醒來，像是一直在等待這聲馬嘶結束本就不深的半夜睡眠。

他披衣而起，搶在柔福策馬趕來前守在離馬廄最近的大門前，在她行近時抬頭笑笑，然後揚手，示意尾隨他而來的下人將她面前的門緩緩關上，看門外燈籠在她眸中映出兩簇光亮隨之燃滅，同樣徐緩。

她被人拉下馬，送回她的房中。可這不過是她預謀逃離的最初嘗試。被他熄滅的希望，她會再度點燃，騎馬不成便步行，正門不便走就從圍牆破敗之處鑽出，穿自己的衣服太顯眼便換上瑞哥的侍女服，幾乎每個夜晚，她都想方設法地試著逃離他的領地。

他一遍遍地把她抓回來，一遍遍地以自己的方式羞辱她，想讓她意識到她的一切嘗試皆徒勞，但她從無悔意，始終不放棄關於逃離的努力。有一天她在天將破曉時從側門逃出，獨自一人奔跑在輕寒惻惻的天地間，她的步履輕快，她的身影輕盈，她飄飛的白色裙袂有火焰的姿態，攜著這白色火光，她不思回顧地飄向遼遠天際，彷佛空濛雲水外，有她欲靠的岸。

當然他不會不知，策馬跟在她身後，冷眼看著，如同狩獵時對必得獵物的放縱，直到發現她經過的路上有點點鮮紅的血跡才一驚，朝她疾馳而去。抓住她的那刻，她倏地回眸，金紅的霞光拂上她的臉，尚未隱去的她的微笑也似帶著曉陽光芒，頃刻間灼傷他的眼，他因這明亮而憤怒，一言不發地掠她上馬馳回，將她抛在地上，看著她裙下不斷滲出的鮮血，斥問：「你很想死？」

她搖搖頭：「不，我不能死。就是死，也不會死在你眼前。」

「離開我，跟選擇死沒什麼區別。」宗雋冷道：「你以爲從這裡出去就可解脫？一個出逃的南朝女子，即便不被拘回洗衣院，也會遭到無數男人千百次的劫掠。」

「我寧願面對那千百次的劫掠，」柔福舉目看他：「只要能離開你。」

宗雋一歎：「你妹妹說得對，你是個不知惜福的人。我太縱容你，給你太多不應給的自由。」

「你給了我，自由？」柔福仰首看天，迎著日光微唅雙目：「你在我身上繫了線，把我放飛在天上，允許我扶風而飛，飛得越高、越遠你越開心，而你，始終把持著可以隨時把我拉回的線軸。我是你手中的紙鳶，這就是你給我的自由。」

忽然她開始冷冷地笑：「但你沒想到麼？紙鳶也有斷線的時候。」

八　微露

「你以爲，什麼是你想要的自由？哪裡可以找到你要的自由？」宗雋反問：「你回到南朝，也不過是重又被人鎖回宮苑，又能比供人賞玩的一隻鳥、一條魚、一株花好多少？」

柔福閉目不理他，惟下頷依舊微揚，與纖美挺直的脖頸形成清傲的弧度。

「在南朝做長公主與在金國做小夫人有很大區別麼？你以爲誰能給你想要的東西，你的九哥？」宗雋繼續說，言辭間充滿譏誚意味：「怎麼我聽說的趙構遠非與你所說的九哥一樣？這幾年他這皇帝可做得狼狽之極，被我金軍打得鑽山入海、東躲西藏。去年二月他在揚州被迫半夜出逃，蓬頭垢面地與軍民爭道，不惜手刃自己親兵；去年十月從建康回臨安，中途宿於錢塘江邊，被潮聲驚醒，還以爲金軍逼近，一躍而起就想跑；歲末乘舟出海躲避宗弼大軍追擊，一連數月不敢登陸，連今年元旦都是在舟上過的。每每聽你提起他，我總疑心與我所知的不是一人，你的九哥何等英明神武，豈會被人追擊得如同一隻喪家之犬！」

他刻意強調了「喪家之犬」四字。柔福眼瞼微顫，咬緊下唇，但仍不發一言，冷著臉不作回應。宗雋心知她如以往那樣只把他的話當做對趙構的攻訐，便一哂低首，俯身緊盯她，等她睜開雙眸：「有些事我有否跟你提過？他登基後不久便遣使來金通問，第二年更遣宇文虛中奉表來上京，貶號稱臣，要求和議。」

「和議！」柔福果然一驚睜目，怒道：「你胡說！」

宗雋一捨戲謔口吻，鄭重道：「我沒有騙你，他確實向大金請求言和。當然，郎主並未答應，下令留下宋使，繼續進兵伐宋，你九哥眼見和議不成，才只好以幾支殘軍苟延殘喘地與大金對抗。」

柔福怔怔地看宗雋，喃喃道：「他……真的……」

「他真的不是你認得的那個九哥了。」宗雋又微微笑，伸手理理她鬢邊散髮，再輕撫她的臉：「你就算回去也找不回以前的他，而如今的他，也不能給你期望的東西。與其彼時失望，不若留下，安心在我這裡過些平安喜樂的日子。」

柔福久久默然，少頃，雙手輕輕拉過宗雋撫她的手，引到唇邊，以唇印上他手背。

她的雙唇溫暖，給他柔和的觸感，她亦低眉順目，少有的態度。宗雋頗喜悅，又含笑道：「這樣多好……」

豈料話音未落便覺著手背陡然劇痛，柔福抓緊他手在手背上狠咬下去，只一瞬間便咬破其上皮肉，鮮血一湧而出。

宗雋一聲怒吼猛地抽脫開來，再反手甩了柔福一耳光，她應聲倒地，卻又立即撐坐起來，一掃他鮮血淋漓的手，緩緩拭拭唇邊所沾的血跡，側目看他，又是冷笑。

當下便有奴僕聚來欲給宗雋包紮傷處，宗雋大力推開，沉著臉揚聲命人取過馬鞭，就以被柔福咬傷的手握著，一鞭鞭不帶絲毫憐憫地朝她身上揮去。

她斜倒在原地，不思躲避，任他的馬鞭擊裂她的衣衫，在背上腿上烙以血肉模糊的痕跡。她咬緊牙關，將痛楚引起的呻吟鎖於喉間，十指緊扣在冰冷的石板上，指甲慘白無色，似被痛苦迫出了穿透這堅硬地表的力量，除了鞭子落下那瞬本能的顫抖，她始終堅持不動。

她冷漠的對抗方式令他出離憤怒，加重力道就欲逼她開口痛呼或求饒，而她並不如他所願，只是沉默，只是忍耐，未作任何還擊，無論是言語或是行動，卻奇異地給了他從未有過的羞辱與挫敗感。

他的鞭子便如此無法收勢地反覆落下，看著那倔強的女子在他足下漸趨氣息奄奄，直到瑞哥的乞求給了他停下的理由。

瑞哥衝過來跪下抱住他的腿，哭道：「別打了！別打了！八太子手上流了這麼多血，讓奴婢給你包紮吧！」

於是他頹然停手，瑞哥當即奪過馬鞭拉他坐下，再默默爲他包紮傷處，流著淚不時偷眼看身側滿是血痕的柔福。

而柔福伏身小憩片刻後，逐漸均勻了呼吸，便又坐直，將鞭笞之下襤褸不堪的衣服如常整好，從容拭去臉上可能存在的污跡，再起身，在宗雋注視下再次呈出了她那公主的、冷傲的神情。

此後他把她鎖在一間懲戒奴僕的小囚室中，每日只給她兩餐僅可維生的粗茶淡飯和治療鞭傷的藥，並不讓瑞哥等人伺候。囚室的鎖鎖住了她出逃的希望，她亦不爭不鬧，出奇地靜默。一次宗雋路過囚室，透過牆上小窗看了看她，只見她側躺在角落草堆上，雙目凹陷，皮膚與嘴唇都異樣地白，而衣上仍染了刺目的斑斑血痕。她循著視窗射入的光線看過來，與宗雋目光相觸，卻視而不見，淡淡地去看天邊流雲，雙目仍閃亮。

她那麼虛弱，似只有目中尚存生氣。那一刻，宗雋心跳暫緩，彷彿聽見有人在心間歎了口氣。他呆了呆，才移步走開。

翌日瑞哥來找他，含淚在他面前跪下，他一凜，問：「她死了？」

瑞哥仰首輕問：「這是八太子期待的結果？」

宗雋側目冷道：「你想說什麼？」

瑞哥道：「小夫人現在還活著，但如此繼續下去，死是遲早的事。」

宗雋淡問：「那又怎樣？」

瑞哥叩了叩頭，才說：「我小時候常看我爹馴馬，對馴服不了的烈馬他都會放回山林而不傷及它們性命。而今我希望八太子對小夫人也會有我爹對烈馬的慈悲。」

宗雋決然搖搖頭：「從來沒有我們完顏氏的男人馴服不了的馬。就算有，我們寧可一刀刺死它也不會容它回歸山林。」

瑞哥哭出聲來，拉著宗雋衣袍下襬道：「難道小夫人在八太子眼中僅同於一匹馬麼？八太子會爲一匹馬冒死力爭於郎主前麼？難道八太子眞的寧可看著小夫人死，也不給她一條生路麼？」

宗雋沉吟，不言不語。瑞哥再求，他才垂目道：「我不會放她。我便放了她，她也不可能回到南朝。從大金到江南，一路關卡重重，若無通關金牌，哪個守城的兵卒會爲一個女子放行？」

瑞哥失望地低頭，蹙眉苦思須臾，忽地重燃希望，期待地凝視宗雋：「那麼八太子能否……」

「不行！」宗雋乾脆地打斷她的話，捏著她的下巴一字字地說：「那囚室的鑰匙和通關金牌我隨身帶著，片刻不離，晚間睡覺時都壓在枕下，我不會交給別人，也不會有人有能耐從我眼皮底下把它們偷走，拿去救她。」

這夜的睡眠成了預約的等待。等著日間哀求的女子悄然把門打開，等著她躡足走近他身畔，將手伸向鑰匙和金牌隱藏的枕下。

他從沒有如此清醒，甚至可以感覺到她顫抖的手觸動了空氣，輕微的氣流如漣漪漾及他皮膚。

他竟然可以，裝作渾然不覺的樣子，在她的手即將因膽怯縮回去的時候，喃喃「夢囈」著朝裡轉身，爲她的偷竊提供足夠的便利。

她以笨拙的手勢將枕下物取出，惶惶然轉首奔出，一心想儘快逃離，全不顧關門的聲音可以驚醒所有沉睡的猛獸。

而他還是躺著，木然不動，繼續等。

所有的感覺忽然前所未有地靈敏，在這清涼的夜。他依稀聽見鑰匙探入囚室鎖孔的聲音，他彷彿看見柔福接過金牌時那一閃的眸光。然後，她出來，她潔白的裙裾滑過草色斑駁的石階，他知道裙裾必將被葉尖微露浸潤，一如他心中難言的潮濕。

她騎上馬了，初時還不敢策馬奔馳，只緩步行。馬蹄在石路上擊出和緩清脆的聲音，像是天意暗示，他還有考慮的時間，令他莫名煩躁。

滴答，滴答，放與不放……她？

終於，她加鞭策馬奔離了他的領地。他初時尚在矛盾中忍耐，些許時辰後畢竟還是按捺不住，他後悔了，躍身而起，騎馬去追他原本刻意放跑的逃奴。

先是直奔預計她會去的南城門，未見人影，據守門士卒說，之前並無女人通行。他略一思索，便轉往宋宗室駐地去。

尚未行近，便見宋營邊的山崗上立有一人，正朝西側城門方向望去。聽見他馬蹄聲，此人回首，單薄的衣衫瑟瑟地舞，黎明的涼風薄光中他容色蕭索。

「趙楷！」宗雋一振馬鞭，厲聲問：「瑗瑗呢？」

帶著若有若無的微笑，趙楷以居高臨下的姿態俯覽他，道：「她走了，你追不回的。」

宗雋陰沉著臉引馬奔至宋營前，兩鞭擊醒尚熟睡的金國守衛，喝道：「把崗上的人拖下來，打！」

言罷馬不停蹄地趕往西城門，一問，果然得到了有白衣女人持通關金牌出城的答案。再奔出城一看，只見四周荒野茫茫，杳無人影，歧路縱橫，欲追，一時也不知從何追起。

隨意選了個方向尋了一陣，未果，頹然引馬回宋營。

那時的趙楷已滿身血跡，被打得氣息奄奄，倒在地上，然而見了他，竟還能支撐著起來，依舊氣定神閒地笑：「她真的走了。」

宗雋揚手止住還欲打趙楷的金兵，施施然在他面前椅中坐下，再問他：「她既然來找你，想必是要帶你走。你爲何不隨她走？」

趙楷搖頭道：「朵寧哥有了我的孩子，我不可棄她而去。何況……」他仰首望天，目光淒惻，「瑗瑗如今要回的那國，未必是往日的國，要尋的那家，又眞是記憶中的家麼？」

宗雋審視他，冷道：「你怕趙構容不下你？」

趙楷未直答，淡然說：「於我而言，國已破，家已亡，一切覆水難收。南朝縱天大地大，亦難有我容身之所。」

「現時的你，倒遠比當王爺時聰明。」宗雋哈哈一笑，轉問：「瑗瑗臨走前，你們還說了些什麼？」

「臨走前……」趙楷沉吟，目中浮出一脈溫柔神色，卻又隱含笑意，「我們兄妹間的體己話，八太子無必要知道。」

宗雋皺眉欲逼問，趙楷忽大咳起來，未幾咯出一口鮮血，宗雋才注意到他臉色青白，形容枯槁，已是病入膏肓的樣子。

本著最後一絲憐憫，未再逼迫他，起身離去之前，命兵卒把趙楷交給了聞訊哭奔而來的朵寧哥。

離開此地，暫不知何去何從。心中只餘趙楷一語：「她眞的走了。」

但覺一片利刃探入胸中將心割裂。惟舉目觀浮雲，悵然想，倘能飛身入雲霄，當可再見她身影。

回到府中，親往她居住過的囚室查看，見除了身上衣服，她幾乎沒帶走什麼物事，就連他母親賜給她的玉珮都已被解下，端正地擱於枕上。他拾起，握於手心，感覺她留於其上的，最後的餘溫。

九　宮燈

宗雋心中有一幅幅意象，關於柔福，那經年的往事。例如落葉如金的庭院，或空濛雲水的天地，她帶著倔強神色掠過，素白裙袂如冷焰飄舞。但在南宋宮中，他僅用輕描淡寫的寥寥數語將此間情由一筆帶過：「她曾爲我所得。她的小腳是我解開的。後來我又納了她的幼妹金兒。金兒一時不愼，誤飲鴆酒身亡。她遷怒於我，想盡方式欲逃回南朝。而我，最後，讓她得逞。」

簡單得令趙構有些錯愕，在宗雋說完後又等了片刻，不見他再說，才問：「就這樣？」

「就這樣。」宗雋一笑：「難道，陛下尙欲知其中細節，諸如我如何納福國長公主之類？」

趙構立時側首，恢復了淡漠語氣：「不必。」

宗雋道：「那就到此爲止。若日後事成，還望陛下莫忘宗雋所請。」復又轉視月下寒梅，笑道：「面對如此良辰美景，談適才話題似乎略顯煞風景。宗雋嚮往南朝風物已久，若親聆陛下提及，當眞三生有幸。」

趙構亦應得客氣：「閣下欲知何事，朕若知曉，必言無不盡。」

宗雋落座，手指輕擊面前杯盞，說：「福國長公主居我府中時，常嘲笑我們金人以奶煎茶，說是暴殄天物。如今陛下可否與我點茶，讓我見識南朝茶藝之妙？」

「這有何難？」趙構淡然一笑，當即應承，命宮人取來茶具，親自爲宗雋調膏煮湯點茶。

宗雋見他攪茶膏之時手輕筅重，指繞腕旋，上下透徹，手勢純熟，不由嘖嘖稱奇，對他茶藝多有讚譽。趙構以謙詞應對，兩人不時相對而笑，倒像是志趣相投的茶友。

隨後品茶閒談，末了所聊話題也眞是兩地風物，只在提到金石珍寶時，宗雋似不經意地問了句：「適才那塊玉珮，福國長公主收下了麼？」

「當然。」趙構平靜答道：「否則朕也請不動她。」

宗雋再問：「那麼，這玉珮現在她手中？」

趙構頷首，微笑反問：「陳王如此掛念此物，莫非它珍貴異常？但舍妹對其愛不釋手，朕想借來看看她也不給，恐怕不會捨得還給閣下。不如朕贈閣下珠寶十匣以交換？」

宗雋微露猶豫之色，但最後還是一擺手，笑說：「區區一件玩物而已，長公主在金國時自己尋來的，所以頗重視，其實並不值多少錢，她既還要就讓她留著，宗雋豈敢以此易陛下珠寶！」

趙構不語，含笑親爲宗雋再斟了一杯茶。

約莫聊了一時辰後，宗雋告辭，趙構起身相送。宗雋已走至室外，趙構忽又出言請他留步，宗雋轉身靜待他開口，他卻很躊躇，緩步走到宗雋身邊，思量許久才低聲問：「朕的母后……如今還好麼？」

「很好。」宗雋回答：「這些年韋夫人得蓋天王悉心照料，陛下應該知道。」

趙構默然。宗雋頓了頓，忽有詭異笑意自眸中逸出：「恭喜，這些年，你又添了兩個弟弟。」

言罷留意細察趙構表情，而他只是依舊靜默地注視宗雋，似乎聽到的只是與己無關的訊息。須臾，竟然還能將唇角向上牽動，不失禮數地道謝：「多謝。」

這回宗雋是眞的暗自讚歎，幾乎要爲他的不動聲色拍案叫絕。

宗雋再次告辭，趙構亦不挽留，命兩名宮人持宮燈爲他引路。在宗雋臨行前，趙構淺笑囑咐：「夜來風急，陳王閣下一路小心。」

宗雋呵呵一笑，適才見宮燈白紗燈罩外畫有淡墨西湖景致，便自身側引路宮人手中接過，提高以示趙構，加重了語氣說：「宗雋自身不足爲惜，只恐稍有差池，跌破了這半壁江山。自會小心。」

趙構目送他，直至他身影消失不見，才徐徐引回剛才一直負於身後的手。展開右手，掌心赫然有宗雋送給柔福的玉珮，而他掌中亦多了兩道淤血的痕跡——宗雋向他說「恭喜」之語後，他身後的右手便悄然探入左袖中，取出玉珮狠捏，幾欲將其捏爲齏粉。淤血的痕跡證明他手中曾有剜心的痛，但他當時並無覺察。

他重回閣中，坐著凝視玉珮良久，再謹愼收好。召來內侍省押班，以那兩位爲宗雋引路的宮人輕慢瀆職爲由，命押班將其捕下，處死。

十　權術

宗雋回到上京那日天降大雪。爲求速達宗雋沒有乘車，馭千里駒疾馳而來，入城時已是深夜，鵝毛般雪花仍無休止地漫天飛舞，馬每行一步都會留下一個深約半尺的蹄印。

剛近城門，便見一人策馬靜立於城樓下，身形高胖，沉著臉手按在佩刀上，隱含怒意，可見等了很久，帽上肩上已積了一層厚厚的雪，見到宗雋，他便揚聲道：「你可回來了！」

宗雋引馬過去，朝他一拱手：「宗磐，多日不見，一切可好？」

宗磐不悅道：「怎的你這次出使也不先跟我商量？你一走宗幹就更不老實，趁機教唆皇帝小子罷免了好幾個我們的人。今日我又得到消息，他擬了一份擢升官員的名單，自然大多是他的人，而那小子居然也同意，寫下聖旨明日就要在朝上宣讀。」

宗雋笑道：「這次出使我也是心血來潮，忽然想看看南朝風物，臨走前一天才決定，故而未與你商量。皇帝如此做，是否是你最近惹他不高興了？」

宗磐忍不住低聲嘀咕著咒罵幾句，一壁領著宗雋入城一壁怒道：「那小子越來越過分！上次他說我帶佩刀入宮不好，我就不帶了，已經夠給他面子，哪知他得寸進尺。前幾日我不過是當著他面又罵了宗幹幾句，他就差點跟我翻臉。他娘的，刀也不許帶，人也不許罵，乾脆讓我給他做孫子好了！」

宗雋搖搖頭：「他吃軟不吃硬一向要哄。你若面帶微笑好好跟他說，你的話他就能聽進去。」

「未必！」宗磐斷然反對，「這小子做了幾年皇帝，本事不大，皇帝脾氣卻學到不少，固執著呢，若他決定的事你不同意，他就拉攏別人，變著法兒跟你作對。」

宗雋想了想，也頷首：「這孩子像是越來越有主意了……也許的確該適時對他強硬些。」

兩人並肩策馬一路聊，其間多是宗磐向宗雋抱怨完顏亶爲人行事，宗雋沉吟著，偶而應對幾句。走到大道路口，宗磐一指皇宮方向：「你快入宮押下他的聖旨，等到明日就來不及了。現下我的話他不聽，今晚我要進宮他竟不讓宮城守衛給我開門。我一氣之下便跑到城門等你，因聽說你今日回來，都等了大半宿，你可一定要去教訓教訓他，爲我出口惡氣。」

宗雋一笑：「好。」

於是宗磐與他道別，走向另一大道，策馬回府。宗雋含笑看他遠去，心想此人雖手握重權，多年來還是沒有長進，仍像一枚一觸即發的大爆竹，粗暴而簡單。

他與宗磐的心結緣於柔福，也因「柔福」而解。

柔福南歸那年冬，宗雋的家臣在上京的貧民窟裡見到一名容貌酷似柔福的宋女，大喜之下立即帶回去，獻寶一樣獻給宗雋。

那女子名叫李靜善，原是汴京乾明寺的尼姑，靖康之變時被金人掠入軍中帶到了上京。宗雋留她在身邊，著意調教，錦衣玉食地供著，最後卻未納爲自己姬妾，而是把她送給了宗磐。宗磐一見頗喜，也就收下，對宗雋態度有所緩和。後來收集容貌與柔福有一點相似的女子成了宗雋的習慣，從上京到東京，多年下來找到十餘位。天眷元年宗雋奉旨入朝，完顏亶原意是想讓他與異母兄宗幹聯手，牽制驕橫跋扈的宗磐，進他爲尚書左丞相兼侍中，封陳王，但宗雋一待封王拜相後即主動拜訪宗磐，帶著貌似柔福的十位女子。那些女子在宗磐面前盈盈一舞，看得宗磐如癡如醉，又兼宗雋悉心奉承，宗磐遂與其一笑泯恩仇，豪飲歡宴，通宵達旦。

宗磐隨即淪爲宗雋與宗幹較量的棋子。

有能力與宗幹對抗這天，宗雋已經等了很多年。

當年爲使完顏亶順利成爲皇儲諳班勃極烈，宗雋教他拉攏最有權勢的國相宗翰。果然在完顏亶勸完顏晟賜宗翰免罪券書後，宗翰從此全力扶持完顏亶。天會八年，原諳班勃極烈完顏杲薨，完顏晟有意立自己兒子宗磐爲新皇儲，宗翰明裡暗中都反對。兩年後，宗翰聯同完顏希尹與宗幹一齊入宮再三力勸完顏晟立完顏亶。完顏晟雖不情願，但見三人都是重臣，以兄終弟及祖制相逼，義不可奪，也就只好勉強答應，宣佈以太祖嫡孫完顏亶爲諳班勃極烈，但同時也封皇子宗磐爲國論忽魯勃極烈，與國論左勃極烈宗幹、國論右勃極烈兼都元帥宗翰同爲輔政大臣。

天會十三年，完顏晟病逝，諳班勃極烈完顏亶即皇帝位於靈柩前。有功於新帝的宗翰權勢如日中天，朝政完全由其掌控。十六七歲的小皇帝不甘心做傀儡，悄悄以書信求助於已升爲東京留守的宗雋。在宗雋授意下，完顏亶以相位易兵柄，任宗翰爲太保、領三省事，封晉國王，把他從中原調回朝廷，同時任太宗長子宗磐爲太師，皇叔宗幹爲太傅，與宗翰同領三省事。這樣宗翰表面上是加官晉爵，但兵權已於無形中被削去，而宗磐、宗幹也分去了他幾分政權。以西京留守高慶裔爲首的宗翰心腹也被調入朝中，爲完顏亶牽制。

因宗翰阻撓完顏晟立宗磐爲皇儲，宗磐一直深恨宗翰，也欲將其拉下馬。天會十五年，宗雋暗中向與宗磐聯手的撻懶獻了一個給予宗翰沉重打擊的計策。密告完顏亶，請他細查高慶裔財務。這是個很好定罪的方式，凡位高權重的大臣少有完全廉潔者，高慶裔也不例外，要查總能查出紕漏。不久後，完顏亶以貪污罪將高慶裔下獄，並下令梟首處決。

宗翰激憤不已，然此時才驚覺，自己手無兵柄，又受宗磐、宗幹挾制，竟無力回天了。無奈之下只得面見完顏亶懇求：「若陛下放過高慶裔，赦免其死罪，臣情願免官爲民。」

完顏亶只一笑，和言道：「太保請回，安心在府中靜待佳音。」

宗翰等到的「佳音」是完顏亶命令提前處決高慶裔，及他另兩大心腹山西路轉運使劉思與肅州防禦使李興麟分別被處死與免官的消息。

高慶裔臨刑前，宗翰前往刑場哭別。高慶裔朝宗翰跪泣道：「我公早聽我言，事豈至於今日？我死後，公要善自保重。」

宗翰亦相對嗚咽，眼睜睜地瞧著多年來不離不棄的心腹被梟首示眾。

高慶裔的別語是宗翰最後的禍端。

那時宗雋回京述職，覲見完顏亶。完顏亶大喜，與他密談，對高慶裔那句話多有疑慮：「依八叔之見，他這話是何意？」

宗雋眼皮都沒抬，轉著幾上杯盞說：「顯而易見，高慶裔曾勸宗翰謀反，當時宗翰尚有顧忌，因此才沒答應。」

一聽「謀反」二字，完顏亶臉色便冷了，陰狠眼神一閃而過。

宗雋佯裝未見，等到他再度發問：「八叔，現在我該怎樣處置宗翰？」

「宗翰持掌重權，陰懷異議，國人皆曰……」宗雋淺笑著看完顏亶，吐出最後兩個字：「可殺。」

完顏亶遂立即下令暗中將宗翰捕來囚禁，卻顧及群臣反應，一時未治他罪。

某夜，宗雋步入牢獄，走到被囚的宗翰面前，銜一抹若有若無的笑，負手看他：「太保日後於九泉之下遇見我二哥，請代我向他問好。」

蓬頭垢面的宗翰睜著佈滿血絲的混濁眼睛盯著他看了半晌，恍然大悟：「宗雋，原來是你！你以爲是我害了你二哥，所以唆擺著完顏亶那小兒這樣害我！」

宗雋揚了揚眉，不置一辭。

宗翰連連擺首：「不是我……雖那時我跟你二哥屢有爭鬥，但私下加害我是不屑去做的……」

「的確不是你做的，但你明知道有人想害他，卻沒有救他。」宗雋朝驚詫的宗翰附身，「說，那人是誰？」

宗翰呆呆地看他片刻，忽然大笑起來：「我知道是誰，但我不會告訴你。我要讓這個人一直身處暗處，在你毫無防備的時候，給你致命一刀！」

「你眞以爲我不知道麼？」宗雋冷笑，「當年那醫官，是宗幹的人。」

宗翰雙目大睜：「你，你怎麼知道？」

宗雋道：「經過這麼多年，以前不明白的事想也想明白了，尤其在害我二哥的人終於忍不住，向權勢伸出爪子的時候。」

宗翰怒道：「那你還來這裡幹什麼？耀武揚威麼？」

宗雋一哂：「我只是想讓你死個明白。」言罷含笑朝牢獄門外走去。去掉了宗翰這個障礙，從今以後他可以集中精力，與宗幹較量。

「滾，躲在別人身後玩弄權術的小人！」宗翰指他背影怒斥：「你以爲你是在爲你二哥報仇麼？不！你只是在借報仇之名掩飾你不可告人的野心！若你二哥活到今日，處於我的地位，一樣會被你算計！可你別太得意，陰險狡詐的豺狼，終有一天也會玩火自焚，被別的野獸撕碎！」

從那時起，宗翰痛罵不絕，也不進食，只頻頻索酒來喝，不久後絕食縱飲而死。

十一　孤鴞

行至皇宮正門前，宗雋勒馬而立，一掃門外衛士：「開門。」

他剛從外歸來，未穿朝服，守衛是新兵卒，並不認得他，見他這般態度不由大怒：「哪來的賤民如此囂張？你道皇宮是你家菜園子，想進就進？何況天色已晚，宮門早已關閉，若非聖上下令，天王老子來了也不能開。」

宗雋冷道：「我有要事面聖，請即刻開門，爲我通報。」

那衛士喝道：「面聖？有魚符麼？」

宗雋回答：「事發突然，玉魚尚在府中，未及佩戴。」

完顏亶即位後仿南朝制度，命親王官員佩魚作爲出入皇城的信符，按官員級別分別以金、銀、銅打造成鯉魚狀，稱爲魚符，刻有官員的姓名、官職等基本資料，以袋盛之繫於腰間，是官員身分、地位的標誌物，其中親王著玉帶，佩玉魚。

「玉魚？」衛士上下打量風塵僕僕的宗雋，顯然不信他是親王，嘿嘿冷笑：「你有玉魚，我還有佩玉雙魚袋呢！」

佩玉雙魚袋是皇太子信符。宗雋聞言引馬靠近他，垂目道：「是麼……」

話音未落便見他手起刀落，血光一閃，那衛士還未來得及呼喊已人頭落地。

周圍衛士立時沸騰起來，拔刀持矛將宗雋團團圍住。城樓上禁衛官聽見喧譁聲也匆匆從內奔出，怒喝：「大膽賊子，竟敢夜闖禁……」一個「宮」字尚未出口已看清宗雋面容，頓時氣餒，訥訥道：「原來是陳王爺……」

宗雋一笑，引刀還鞘，再瞥了瞥包圍自己的禁衛，禁衛官會意，立即揮手命他們退去，宗雋這才緩緩道：「我有事面聖，煩請大人爲我開門，並通報聖上，請他前往書閣。」

禁衛官答應，立即照辦。待門開後宗雋也不下馬，直接策馬入內，禁衛官盯著他的佩刀看了又看，欲言又止，終究什麼都沒說。

等宗雋身影消失，有位兵卒低聲道：「陳王爺既不下馬又佩刀入宮，不是有違聖命麼？」

禁衛官歎了口氣，說：「他現在是皇帝跟前紅人，連聖上都讓他三分……這架勢，像極了風光時的國相。」

宗雋先到書閣中坐下，等了片刻，完顏亶才倉促趕到。像是從夢中驚醒，他衣冠不整，連淡黃袍上的烏犀帶都未繫好，走得也急了，微微有些氣喘，面色泛紅。

宗雋起身欲行跪拜禮，完顏亶忙雙手挽住：「八叔免禮。」

宗雋也不堅持，順勢平身，在完顏亶示意下坐下，兩人開始相對寒暄。在心不在焉地略問了幾句南朝形勢與風土人情後，完顏亶終於問他：「八叔今晚匆忙入宮，所為何事？」

「聽說陛下欲擢升一批官員，聖旨已擬定。任命重臣，事關江山社稷，臣既食君之祿，不敢不聞不問。陛下詔書可否賜臣一觀？」宗雋語氣溫和，含禮貌的期待微笑看完顏亶，態度令完顏亶好生為難。

遲疑了許久，完顏亶才伸手從案上取過一卷詔書，遞給宗雋。

展開一看，果見詔書上所列的官員全是宗幹與宗弼的親信黨羽。這二十歲的青年皇帝竟也學會了平衡官員黨派勢力，想借宗幹宗弼來牽制宗磐、撻懶與宗雋自己。宗雋卻也面不改色，對完顏亶道：「陛下似乎有欠斟酌，這些人選未必個個合適。」

「哦？」完顏亶朝他微微欠身，「八叔覺得，有何不妥？」

宗雋逐一指詔書上名字，仍舊和顏悅色地說：「烏倫固是宗翰舊黨，當年及時投靠宗幹才躲過株連，然這等不義之人豈堪重用？阿離速任韓州守臣期間其女竟與宋俘趙楷私通，教女無方至此，又怎能管束麾下將士？宗幹之子完顏亮才十七歲，既無軍功，封他爲奉國上將軍如何能服眾？若陛下一意孤行，必惹群臣非議，說陛下徇私……」

完顏亶也不反駁，只垂首仔細聆聽。待宗雋把名單中幾乎每人都批了一遍，又略介紹了幾個他認爲合適的人選，完顏亶還是一言不發，宗雋擱下詔書，沒再繼續說什麼，閣中便有一陣難堪的沉默。

也因這靜寂，外間的聲音變得分明，兩人忽然都聽見，有女子哭喊聲隱隱從後宮傳來。

完顏亶略有些變色，喚閣外宮女進來吩咐：「快去看看，出了什麼事。」

宮女領命而去，須臾回來稟報：「皇后說徒單夫人未經她許可侍寢，有違宮規，正在責罰她呢。」

完顏亶頓覺尷尬。徒單氏哭得越來越淒慘，完顏亶暗瞟宗雋神色，貌甚不安。

他的皇后裴滿氏驕奢無度，性子極烈，掌控後宮手段強硬，連完顏亶都不放在眼裡，而完顏亶竟也似對她頗爲忌憚，以致皇帝懼內成了朝中一大笑話。

連後宮都無法駕馭，何以駕馭天下？宗雋在心底笑，然而並未流露在臉上，見完顏亶坐立不安，便建議道：「陛下去看看罷，臣在這裡等。」

完顏亶當即站起，道：「八叔稍候，朕去去就來。」

他的介入似乎並未起什麼作用，待他回來時，後宮的哭聲仍在繼續。

帶有一絲惱怒，卻還是無可奈何，完顏亶回書閣坐下，眉頭皺了起來。

宗雋薄露笑意，也不提後宮之事，直接把一份自己新擬的詔書遞至完顏亶面前，輕描淡寫說：「陛下日理萬機，修改詔書這等瑣事就不必做了，臣爲陛下分憂已將詔書改好，請陛下過目。」

完顏亶驚訝地接過，但見詔書上官爵仍是那些官爵，可官員名字大多都已改過，如此一來，擢升的人幾乎都變爲了宗雋與宗磐的黨羽。

他把詔書朝案上一拋，冷道：「朕何時說過請八叔修改詔書？」

宗雋故作訝異狀：「陛下不同意爲臣意見麼？那適才爲何不說？臣見陛下不語，還道陛下默許，因此才斗膽改了詔書。」

完顏亶看看御案與宗雋身側，不見起初詔書，便問宗雋：「原來的詔書呢？」

宗雋若無其事地答：「方才臣想再看一遍，怎奈閣中光線晦暗，臣便借燭光細看，不想詔書爲燭火點燃，臣搶救不及，已然燒毀。」

完顏亶又是一陣沉默。在宗雋無言凝視下，他終於展開了宗雋新擬的詔書，細看一遍，然後在上面加了璽印。

宗雋才又一笑，欠身道：「陛下英明。」

完顏亶看著他歎道：「八叔是朕的救命恩人，多年來行事無不爲朕著想，這次必然也是對的。」

宗雋微笑道：「臣一片苦心，陛下明白就好。」

「八叔，但有件事朕始終不明白……」完顏亶思忖著，小心翼翼地問他：「你以前不是說宗磐暴戾，一直與他少有往來而與宗幹較爲親近麼？爲何如今對他們態度全然轉變？」

「陛下，」宗雋站直，朝完顏亶躬身：「會吼叫的猛虎其實並不可怕，可怕的是無聲無息接近你，在你不設防時咬你一口的豺狼。」

完顏亶與他相視良久，忽地微微一笑：「謝謝八叔，我想我懂了。」

宗雋含笑告辭，完顏亶親送他至書閣外，待宗雋再次道別時，他低頭看宗雋佩刀，猶豫著問：「八叔下次入宮可否不帶佩刀？」

佩刀上猶有宗雋所殺衛士的血，使完顏亶目中蒙上一層明顯的驚恐。宗雋笑了笑，頷首道：「因我剛出使歸來，未回府解刀，所以匆忙之下帶刀入內。請陛下恕罪，下次必不再犯。」

完顏亶像是舒了口氣：「那就好。」

宗雋與他別過，在他注視下上馬出宮，心道這孩子挺奇怪，有時很聰明，有時又顯得很懦弱，既懼內又懼刀，小時的膽識不知哪裡去了。

然而他不知，一待他轉身，完顏亶膽怯神情瞬間退去，冰冷著臉換了陰鷙眼色盯著他，宛如林間孤鴞，那深沉的眼睛在暗夜裡發著怨毒的光。

十二　幽影

馭馬回府，已至三更。轉過最後一處街角，只見王府正門半敞，數盞燈籠的橙色光暈散落在白雪上，一位女子靜靜立於點滴更漏聲中，團衫後裾曳地尺餘，淡青襜裙如雪蓮花開。

看見他，她便微微笑，還立於原地，等他走近。

他在門前下馬，問：「你在等我？」

她淺笑低首：「我聽見馬蹄聲。」

但覺心中一暖，他一手牽馬，一手攬住了她細如弱柳的腰，聲音不由變得異常溫和：「我們進去，串珠。」

天會十四年，太皇太后紇石烈氏崩，這位賢德睿智的婦人在歷經一世風雨後壽終正寢於慶元宮。臨終前她曾對守在病榻前的宗雋說：「那些南朝帝姬大多心存怨念，都是不祥之人。跟你有關的那三位，賢福死了，寧福和柔福走了，這很好。死了的，你不必多想；走了的，你不要再找。無論柔福寧福，若此生不再見面，對你來說才是福。」

那時認爲要再見她們希望渺茫，宗雋便只一笑：「母親多慮了，我應不會再有機會見到她們。」卻沒料到，後來他既見到了柔福，更納了寧福。

寧福是他意外撿回來的。

天眷元年宗雋從東京回朝，雖與宗磐深交，但從沒與宗幹扯破臉當眾起衝突，二人雖私下爭鬥得緊，面子上卻都還過得去，一見面照舊擁抱寒暄，狀甚親熱。宗雋回京後，拜訪宗磐之餘也不忘前往宗幹府問候長兄，那日一去，便遇見了寧福。

進到宗幹府內，見宗幹手持馬鞭一臉怒色地坐在廳中，他的兒子完顏亮跪在他面前，身上衣袍破裂幾處，顯然是被宗幹打的。

「我這兒子不爭氣，成日在外花天酒地。這倒也罷了，懶得說他，不想他越發混帳，近日竟從燕京買了個命中剋夫的掃帚星回來。」宗幹指著兒子向宗雋解釋：「我聽人說，那女人在夏國時就剋死四個丈夫，每人都不得好死，今年被賣到燕京，納她的人沒過幾天便暴病而亡。從此無人再敢買她，誰知這畜生不信邪，硬把她買回來悄悄藏在家中，我今日才知此事，所以教訓他，倒叫八弟看笑話了。」

完顏亮是個紈袴子弟，平時愛附庸風雅，在完顏亶宣導下穿漢服，習漢文，作漢詩，學漢禮儀，也自詡風流，常拈花惹草。宗雋不覺奇怪，但笑道：「阿亮年少氣盛，這種事是難免的，過一兩年自然就懂事了，大哥不必動怒。」

完顏亮聞言不滿，嘟囔著反駁道：「我可不是好色。她生得又不美，只因她是南朝帝姬，我才買她回來，讓她教我清玩雅趣之事。」

南朝帝姬？宗雋一愣，隨即又想起宗幹方才提過這女子是從西夏轉賣過來的，便問宗幹：「可否讓我見見這女子？」

宗幹同意，命家奴帶女子出來。

還是蒼白的臉色，細瘦的身材。他一眼認出了闊別十一年的寧福帝姬。

她抬目看他，目光依然柔和安寧，看上去清澈、柔弱而無害，雖然眉宇間隱約有滄桑的痕跡，卻令她多了一層少婦的風韻。

她亦認出了他，朝他恬淡微笑。如和風細雨拂面，他心底有種奇怪的感覺，促使他對完顏亮說：「把她轉讓給我好麼？」

他以百金的代價易她回來。自己也難以解釋這行爲，那種感覺類似偶然看見多年前丟棄的東西，忽然覺得此物並非全無可取之處，撿回來也是好的。

「這些年，你怎麼活過來的？」宗雋後來問她，「你那麼柔弱，我以爲你不會堅持多久。」

「像雜草一樣活著。」寧福微笑答，語氣平靜得好似她所說的只是他人的命運，「野火燒不盡，春風吹又生。」

宗雋又問：「是不是你心中還有希望，想找到你母親？」

寧福搖了搖頭：「我不認爲我還能再見到母親。從父親砸碎母親求子的神壇時起，我的心中就再沒有希望。希望，只是用來騙二十姐活下去的東西。我之所以還活著，是因爲我已過了想死的時候，以後就不再想死了。」

她成了他新的姬妾。他對她之前五個丈夫的詭異死因不是不心存疑惑，起初與她同寢都不會深眠，眼睛雖閉上，卻仍在觀察她的一舉一動。而她倒似乎眞的想獲得安穩的生活，在他庇護下寧靜度日，白天低眉順目，夜晚婉然承歡，沒有一絲異動。過了數月，宗雋終於放下心來，認定納她是個正確的選擇，心情浮躁的時候看看她溫婉神情，心中也會覺得安寧。

這夜歸來，宗雋在寧福親自服侍下洗浴。水溫微涼的時候，她用木瓢一次次反覆往桶裡加熱水。水又漸漸變得暖和，融合了香料芬芳的蒸氣嫋嫋升起，宗雋有些昏昏欲睡，那感覺卻奇異地舒適。寧福伸手入水中試探溫度，他輕輕捉住，引到唇邊吻了吻。她手指略有一顫，但旋即恢復常態，鎮靜地從他手中滑出，繼續做著加水的動作。

深夜纏綿之後，他伸開手臂，讓她以臂爲枕，躺在自己懷裡。她亦乖巧地側身挨近他半蜷著身子睡。他徐徐撫摸她身體，低聲道：「串珠，我可以摸到你骨頭。」

她在他懷中淡淡笑：「王爺又在笑串珠枯瘦。」

他說：「不是。我是指心裡的骨頭……那是你跟你姐姐唯一相似之處。」

她輕聲補充：「也是王爺留我在身邊的原因。」

他身體有一瞬的僵硬，然後一歎：「串珠，你很好，但不要時常提醒我你很聰明。」

他放開她，沉沉睡去。她卻一直沒合眼，時而望向窗外，時而轉視身邊的男人。

少頃，有人影落在窗紗上，那人一叩窗櫺，隨即一閃而過。

「王爺。」寧福輕輕喚了聲宗雋，見他並無反應，以手背輕擱於他眼皮上，也沒感到一絲動靜，確認他確已熟睡，才披衣而起，仔細穿好團衫襜裙，緩步出門。

轉至夜闌無人的後苑，陰影陸離的大樹下，神秘人影終於現身。那是個著金國服飾、剃髮髡首的男子，但寧福卻從他手中接過一封寫著漢字的書信。

待寧福借著微弱月光瀏覽完那封頗長的信，男子又遞給她一個木匣。

寧福打開，裡面是一塊瑩潤的玉珮。鏤空加飾陰線紋雕成，海東青與孤雁的形象栩栩如生。

沉吟良久，寧福終於點了點頭，那男子如釋重負，立即躍上牆頭消失無蹤。

收好玉珮與信件，寧福單薄的身影如鬼魅般飄過夜風中寒枝輕曳的庭院。隱蔽的後苑小門外，有一輛馬車正停著等她。

她悄無聲息地上車，馬車啓動，逐漸加速，朝皇宮的方向駛去。

十三　延桂

趙構接受了金國詔書與議和條件，於紹興九年（金天眷二年）春正月壬午朔下詔宣佈：「大金已遣使通和，割還故地。」並強調「應官司行移文字，務存兩國大體，不得輒加詆斥。」隨後大赦天下，再委議和功臣王倫重任，賜同進士出身，除端明殿學士、同簽書樞密院事，充迎奉梓宮，迎請皇太后、交割地界使，命其北上開封，與完顏宗弼交割地界，收回東、西、南三京與河南、陝西地。

既有望迎回皇太后，趙構亦下令大興土木於大內，改建舊承慶院爲皇太后宮室。

而這年正月，金主完顏亶也任命左丞相陳王宗雋爲太保，領三省事，進封兗國王。至此，宗雋與宗磐、撻懶一派權傾朝野。

三月丁亥，趙構封嬰茀養子璩爲崇國公。宮中人說，這是顧及嬰茀才格外施恩。璩個性活潑，略顯輕浮，趙構不甚喜歡，倒是嬰茀，多年來盡心服侍趙構，溫婉和順，無可指摘。這些年趙構不常宿於妃嬪處，若有，十有八九是去嬰茀閣中。嬰茀在諸妃中名分最低，但卻是最受趙構眷顧的。

在進封璩之前，趙構曾先告之嬰茀，嬰茀頗惶恐，跪下乞求趙構收回成命：「臣妾教子無方，璩太過頑皮，不若瑗穩重，如今倘進封國公與瑗並列，我母子豈不遭世人恥笑！請官家再命先生好生教導璩，待過幾年再封不遲。」

趙構卻置之不理，但說：「你勿需多慮，璩也不差瑗許多。」次日便正式下詔進封璩。

趙璩受封後著國公服色入內拜謝，一向待人冷淡的潘賢妃忽來了興致，拉璩與建國公趙瑗並肩而立，朝張婕妤笑道：「這兩兄弟一樣儀表堂堂，個頭也一般無二，如今連官兒都一樣了，讓人不知疼哪個好，要偏心也難呢！」

張婕妤也引著團扇笑，應道：「這有什麼好偏心的？都是官家皇子，我可從來都是一樣疼的。」

嬰茀亦含笑連連頷首：「張姐姐說的是。」

過了幾日，禁中杏花盛放，趙構召諸宮眷於芳春堂賞花，柔福已出宮回公主宅，若非有大事也不回宮，此次就沒來，而潘賢妃與嬰茀皆早早到來，惟張婕妤姍姍來遲。最後來了，再三告罪，解釋道：「適才路過福國長公主以前所居的宮院，無意窺見一宮女偷閒在院中櫻花樹下盪秋千。本欲進去喝叱，但細看之下卻發現此女容貌與長主倒有幾分相似，那秋千也盪得美，映著花雨，就像幅畫似的，竟讓我呆看了半晌，終究沒忍心入內驚嚇她。就因看她，忘了時辰，請官家責罰。」

嬰茀一聽之下即轉顧趙構，而他久久未語，只凝視面前花樹，不知在想什麼，於是嬰茀忙陪笑道：「張姐姐言重了。官家一向寬厚，從不因此等小事責罰我們。」

趙構也才開口，賜張婕妤座，繼續與諸妃飲酒賞花，亦不就張婕妤言語問下去。

次日，那宮女竟又在柔福宮院盪秋千，玩了許久，偶爾轉眸，才觸及一道於一隅注視她的目光。她瞬間辨出那高貴的服色，嚇得立即從秋千上驚跳下來，俯身跪下請安。

趙構冷冷垂目視她，問：「你是誰？」

她嬌小的身軀微微顫抖，埋頭低聲答道：「奴婢姓韓，名叫秋夕，是新近入宮的宮女……」

三月乙巳，趙構封韓秋夕為「紅霞帔」。

這是宋宮少見的異事，在宮中引起了不小的風浪，因趙構已十數年未再冊封任何妃嬪。「紅霞帔」名分甚卑微，不在宋正式五品內命婦之列，遠不可與幾位長年相伴趙構的妃嬪相比，但至少透露出一個訊息：此女曾為皇帝侍寢。

關於皇帝對韓秋夕的「臨幸」有多種秘聞在悄悄流傳。有人說官家多年來一直暗中求醫問藥，想必初見成效，也有人說他納秋夕是出於一位太平皇帝應有的，充實後宮的需要，而秋夕服侍他的方式從本質上說與其他妃嬪並無不同。

「張妹妹，依你看，官家是否……有痊癒跡象？」潘賢妃亦私下詢問張婕妤。

「我怎麼知道？」張婕妤面對如此曖昧的話題竟然笑得很明朗，「這，姐姐應該問吳妹妹才是！」

而嬰茀人前人後都未就此說一個字，只是對趙構新納的秋夕極好，噓寒問暖，關愛入微，即便趙構常命秋夕侍寢，她亦毫無妒色。

柔福既不願主動入宮請安，趙構也不常召她，倒是趙瑗隔個三五日必會赴公主宅見姑姑，趙構偶爾會問他一些柔福近況，柔福卻不會向他打聽趙構之事，趙瑗有時提及，柔福也只問與國事有關的。

某日趙瑗在公主宅見到一冊《貞觀政要》，不禁雙目一亮，問柔福：「姑姑也看此書？」

柔福點頭，和言反問：「你也在看麼？」

「是。」趙瑗回答。他這年十四歲，但少年老成，心智遠比同齡孩子成熟，「去年已看過，這幾日父皇又命我再看數遍，說如今那蠻夷金主都已將此書背得爛熟於心，並頗有心得，我這大宋皇子豈可不細細研讀。」

「頗有心得？」柔福奇道：「你父皇怎知金主有何心得？」

趙瑗說：「數日前父皇在資善堂看我念書，忽有王倫從東京遣的使者匆匆趕來呈上密函。那使者還低聲向父皇稟奏詳情，像是很憂慮。但父皇聽後神色未改，隨意囑咐了使者幾句便命他退下了。隨後父皇走至我面前，將密函展開讓我看，微笑著說：『那蠻夷金主竟能將《貞觀政要》學得這樣好，瑗，你需用心了。』我便看了看，見信箋上寫的是金主完顏亶與翰林學士韓昉的一段對答。」

柔福當即追問：「他們說的是什麼？」

「似乎是談用人治國之道，我也不盡明白，不過既然父皇要我看，自然就記了下來。」趙瑗想了想，將那段對話大意說出：「六月己未，金主對侍臣說：『朕常看《貞觀政要》，見其君臣言論，深感其妙，大可借鑒用以治國。』韓昉應道：『這皆因唐太宗先以溫顏下問，房玄齡、杜如晦竭忠盡誠，珠聯璧合地輔佐，才成就貞觀之治。這書雖簡，足以為法。』金主問他：『太宗固然是一代賢君，而唐明皇又如何？』韓昉答說：『唐自太宗以後，唯明皇、憲宗可算得上是明君。但明皇有始無終，初期因為得位艱難，任用姚崇、宋璟這樣的良臣，惟正是行，所以才有開元盛世。可惜末年信用李林甫等奸佞之人，最後招致天寶之亂。假如能謹慎施政用人，善始善終，則貞觀之風亦不難追。』金主聽後連連稱善，又問：『那周成王呢？』韓昉說：『周成王也是古之賢君。』金主便道：『成王雖賢，也要靠周公輔佐之力。後世疑周公殺其手足，在朕看來，若為社稷大計，也不算錯。』」

柔福先是默不作聲地聽，聽至最後一句，眼簾略微顫了顫，少頃，歎道：「那孩子，今年也有二十餘歲了罷……」再顧趙瑗，問：「完顏亶是否還未親政？」

「父皇說，他現在尚算是傀儡。」趙瑗回答：「早年是完顏宗翰大權獨攬，他死後是宗磐與宗幹兩派爭權，而自陳王宗雋入朝加入宗磐、撻懶一派後，朝中大事幾乎皆由他們掌控了。」

「那麼……」柔福問得有些遲疑：「宗磐、撻懶，與……宗雋，這三人中，誰最有權勢？」

「自然是宗磐。眾所周知，他是金太宗長子，一直不把金主放在眼裡，最為囂張跋扈。但我曾聽父皇跟我先生提及，此三人中，以宗雋最為奸猾，常以巧言籠絡蒙蔽宗磐、撻懶，他們的決策大計多出自宗雋的授意……」趙瑗說到這，忽然瞧見柔福臉色甚蒼白，立即擱下話題，關切地問她：「姑姑，你怎麼了？哪裡不妥麼？」

柔福定定神，微微擺首以示無妨。低首一陣思量，忽而又一笑，溫和地看趙瑗，說：「瑗，謝謝你，帶來如此好消息。」

下次趙瑗帶來的，是王倫又自東京赴金國議事的消息。

金右副元帥、瀋王宗弼一直反對與宋議和，宋金議和條件達成後欲說服金主撕毀和議，曾密奏於完顏亶：「河南之地，是宗磐、撻懶與宗雋主謀割與南朝，勢必已陰結彼國有所圖謀。如今宋使已至汴京，不可與其交割地界。」有位王倫昔日雲中舊吏現隸屬宗弼帳下，得訊後悄悄趕來見王倫告之此事。王倫立即派人回朝稟報，乞趙構早作準備，建議增兵中原，派張俊、韓世忠、岳飛及吳玠分守河南、陝西地。但趙構既不驚訝也不驚慌，亦不理睬王倫建議，只命王倫繼續北上，再就和議諸事與金商談。

王倫是六月中去的，到了七月間，柔福不時問趙瑗：「王倫有信傳來麼？」

趙瑗總是搖頭，到後來自己也詫異：「往次莫說出使議事，就是稍稍打探到一些金人的消息他都會迅速遣人來報，唯此番例外，一去近兩月，竟音訊全無。」

因出使情況的異常，朝廷再次隱泛微瀾。主和派心憂和議有變，主戰派收拾舊山河雄心又起，臨安城外的颯颯秋風很容易令人憶起金戈的聲音，但這年城內的中秋卻顯得奇異地熱鬧。

是夜臨安大街小巷燈燭華燦，絨線、蜜餞、香鋪等出售應景貨物的商家皆把商品鋪設得琳琅滿目，誇多競好，直令遊人目不暇接。禁中在倚桂閣設賞月盛宴，名爲「延桂排當」，齊聚王孫貴族及宮眷，飲酒賞月看歌舞昇平，通宵天樂不歇，直徹人間。

江南的中秋最華美的景象在錢塘江上。士人淑女皆愛點一盞被稱作「一點紅」的羊皮小水燈，放於江面任其隨波漂遠，以此向江神祈福，祝願天下太平，自己及家人平安康樂，並達成夙願。點燈的人多了，江面上小水燈直有數十萬盞，極目望去，燈光點點密密地閃爍水上，沿著水路蔓延，璀璨如銀河。

宮眷也學此風俗，紛紛在禁中御池內點放「一點紅」，就著那一簇代表希望的微光祈禱許願。趙瑗見張婕妤、潘賢妃、吳才人等都放了，惟柔福尙端坐不動，便親手挑了一盞小水燈送過去：「姑姑，你也點一盞罷。」

柔福略一猶豫，因不忍拂他意，終究還是接過，起身緩緩朝池邊走去。

走至池畔才想起應先尋個火種，正欲回首喚個宮婢提燈籠過來，卻聽耳側有人低聲說：「我來。」轉側之間，觸見趙構幽深的眼。他左手提一盞小宮燈，右手持一纖長的蠟扦，引蠟扦入燈中取了火種，再低首閒閒點亮柔福手中燈。

「你夙願已成眞，再許個願罷。」他柔和地看她，說。

她不明他所指，蹙眉以問。

他微微笑：「他死了。」

「你殺了他？」沒有問「他」是誰，她便當即如此脫口而出，捧燈的手有一次輕輕的抖動，彷彿應著火焰跳動的節奏。

他凝視那盞「一點紅」，一團光焰自她手心暈染開來，紅豔若霞光。他只覺他甚愛此光，因它曳動的光影此刻正溫婉地在她無瑕容顏上流轉。

「殺他的，是完顏希尹的兒子，昭武大將軍達勒達。」他加深了笑意，「這是上月的事。金郎君和什謀反，被完顏亶察覺，捕獲，下大理獄。因此事牽連到宗磐、宗雋等人，所以完顏亶以議事爲名宣二人分別入見，伏兵將他們拿下。聽說，完顏亶爲除宗雋還費了不少心思，宣召時特意囑咐內侍態度言辭如常畢恭畢敬，奉迎禮數一點不差，令宗雋不疑有他。待進到宮裡，先請他坐於偏殿等待，暗中施放帶毒暗香，致其中毒四肢乏力再命入正殿謁君。達勒達之前便隱藏於正殿柱後……你知道達勒達麼？他是金國有名的勇士，力可以一敵百……等宗雋進來，達勒達從背後偷襲，宗雋身無佩刀，且已無力抵抗，被當場誅殺於完顏亶面前。」

這段話，柔福卻渾似未聽入耳，待趙構說完，直視他，盯牢他：「你殺了他。」

「殺他的，是金主完顏亶。」趙構轉首避過她的迫視，又說：「宗雋也算聰明，知道扶助完顏亶搏前程，可惜最終還是功力未足，得意忘形，低估了完顏亶，在他面前將野心暴露過快。在他眼中，完顏亶大概始終是一長不大的孩子，可以任他掌控。都說宗磐跋扈，年來宗雋也不遑多讓，行事囂張，甚至有擬好詔書，對完顏亶軟硬兼施，逼他印璽發佈的時候。至於伐除異己，結黨謀權的事更是做得多了。在他死後，完顏亶爲他定的罪中有一條便是『力擯勳舊，欲孤朝廷』。完顏亶近年對宗雋日益忌憚，宗幹、希尹一派遂竭力爭取他支持，一直在策劃反擊。因和議的事，宗弼也深惡宗雋、宗磐，密告完顏亶，稱其欲通宋謀反……」

聽到此處，柔福不由冷冷一笑：「這倒不算誣告罷。上次他來臨安，你們不是言談甚歡麼？」

「他是有此意，但，我不信他。」趙構拂袖將手中宮燈拋開，淡然道：「夷狄不可信。」

見柔福沉默不語，他繼續說宗雋事：「完顏亶早已留意扶植宗雋政敵的勢力。今年正月，他任宗幹爲太保，領三省事，進封兗國王的同時，也復任完顏希尹爲尙書左丞相兼侍中。這半年來，想是常與宗幹、希尹等人密議剷除宗雋、宗磐之事。而今事成，他亦毫不手軟，爲宗雋等人定了謀逆罪，誅殺宗雋後立即下令抄家，捕殺他幼子數人，其餘家眷幼女皆沒入宮中爲奴，除了……」

除寧福帝姬趙串珠因舉報謀逆之事有功，被完顏亶封爲夫人。趙構頓了頓，沒有跟柔福說出此事，隨後又是一笑：「據說宗雋以前曾獵虎救完顏亶，卻沒想到，救回的亦是個小老虎，所謂養虎爲患。」

柔福聽完，靜靜抬目瞧他一眼，幽幽問：「九哥，那塊玉珮呢？」

趙構一怔，怫然冷面不答她話。

「你這樣，殺了他……」柔福重複說，這一次語氣平淡得似無一點情緒，聽不出悲喜。

「是，是我殺了他。」趙構驀地側身正面對她，坦然視她眼睛，「這不是你一直期盼的麼？」

柔福呆了呆，隨即竟朝他輕笑：「是啊，你殺了他，這多好。」俯身曲膝將小水燈擱地，一時沒擱穩，燈側倒於地燭火熄滅，她亦不顧，站直整裝，以無比鄭重的姿態向趙構再拜，道：「多謝官家。」

趙構覺她此舉詭異，也未按常禮應答，只在她再次拾起小水燈時說：「待我再給你點亮。」

而她搖搖頭，無語轉身，沿著池畔走至離他數十步遠的地方，再將這無焰的燈置於水面，輕撥了撥池水，讓它漂走，然後站直，漠然看它匿跡於「一點紅」星河中。

倚桂閣周桂花香浮，絲竹管弦依舊和鳴。水面浮滿萬千燈火，萬千燈火都於她目中沉寂。她寥落獨立於這半壁盛世繁華的邊緣，天際滿月完美，卻遺她一身孤清。

第十三章　太后韋氏・明妃遺曲

一　翠寒

趙構怒。

一冊奏摺被他猛拋於空中，拔出多年未用的佩劍，振腕朝天揮舞，劍影閃過，奏摺化作紙蝶，頃刻間灰飛煙滅。

他垂手提劍，視一地紙屑，冷笑。

這紙屑上原本承載著名將岳飛關於立儲的建議：「今欲恢復，必先正國本以安人心，然後陛下不常厥居，以示不忘復仇之意……」

這已不是岳飛第一次請求他早立儲君以「正國本」，而這次，紹興十年夏天，趙構終覺忍無可忍。

誅殺宗雋、宗磐時，因撻懶兵權在握，完顏亶以他是立過大功的貴族爲由暫不問罪，只令他離朝任燕京行台尚書左丞相。撻懶到燕京後，愈加驕肆不法，又與翼王鶻懶謀反，最終還是被完顏亶下詔誅殺。由此金國軍政大權又落在宗幹、宗弼等主戰派重臣手中，南宋使臣王倫亦被金扣押。紹興十年五月丙子，完顏亶正式撕毀以前和議，下詔元帥府復取河南、陝西地。金以宗弼爲都元帥再次大舉南侵，分川陝、兩淮與京西三路攻宋，僅一月之間便奪回了之前還宋的河南、陝西地。

趙構急召諸將應對，以吳璘節制陝西諸路兵馬主戰川陝，以韓世忠與張俊攻守東路，最主要的中路戰場，則由岳飛、劉錡領軍，與宗弼率領的金軍主力對抗。

岳飛率軍禦敵之時，趁機呈上此密奏，再次將立儲之事與抗金復國大計相聯繫，請趙構借立儲以安民心，不予金人設法擾亂宋內政之可乘之機。

每每提及此事，趙構便不快。立儲這等內政要事，豈可由擁兵在外的武將妄議？何況是岳飛，對朝政屢有異議、態度激烈的岳飛。他出戰之前曾入朝奏對，見過趙瑗，對其讚不絕口，明說暗示趙瑗堪負治國重任，趙構立時怒從心起，但如常將火壓下，只淡淡說了句：「卿握兵於外，此事非卿所專預。」然岳飛仍不知收斂，不靜守職事，倒是頻頻上疏，再三請求儘快立儲。

立儲？立誰？趙瑗麼？那個非自己親生的、收養的兒子？

他是認準了大宋皇帝將來也不可能有親生子嗣。

每次看到岳飛的奏疏，趙構都會覺得看見了他的臉，帶著嘲諷的笑，說著建議立儲的話。自己殘缺的生育能力想必在他眼中無異於一大笑柄。

陛下立儲罷，先正國本以安人心……他必是故意的。

因此怒極拔劍裂碎他的奏疏，虛幻中的笑容亦隨之破碎，看著滿地紙骸，才勉強尋到一絲暢快。略歇了歇，平復了氣息，趙構舉步朝趙瑗讀書的資善堂走去。

到了資善堂，透窗望去，見趙瑗正在伏案苦讀《左氏春秋》，讀到妙處出聲吟誦，臉上亦有喜色。《左氏春秋》，是趙構昨日與趙瑗閒聊時提到的，說自己年少時常讀，獲益良多，沒想到這孩子今日就找出來重讀。再抬目一看，見室內牆壁上題了一首詩，分明是趙瑗的筆跡，其中有兩句是：「富貴必從勤苦得，男兒須讀五車書。」趙構心一動，越發想起自己年少時寒窗苦讀的光景，不禁微有些感慨。

不是不喜歡此子，只是希望，他幾番冒死拼來的江山，能有一個延續了自己血脈的兒子來繼承。因著這抹始終不滅的希望，他從未正式下詔給瑗和璩「皇子」的身分，雖然私下他們是以父子相稱。同樣也因尙有這希望，他會在別人建議立瑗爲儲君時止不住地覺得憤怒，雖然他一直頗愛這孩子。

這孩子還甚得人心，除了秦檜傾向璩，其餘一干大臣都看好瑗，平日對他諸多讚美，將他視爲儲君的不二人選。這情形令趙構不悅，進封璩爲國公與瑗並列，亦是有意表明，即便要在養子中選儲君，瑗也不是惟一的選擇。

離開資善堂時驕陽似火，未行幾步便覺身上沁出一層薄汗，趙構遂信步走向翠寒堂，那裡有長松修竹蔽日，是禁中納涼之地。

翠寒堂是緊隨爲太后準備的慈寧宮後新建好的，環境幽靜，一側有太湖石層巒奇岫，引水至頂傾瀉而下，寒瀑飛空，水流注於其下荷花池中。此時風荷婀娜，紅紅白白地搖曳生姿。堂前庭中置茉莉、素馨、劍蘭、麝香藤、朱槿、玉桂、紅蕉、闍婆等南花數百盆，花後鼓以風輪，一吹便清芬滿殿。在堂內又擱有數十銀盆，堆滿冬天存於冰庫的積雪，故此間清涼無匹，人入其中大可忘卻人間尙有塵暑。

此刻嬰茀與張婕妤正坐於庭中圓石桌兩側閒聊，每人面前擱著一官窯瓷碗，其中盛新鮮甘蔗漿，並加以碎冰塊，以勺一觸便有清脆碰撞聲逸出。二人見趙構至，忙起身行禮，待趙構入座，才又一一坐下，嬰茀旋即命侍女也爲趙構奉上蔗漿。

「官家從哪裡來？」張婕妤笑問。

趙構道：「適才去資善堂看了看瑗。」

張婕妤便頗歡喜，又問：「依官家看，他書念得如何？」

趙構看了她一眼，垂目持勺輕撥碗中冰塊，無表情地說：「此子天資特異，宛若神人。朕教他讀書，他記性是極好的。」

嬰茀從旁含笑讚道：「建國公天資聰穎，豁達大度，雖得官家寵愛，卻始終恭敬持重，處事謹愼。他年紀小小，竟如此懂事，眞是難得。」

趙構聽後不語，張婕妤倒是非常高興，忍不住自己也誇趙瑗：「這孩子是極聰明，又好學，除讀書外，騎射翰墨無一不精。先前岳少保不是也說麼，瑗英明俊偉，越發肖似官家了……」

話音未落，只聽「啪」地一聲響，趙構已揚手給了她一耳光。出手甚重，張婕妤身一斜，竟倒在地上。

嬰茀一驚，忙起身攙扶張婕妤。

「賤人，」趙構直斥張婕妤：「膽敢私結外臣，妄議朝中事！」

似尚不足解氣，又拿起盛蔗漿的瓷碗，連湯帶水地整個朝張婕妤砸去。嬰茀眼角餘光窺見，立即將身擋於張婕妤之前，那碗落勢甚猛，嬰茀避無可避，閉目將頭一側，碗就切實地砸在她左額上。碗應聲碎裂，嬰茀左額頃刻間血流如注。

張婕妤受此驚嚇有些手足無措，一壁支起身下意識地去扶嬰茀，一壁轉首惶惶然探看趙構神色，覺得委屈，雙目噙滿淚水，卻又不敢流出。其實她從未與岳飛有任何往來，只是一向關心養子，故此服侍趙瑗的內侍但凡聽見官員議論與趙瑗相關的事必會轉告她。岳飛大讚趙瑗朝野皆知，宮中自然亦有所聞，非但張婕妤，就連嬰茀與潘賢妃又豈有不知的？

周圍的宮人有短暫的慌亂，欲爲吳才人治傷，又恐趙構不許，踟躕著不知如何是好。而嬰茀並不擦拭面上血污漿水，只伏首跪下，輕聲道：「官家息怒。」

趙構靜下來，看她額上血徐徐墜下，一點點在地面散成鮮紅的圓。片刻後目光才移至張婕妤身上。

「年來你做的事，還道我不知麼？」他的語氣，似比翠寒堂的雪更冷。

那一瞬張婕妤頗茫然，細思自己所做的事，一時無法猜到哪件爲他意所指，而他神色懾人，自己更不敢胡亂分辯，只得長跪請罪，口中囁嚅：「臣妾，臣妾……」汗已涔涔下。

趙構再側目看嬰茀，道：「抱歉，誤傷了你。」示意宮人過來扶她。

嬰茀輕輕推卻宮人的攙扶，叩首，垂目，無比謙卑恭謹的態度：「臣妾與張姐姐情同手足，妹妹甘願爲姐姐受罰。何況臣妾愚鈍，這些年服侍官家必有不妥帖處而不自知。雖官家大度，每每不與臣妾計較，但長此以往，倒恐會折臣妾之福。而今上天假官家手對臣妾略施懲戒，於臣妾實是幸事。」

聽了這席話，趙構容色才略微緩和，徐徐伸手親自將她扶起，道：「快包紮好傷口，血流了這許多，臉都白了。」

待嬰茀傷口處理妥當，趙構吩咐宮人送她回去，自己隨即也離開，始終長跪於地的張婕妤淚才湧出，悲從心起，伏於地面不住啜泣。

趙瑗驚聞此事後立即趕來請張婕妤回去，張婕妤泣道：「你娘不慎，激怒了你爹爹，恐妨哥前程。如今只得長跪請罪，若無你爹爹之命，斷不敢私自回去。」

趙瑗遂除外服跪於趙構寢殿前爲母謝罪，趙構命人請他起身，他伏首哭道：「瑗惶恐，此事因瑗而起，願長跪於階前代母親請罪，請父皇責罰瑗，讓母親回去歇息。」

良久，殿內才傳來趙構冷淡的聲音：「都回去罷。此事與你無關。」

由此，除了岳飛無人再敢提跟立儲有關的任何事，就連以往宮眷們常愛談論的，瑗與璩的比較都成了禁忌的話題。

張婕妤經此一事，心情鬱結難以釋懷，不若往常那般愛笑，身體也一日不如一日，常常患病。趙構似略感愧疚，於紹興十年十二月乙未進封她為婉儀，但同時也進封了吳才人，連品階名稱都一樣，也是婉儀。

宋內命婦分為五品：一、貴妃、淑妃、德妃、賢妃；二、大儀、貴儀、淑儀、淑容、順儀、順容、婉儀、婉容、昭儀、昭容、昭媛、修儀、修容、修媛、充儀、充容、充媛；三、婕妤；四、美人；五、才人、貴人。

這次進封，張婕妤只進一品，吳才人則升了三品，從此二人並列，於張婕妤來說倒是明升暗降了。

二　和議

紹興十一年春，某日趙構召秦檜等重臣入禁中賞花賜宴，以往這類事趙瑗都會於一旁作陪，但此番竟缺席，獨自來柔福宅中。

柔福問他：「你爹爹賜宴眾臣，你何以不去？」

趙瑗蹙眉答：「我不想看見秦檜。」他從小在趙構膝下長大，亦逐漸學會遇事不露喜慍之色，但現在提及此人，不由仍現一臉鄙夷。

柔福便微笑：「你厭惡他也不是一天兩天了，為何如今多見一眼也不願？」

趙瑗低首，先是沉默，思量半晌，才說出原因：「我聽見他與父皇密議，說接到完顏宗弼手書，宗弼告訴他議和條件：『必殺岳飛，而後和議可成。』」

「岳飛……」柔福沉吟，問：「他如今是否還是一心北伐，議迎二聖？」

「是，」趙瑗頷首說：「只是今年正月宗弼率十萬大軍直入淮西，父皇命張俊、楊沂中、劉錡迎敵，並命岳飛領兵東援，岳飛沒立即趕到，金軍是被楊沂中、劉錡與張俊的部將王德擊退的。待楊沂中、劉錡還軍後，宗弼忽然又命金將回師攻陷亳州，重創楊沂中與王德的援軍。岳飛這次聞訊後馳援，而金軍已安然渡淮北上。為命岳飛增援淮西，父皇先後下親箚十三次，但他這兩次都沒及時趕往，因此父皇十分不快。」

柔福問：「岳飛可有說遲去的原因？」

「說了，一是他偶感寒嗽，一是岳家軍缺乏糧草。」趙瑗歎了口氣：「但朝中大臣都說，他這是因上次北伐受阻，心中頗有怨氣，所以……」

紹興十年，岳飛率岳家軍與宗弼大軍交鋒多有勝跡。七月先取得郾城大捷，以步兵上陣迎擊金騎兵，用麻紮刀、提刀、大斧等利器將拽著金兵大砍大劈，金軍屍橫遍野，宗弼不得已轉戰潁昌。岳飛料到他有此著，先命岳雲馳援，再次擊敗宗弼騎兵三萬。宗弼後在距汴京西南四十五里處的朱仙鎮駐軍十萬，欲阻岳飛進軍，不想岳飛只先遣五百鐵騎為前哨便已攪亂金軍陣勢，岳飛再挺槍躍馬，馳入金軍陣內，眾將奮勇向前，金兵十斃六七，全面潰敗，宗弼匆匆馳回汴京，才得保性命。

由此北方義軍紛紛響應，捷報頻傳，岳飛也準備召諭諸將，整裝出發乘勝追擊，豪言道：「直抵黃龍府，與諸君痛飲。」

但趙構與秦檜意在議和，連下了十二道金牌令岳飛班師。此前秦檜已先致書張俊、楊沂中、韓世忠、劉錡等人，命其回撤。岳飛見諸將已奉命後撤，自己堅持下去不免陷入孤軍深入之境地，亦只好領命班師，然心中悲憤，班師前向東再拜，泣道：「十載功勞，一旦廢棄，奈何奈何！」

「唉，他日後眞要留神了……」聽了趙瑗的話，柔福亦不禁感歎：「恃才而不自晦，於你父皇是大忌。」

趙瑗凝神看柔福，忽然脫口說：「其實姑姑也經常說父皇不愛聽的話，做使他不快的事，但他總能容忍……像姑姑與岳少保這樣敢逆父皇意的人，世間眞無幾個。」

「那不一樣。我是女子，手中又無兵權，跟他耍點性子，他只當是貓兒狗兒鬧，」柔福呵呵一笑，然轉瞬間神情又變得凝重，「若換作手握重兵的將領跟他耍性子，他只怕會立即想起苗劉之變。」她移步舉目，望一碧如洗的淨空，道：「我倒不怕逆他的意，於國於家無用，亦無所牽掛，惹惱了他，大不了一死而已。但岳飛……似他這般能人不多，若因意氣枉送性命，是眞可惜。」

這年四月，趙構採納給事中范同建議，下詔命韓世忠、張俊、岳飛相繼入覲，任韓世忠、張俊爲樞密使，岳飛爲樞密副使，將他們原先主持的淮東、淮西與京湖三宣撫司統制以下的官兵劃歸三省、樞密院統一指揮，改稱統制御前諸軍，再加楊沂中開府儀同三司，賜名存中。此舉明升官爵、隱奪兵柄，爲防私交甚好的韓、岳二人聯手與朝廷抗衡，趙構刻意將二人分開，讓韓世忠留御前任用，而命張俊、岳飛前往楚州措置戰守事宜。

秦檜既得趙構之信，便極力營謀，必欲置岳飛於死地。先提拔其黨羽万俟卨爲右諫議大夫，再授意其於七月上疏，先指岳飛「爵高祿厚，志滿意得，平昔功名之念，日以頽墜」；再提增援淮西之事「稽違詔旨，不以時發」；又稱其淮東視師，「沮喪士氣，動搖民心」；另不忘隱約暗示之前岳飛擢擔子上廬山一事，「日謀引去，以就安閒」。

趙構倒未立即就此表態，但岳飛遭此彈劾，既難忍受亦意識到處境堪憂，次月便累表請罷樞柄，趙構很快准奏，罷去他樞密副使之職，改任他爲武勝、定國軍節度使，充萬壽觀使。

岳飛改任宮觀閒職後，秦檜再無顧忌，與張俊密謀，欲重金懸賞，誘岳飛部將告發岳飛過失，卻無人應命。後張俊又聽說岳飛曾因故欲斬部將統制王貴，且屢加刑杖，便勸王貴對岳飛加以攻訐。王貴一聽連連擺首，道：「大將手握兵權，總不免以賞罰使人，若以此爲怨，將怨不勝怨了。」但張俊並不就此作罷，改以私事要脅，終令王貴膽怯，勉強就範。

隨後張俊又買通屢受張憲抑制的副統制王俊，命王俊向王貴告發岳飛副都統制張憲，誣陷其在岳飛交出兵權後欲裹挾岳家軍離去，以此威逼朝廷還兵於岳飛。王貴將王俊狀詞呈交鎮江樞府，張俊接了，即遣王貴將張憲捕來，親自審訊。

張憲自不肯認罪，連聲喊冤，雖經張俊嚴刑逼供，仍不屈招，始終堅持：「憲寧受死，不敢虛供。」張俊遂自造一紙口供，送交秦檜上報朝廷，誣指張憲與岳飛勾結謀反。

十月，趙構下旨，將少保岳飛及其子岳雲投入大理寺獄，並設用以查辦謀反大案的「詔獄」審理此案，命御史中丞何鑄、大理卿周三畏訊問。

岳飛受審並不多言，只說：「皇天后土，可表此心。」隨即解衣露背，請何周二人審視。兩人一看，但見他背上刺著深入膚理的四個大字——盡忠報國。

何鑄與周三畏不禁亦對岳飛心生敬意，向秦檜力辯其無罪。秦檜不悅，道：「此乃聖上之意，爾等豈敢不從！」

何鑄歎道：「我等何敢左袒岳飛，實乃強敵未滅，無故殺一大將，失士卒之心，非社稷之長計！」言罷，何周二人請辭離去。秦檜便改命諫議大夫万俟卨辦理此案。万俟卨是秦檜心腹，又素與岳飛有隙，自然竭力逼供，對岳飛幾番酷刑拷打，但始終不能迫其認罪，到最後，岳飛只在獄案上憤然寫下八個字：天日昭昭，天日昭昭！

這年歲末，趙瑗忽夜馳快馬至柔福府，下馬後急奔入內找到柔福，喘著氣說：「姑姑，你救救岳少保罷，他要被賜死了！」

柔福站起身，睁目道：「他，決定了？」

「是秦檜。」趙瑗忿然，「經他授意，岳少保被處以謀反罪。許多朝臣都上書營救，連太傅韓世忠也挺身而出，質問秦檜有何謀反罪證。秦檜亦只能支吾道：『其事體莫須有。』韓世忠怒道：『莫須有』三字，何以服天下！』再據理力爭，但秦檜置之不理，一心要治死岳少保。」

聽到這裡，柔福低垂雙睫若有所思：「不，最希望岳飛死的，倒不是秦檜。」

趙瑗一怔，心下明白她意指誰，卻又不敢接話，只好繼續說：「昨日建州布衣劉允升彙集士民，要向父皇申訴岳飛冤情，今日秦檜得訊後連夜入宮，那時父皇正在資善堂教我習字，秦檜竟也不避我，逕直對父皇說：『擒虎易，縱虎難，岳飛一案久懸未決，恐生他變，請陛下速作決定。』父皇想了想，說：『那就賜死罷。』說完揮袖命秦檜退出，繼續從容揮毫，又過半個時辰才回寢殿。我一待父皇離開便策馬來找姑姑。請姑姑入宮見父皇，爲岳少保求情罷。」

「我？」柔福不由淺笑，問他：「你以爲，我救得了你父皇決心要殺的人？」

「若世間尙有能救他的人，也只能是姑姑了。」趙瑗雙目閃亮，仍是蘊滿希望的模樣，「我記得紹興八年，姑姑曾說服父皇不拜迎金人及接受冊封。今若姑姑出面，亦有使父皇收回成命的可能。」

「你錯了，瑗。」柔福搖搖頭，語調只是淡淡，唇角笑意仍在，但看他的眼睛中有無計可消的悲哀，「我無法改變他……我也從來不曾，改變過他。」

紹興十一年十二月癸巳，趙構下旨，岳飛以毒酒賜死，張憲、岳雲依軍法斬首。

宋金紹興和議於岳飛死前一月簽署，雙方約以淮水中流畫疆，宋割唐、鄧二州與金，歲奉銀二十五萬兩、絹二十五萬匹，休兵息民，各守境土。

和議既成，趙構便命人著手籌備奉迎徽宗梓宮及皇太后韋氏歸宋事宜，並早早地下旨命起建祝聖壽道場，預備明年爲南歸的皇太后賀壽。

「明年將慶皇太后六十三歲壽辰，雖非大壽，但因是太后回鑾後首慶生辰，務必隆重，一切應早作準備。」趙構特意強調。

承旨官之前便細查過相應資料，太后年歲自然已熟記於心，但此刻聽趙構這般說，倒愣了愣，訥訥道：「據宮中籍冊記載，皇太后生於哲宗元祐五年，明年應是五十三歲……」

「放肆！」趙構立時勃然大怒，拍案道：「皇太后是朕親娘，難道朕會記錯母親年庚？皇太后生於神宗元豐三年，明年正是六十三歲！宮中籍冊歷經戰亂必有紕漏，但此等大事豈可出錯，還不快通審一遍，將錯處統統修正！」

承旨官懼而伏地謝罪，忙唯唯諾諾地領了旨，出去後立即著人通審籍冊，將皇太后韋氏的年齡改大了十歲。

三　傷春

紹興十二年春，正月壬寅，趙構下詔命建國公瑗出宮就外第。

趙瑗時年十六，在宮外的府邸趙構早為他備好，但自去年入冬起，張婉儀便纏綿病榻，過了年仍不見好，趙瑗憂心如焚，跪請趙構許他繼續照料病母，晚些再出宮。趙構答應，讓他再留居宮中兩月。

張婉儀病得不輕，聽說瑗將離宮別居更是憂傷，病勢日趨沉重。趙瑗每日侍候於她病榻邊，不敢擅離，到後來見母親情形不妙，更是衣不解帶地晝夜陪護。

嬰茀亦每日都會至張婉儀處探望。某日來時，見張婉儀昏昏沉沉地兀自躺著，而趙瑗疲憊之極，伏於所坐椅子扶手上小寐，面容也是憔悴不堪，便輕歎了一聲，命人取一件外袍，自己親自為趙瑗蓋上。

趙瑗卻立時驚醒，馬上起身向她行禮。

嬰茀微笑道：「大哥事母至孝，中外稱頌。然亦應仔細身體，若因過於勞累也病倒了，你母親看見不知將多傷心，痊癒之期只怕倒會因此延後。」

隨即轉首命宮人：「送建國公回去歇息。」

趙瑗並不欲走，啟唇想自請留下，嬰茀卻又輕拍他肩，將他止住，壓低聲音和顏道：「這些天你為照顧母親都未去資善堂，可知你爹爹又為你請了兩位先生，天天在那候著等你相見呢。孝順自是應該，但若久不理睬新先生，你爹爹也許會覺你有失尊師之道，雖一定不會說，可心裡必是不悅的。何況你爹爹對你寄望頗深，若見你因家事耽擱了學業，自不免會有些失望。」

她用詞甚斟酌，提及趙構亦只是輕描淡寫，但一聽她這般說，趙構冷峻淡漠的神情便浮上趙瑗心頭，微微一凜，又凝視張婉儀，是去是留，頗感躊躇。

嬰茀知他心憂母親，勸慰道：「你先回去稍事休息，再往資善堂。只要你爹爹不在，你見過先生便可回來，費不了多少工夫。這裡有我在，大哥但可寬心，你母親不會有事。」

趙瑗思忖許久，終於點了點頭。嬰茀便含笑為他加衣整冠，送他出門，看他眼神頗慈愛，宛若張婉儀以往常做的那般。

待到了資善堂，見趙構赫然坐於其中，看到瑗進來，他笑了笑，說：「你終於來了。」來不及分辨這和顏悅色的話語中是否有隱藏的情緒，趙瑗即低垂著頭走至趙構面前鄭重行禮。

趙構端然受了，再一指兩側，依舊平和地吩咐：「見過你的新先生，樞密院編修官趙衛，大理寺直錢周材。待你出就外第後，他們將入你府中為你授課。」

趙瑗依言向兩位先生一一見禮，又坐下與他們閒談了一個多時辰，待趙構走後才敢回去。趙構自始至終態度溫和平靜，甚至對瑗還屢加讚譽，但瑗起身時察覺，內裡的一層衣衫不知何時已被冷汗浸潤。

回到張婉儀閣，果見嬰茀為母親奉藥進水好不殷勤。又命人端一盆熱水進來，轉側間看見趙瑗，輕聲道：「大哥請在外等等，我為你母親擦身。」

趙瑗愕然道：「這種事，婉儀亦要親為？」

嬰茀頷首，淺笑說：「那些下人手重。」

趙瑗無語退下，口中雖未說什麼，心下卻是萬分感激。

以後幾日，趙瑗不敢輟學，白天會去資善堂讀書，而嬰茀也日日守在張婉儀閣中悉心照料，事事親為，人見皆讚其賢良。

但張婉儀的病卻越發重了，一日瘦過一日，到最後幾乎只剩一把枯骨，連話也無力說。

二月庚午，御醫宣佈已無力回天，張婉儀已値彌留之際。

趙瑗跪於母親床前，恐母親聽見難過亦不放聲哭，咬著下唇竭力抑制，但眼淚止不住連串滴落。

嬰茀則坐於床畔，雙手緊握張婉儀之手，一壁飲泣一壁歷數她美德優點，潘賢妃立於一側旁觀，想起這些年與張婉儀相處的情形，略感黯然，不時搖頭歎息。

張婉儀的手忽然微動，似想自嬰茀掌中抽出，雙唇也輕顫，喉中發出模糊的、單音節的聲音，依稀能辨出是「瑗」。

趙瑗忙靠近，問：「媽媽，我在這裡。」

張婉儀輕撫他面龐，徐緩地，勉強睜目想看他，未及看清，兩行清淚卻已先流下。

「瑗，瑗……」現時她所有的精神僅可供她喚出愛子的名字，欲再說什麼，已力不從心。

「張姐姐無須擔心，嬰茀會爲你照顧瑗。」嬰茀再次捉住她手，握著，俯身，以便讓她聽得更清楚，目光誠摯：「日後我必將瑗視同己出，讓他與璩同處，決不偏心，雖有一食亦必均之。」

張婉儀似很激動，胸口起伏不定，渾身發顫，像是要喘氣又喘不出來，最後猛地睜大眼睛盯著嬰茀，吐出一字：「你……」隨即一切靜止，一縷魂魄未待這一語終結便消散於二月庚午漸深的暝色中。

趙構已散朝歸來，立於門邊不知看了多時，此刻才移步走近，以手輕合上張婉儀未瞑的雙目。

因張婉儀薨，趙構輟視朝二日，追贈張婉儀爲賢妃，葬其於城外延壽院。同時讓趙瑗認嬰茀爲母，在未出宮之前搬去與璩同住。嬰茀對瑗關愛有加，儼然是慈母模樣。

二月丁丑，趙構以保慶軍節度使、建國公瑗爲檢校少保、進封普安郡王。

三月壬寅，普安郡王趙瑗出宮就外第。

金主許歸徽宗帝后梓宮及皇太后。四月丁卯，皇太后韋氏偕梓宮自五國城出發，金遣完顏宗賢、劉裪、高居安護送皇太后歸宋。

趙構得訊後立即封賞韋氏族人，自韋氏曾祖以下皆獲追封，韋氏弟韋淵也被封為平樂郡王。

嬰茀也更為忙碌，親自打理慈寧宮增修、裝飾等事宜。趙構偶爾入內視察，但見室內物事陳設都似曾相識，一桌一椅一帷幔，乃至院內園圃內種的花與昔日母親在汴京宮中的頗為相似，不由詫異，問嬰茀：「你往日不曾侍奉過母后，何以對她閣中物事如此熟悉？」

嬰茀答道：「慈寧宮將為母后所居，臣妾豈敢怠慢。故尋了些服侍過母后的汴京舊宮人為臣妾講述昔日母后閣中陳設。韋郡王家誥命夫人偶爾入宮來，臣妾也曾請教於她。」

趙構便笑笑，說：「甚好。這類事也需你這樣的細心人來做。」

四月己巳，趙構進封婉儀吳嬰茀為貴妃。

因母后將歸，趙構心情漸好，宮內也多了些喜樂氣氛，但這樣情形並未延續多少天。這月辛巳，知盱眙縣宋肇上書，稱得泗州報訊，趙構髮妻、皇后邢氏已於紹興九年六月崩於金國。當時金人秘不發喪，直到韋太后將歸，才請求金主許其偕邢氏梓宮同歸。金主答允，故太后帶回的將是一帝二后的梓宮。

皇后邢氏。那淡出趙構生活十六年的女子，是他長久以來有意迴避的記憶，她身上凝結著太多他害怕觸及的苦難。而此刻他危坐於朝堂之上，聽著官員奏報，無可逃匿，惟有任她身影重又飄落於心間。

新婚燕爾，她眉色淡遠，在他凝視下低首，那不堪一掬的嬌羞。紅羅裙下，她悄隱金蓮，卻不知道她纖小的玉足可牽動他心底隱秘的柔情。亂世相隔於天涯，她曾取下他贈她的金環，請使者轉告他：「願如此環，早得相見。」但此後一別經年，她終於，在他的絕望中，沉澱成一段枯萎的記憶。他們之間缺失的歲月鎖住了她的年華，他也拒絕去想她的遭遇，他心中的她依然窈窕而美麗，而眾目睽睽之下，他卻找不到適合表達的感情。

最後，他只遺一語，給窺探他表情的人：「本月己丑，為大行皇后發喪。」

回到寢殿，本著哀悼的心情，他自密鎖的櫃中取出盛有金環的匣子。豈料，打開，猝不及防地，一件他刻意忽略的東西又刺痛了他的眼睛。

這一夜，但願長醉不願醒。他尋了一處臨水的樓閣，黯然獨坐，一杯杯地豪飲。

聽說他醉了，瑗瑗來尋他。眼前的情景令她想起多年前，也曾上高樓，看見如他這般伏案而眠的，一個宿醉的男子。

她在他身邊悄然坐下，以目光輕撫他那她一向只能以仰視姿態看的五官，聽檻外春水潺潺，逝者如斯，她神思恍惚，但心中安寧，浮上心來的事暖如春風。模糊地想，待他醒來，他會否也對她溫柔地笑，說：「瑗瑗，是你。」

他一聲夢囈，似歎了歎氣，身體也微動，卻畢竟未醒。這樣睡久了會傷身，瑗瑗便去扶他，欲將他攙回榻上睡。剛托起他一側手臂，便感覺到他衣袖下有一硬質的東西。

她認得它，那曾見過的木匣。建炎三年揚州事變，他匆匆乘馬逃出，分明已離開行宮，卻又冒險半道折回，為的就是去取這原本未帶走的桃木匣子。

她一直想知道，這裡面裝的是何等重要之物，竟可讓他罔顧生死地珍惜。拿起它，在打開之前，她是真的有一絲猶豫，因為莫可名狀的恐懼。終於還是開啓了它，她敵不過心底關於謎底的渴求。

呵，原來如此，原來如此！

她居然，只是啞然失笑，把心痛的感覺化作雲淡風輕的表情。

木匣中，有邢皇后的金環。金環的故事早已被當作帝后的悲情傳說在後宮裡流傳，她不覺陌生，也不會為此驚異或妒忌。

此刻她凝視的，是其中另一件物品——銀鈴，她也曾見過，這當年繫於柔福帝姬繡鞋上的銀鈴。銀鈴繫於小腳繡鞋後跟上，嬌俏可愛，帝姬穿著，一走路就叮噹作響。「這下小妮子再想偷跑就難了。」太上皇后看見滿意地笑。

但有一天，銀鈴消失不見。她問：「帝姬，你鞋上的銀鈴怎會脫落了？」柔福俏皮地眨眼，笑說：「是被一隻狗哥哥叼走了。」

……

將木匣原樣合上，依舊擱在趙構衣袖下，在做這個動作時，瓔茀發現，他的眼角，竟然有一點晶瑩的光。

又默然坐了許久才起身獨自離去，臨行前低聲囑咐一旁侍守的宮女：「一會兒喚醒官家，請他飲解酒湯後送他回寢殿歇息。無須告訴他我曾來過。」

這幽涼靜美的春夜，因這木匣突兀的出現而變得尷尬與危險。大宋皇朝新晉的貴妃無意中窺見，她至高無上的夫君躲在一份冠冕堂皇的悲傷下，哀悼他無望而隱秘的愛情。

所以她不可讓他知道，她曾來過，她曾看見。她將繼續把一切隱藏，一如他隱藏他的木匣。

貴妃嬰茀又理所當然地承擔了在宮中爲皇后舉喪的相應事宜，大概這是項繁瑣的工作，折磨得她身心皆疲，終於大病一場。

那日趙構來看她，坐於她床前，忽然以推心置腹的語氣跟她說：「這些年你伴於朕左右，生死相隨，相同勞苦，朕都看在眼裡。朕因皇后未歸，虛中宮以待十五年，也不得不委屈你一直居嬪御之列，與潘賢妃、韓秋夕等人同處，朕甚有愧。而今皇后已崩，待母后回鑾，朕會請太后懿旨，選你爲后。」

嬰茀一驚，雖尚處病中仍堅持起身朝趙構再拜，含淚道：「母后遠處北方，臣妾缺於定省，惟天日清美，侍聖上宴集時才念及母后之苦，不由肚裡淚下。至於選后之事，臣妾惶恐，實不敢存此夢想。」

四　回鑾

七月甲午，皇太后韋氏回鑾，自東平登舟，由清河至楚州境上。趙構命太后弟平樂郡王韋淵及仁宗皇帝女秦魯國大長公主、哲宗皇帝女吳國長公主先行前往迎接太后。原本也命福國長公主一同出迎，但她稱病推辭，趙構雖感不悅，卻也未勉強，只囑她好好在府中靜心將養。

八月辛巳，趙構親自出臨安，用黃麾半仗二千四百八十三人奉迎皇太后於臨平鎮，宰執、兩省、三衙管軍皆從，貴妃吳嬰茀也帶著兩位養子普安郡王瑗及崇國公璩隨行。

母子相見，韋太后不待趙構行完全禮已自龍輿中出來，握起兒子手，泣道：「只道今生我母子再無重逢之日，而今竟得相會，恍如隔世，深恐猶在夢中。」

與趙構相對落淚片刻後，又以目示邢后靈柩，道：「可憐你那賢后已棄你我而逝。遺骨雖歸，音容已杳，怎令人不心痛！」

趙構聞言越發感傷，走至邢后柩前，撫著棺木黯然飲泣。嬰茀見狀，默然轉目看秦檜一眼，秦檜會意，上前勸趙構道：「生祿原由天定，非人可挽回。如今太后還朝，普天同慶，望陛下少節哀思，以慰慈躬。」

趙構這才拭淚，略整容色，再命嬰茀帶瑗、璩過來，跪下向太后請安。

韋太后聽嬰茀自稱「貴妃吳氏」，知她是趙構嬪妃，見跪於自己面前的這倆哥兒模樣都清秀俊偉，年紀又都是十幾歲光景，便認定是趙構親生皇子，心下喜悅，尚未等瑗與璩開口請安就笑對嬰茀道：「這兩哥兒很俊秀，可都是你親生的？」

嬰茀微覺尷尬，但還是以實情相告：「臣妾無福，未能誕下官家皇子。大哥與二哥是官家自宗室子中選出，命臣妾育於禁中的。」

韋太后原本在笑吟吟地等嬰茀說出肯定的答案，未料竟聽到這種解釋，笑容有些滯澀，下意識地問：「那官家可有……」

一語未盡已知不妥，便噤了下去。嬰茀自然心知太后欲問的是「官家可有親生皇子」，但趙構在側，不敢回答，也只是沉默。

韋太后見狀了然大失所望，笑意也褪去。嬰茀即輕聲催促兩位皇子：「還不快向太后娘娘請安。」

趙瑗未即刻開口，倒是趙璩先伶俐地叩了兩次頭，口中響亮地喚道：「璩恭迎娘娘回鑾。娘娘千歲！娘娘萬福！」

韋太后聽璩喚得親熱，不由又展顏笑了笑，和言對璩道：「乖。」

言罷目光又徐徐移至瑗身上，瑗此時才叩首再拜，態度恭謹，但卻只道：「太后娘娘萬福。」

韋太后笑對趙構道：「這孩子倒穩重。」又側首問嬰茀：「這位哥兒叫什麼？」

嬰茀躬身答：「官家賜名爲瑗……跟福國長公主的閨名是一個字。」

韋太后怔了怔：「福國長公主？」

嬰茀微笑解釋道：「就是柔福帝姬。帝姬建炎四年南歸後，官家加恩進封爲福國長公主。長公主今日本也要前來迎接太后的，無奈這幾日病重，實不能下榻，故此請臣妾代爲向母后道賀，說一待身體好轉即入宮拜見母后。」

猶如驟然霜降，韋太后臉立時冷了。淡淡地以手示意眾人平身，轉身回龍輿坐下，說：「回去罷。」

趙構遂號令起駕回城，率百官引帝后梓宮而行。此時忽然看見，在三梓宮後，尚有一小棺木，其外無任何文飾或靈牌，看不出是誰的靈柩。

於是回問太后：「梓宮後的靈柩亦是宗親的麼？」

韋太后未答，依舊沉著臉道：「待回宮後再細說。」

回到臨安宮中，趙構設宴慶祝太后回鑾，並邀此次護送太后歸國的金使完顏宗賢、劉祹、高居安赴宴。韋太后卻說旅途勞頓，有些疲憊，想先小歇片刻，便未出席，於是趙構獨對金使，略說了些致謝的話，劉裪、高居安與趙構時有對答，惟完顏宗賢異常沉默，一人自斟自酌地飲酒，除了初入席的客套話就再未發一言。趙構偶爾斜目瞟他，卻也沒主動與他說話。

待金使回使館後，趙構再命於內殿中設家宴，這次韋太后才款款出來，嬰茀忙起身相迎，扶太后坐好，先是侍立於一旁，待太后出言賜坐，自己才也坐下。

雖只是家宴，禮數卻依足了帝后聖節模式，行酒九盞，並雜以歌舞雜劇，宮眷們依次上前向太后祝酒，一時觥籌交錯，氣氛和樂。行第七盞酒時，嬰茀親爲韋太后奉上一道「炙金腸」，趙構解釋說：「貴妃聽聞母后素喜食此菜，故特意向御廚學了，今日親手做的。請母后嘗嘗可還似昔日味道。」

韋太后略嘗了嘗，點頭微笑：「好，好……」此時近看嬰茀，忽然蹙眉，盯著她瞧了好一陣，才問：「怎的我瞧你如此面熟？我們以前在汴京見過麼？」

嬰茀淺笑低首回答：「臣妾昔日曾是汴京宮人，母后也許曾在宮中見過，只恨臣妾福薄，當時無緣服侍母后。」

韋太后自己倒逐漸想起了，停了停，再問：「是龍德宮麼？」

她記得，自己是在龍德宮遇見面前女子的。當時她的身分還只是太上皇的婉容，一個微不足道、不受寵愛的後宮嬪妃。爲了請太上皇勸趙桓收回派趙構出使金營的成命，她伏在趙佶足下哭得涕淚俱下、花鈿委地。她從來沒有如此卑微、低下地求過人，而她最後得到的，只是一道滿含厭惡意味的眼神……那時，這個吳嬰茀應該在罷？自己離去時，就是她拾了她散落的花鈿，追來奉還的。

這是段不快的記憶，那麼不巧，目擊自己彼時窘態的人竟成了如今的兒媳。

她最後的話似問得漫不經心，但適才的笑意已自唇邊消散。

但聽嬰茀應道：「母后恕罪，臣妾記性不好，不大記得了。臣妾以前服侍柔福帝姬，平日就在帝姬閣中做事，甚少出門，母后若見過臣妾，想來應是在宮中節慶宴集時。」

韋太后卻又是一驚：「你服侍過柔福帝姬？」

嬰茀頷首，輕聲回答：「是，臣妾昔日服侍過帝姬……但未過多少時日便遇靖康之變。臣妾流離於亂世，幸得官家收留，故隨侍至今。」

韋太后聽後只「嗯」了一聲，再不多言。嬰茀與趙構對視一眼，二人均感覺到了在太后跟前一提柔福帝姬她便有不悅之色。趙構還道是柔福之前未隨駕迎接太后，現又未入宮道賀，故此太后不免有氣，此刻自己不便就此解釋，便另尋了個話題打破這略顯尷尬的沉默，指著殿內宮燭問太后：「此燭可還能愜聖意麼？」

此燭非比尋常，是以上等香料精心調製的香燭。當年徽宗宣和、政和年間，國中富庶，宮中用度極盡豪奢。趙佶因嫌宮內用的河陽花燭無香，便命人用龍涎香、沉腦屑灌蠟燭，夜裡列兩行，洋洋數百枝，焰明而香滃，妙絕天下。而趙構南渡之後，國力遠不如前，宮中哪能再用此奢侈之物。直到太后將歸，趙構決意極天下之養以奉太后，嬰茀才建議道：「不如在太后洗塵宴上用宣政宮燭，太后聞香必感欣喜。」趙構遂命人照宣政故事趕製宮燭，但香料有限，最後所得不多，所以這晚也僅列了十數炬。原以為太后一聞香必會問及，豈料酒都飲這許多盞了，她仍恍若未聞，看都沒多看宮燭一眼。

韋太后聽了趙構問語，才略抬眼瞥了瞥宮燭，淡淡道：「你爹爹昔日每夜常設宮燭數百枝，諸妃閣中也如此。」

言罷起身更衣。趙構待她走遠，才澀澀地苦笑一下，對嬰茀說：「朕如何比得爹爹富貴！」

家宴散後趙構親送太后入慈寧宮，母子二人秉燭長談，聊及多年分離之苦及徽宗北狩慘狀，不免又是一陣唏噓。趙構忽憶起韋太后隨梓宮一同帶來的那口小棺木，便問是誰靈柩。

「是柔福帝姬，瑗瑗的。」韋太后答道，話語猶帶哭音。

趙構一怔，只疑是聽錯，再問：「母后說是誰的？」

「是柔福帝姬的。」韋太后以不容置疑的肯定語氣重複，點拭淚眼，再正色對趙構說：「我正要跟哥說此事呢。你可知這些年來金人一直在笑你，說你錯買了顏子帝姬？」

汴京有地名叫顏家巷，其中所賣器物多不堅實，故京中人皆稱假貨為「顏子」。

趙構低首緘默良久，繼而要摒退所有宮人，韋太后揚手止住他，指著身邊的宮人楊氏說：「她多年來一直伴我左右，諸事皆知，無須迴避。」

趙構知那楊氏本就是韋太后以前在汴京宮中的貼身宮女，後隨她一同北上，如今又被太后帶回，必是心腹之人，便讓她留下，待其餘人都出去後才緩緩道：「母后是說，南歸的瑗瑗，如今的福國長公主，是他人假冒的？」

韋太后深頷首，向楊氏以目示意，楊氏遂對趙構說：「柔福帝姬在金國先是被金八太子完顏宗雋所得，過了幾年，又被完顏宗雋送給金太宗的兒子完顏宗磐，以此討好宗磐，誘其與他謀反。但宗磐得帝姬後並不珍視，未過幾天他家大婦就把帝姬逐出門去。天可憐見，那時她渾身上下都是傷，病得奄奄一息，幸而太后無意中遇見，把她接到身邊照料，才漸漸好了。後來帝姬在五國城結識漢官徐還，郎有情妾有意，太上皇也樂意撮合，她便嫁給了徐還。可惜安穩日子沒過多久，她又患了病，於去年薨於五國城，太后與奴婢都曾親眼看著她下葬。如今這個福國長公主，必是市井女子冒名來訛官家的，知官家與柔福帝姬雖是兄妹，但往日並不常相見，未必認得，又不知從何處聽得些汴京宮中舊事，就大膽冒充金枝玉葉，騙取富貴。」

趙構凝視宮燭焰火，此刻淡說一句：「哪有人會如此相似？」

韋太后倒訝異了：「難道你昔日熟識柔福，一眼就能辨出眞假？」

「哦，不。」趙構倉促一淺笑，道：「我與柔福自然不熟，只是當時聽說她逃歸，便尋了熟識她的人驗過的，見了都說是眞。」

楊氏歎道：「人有相似，她也是仗著這點才敢來的罷。何況官家遣去驗的那些人就可靠麼？難保他們未存隨意認個帝姬回來邀功請賞的心，甚至，他們索性與這假帝姬聯手訛官家也不足爲奇。若她是眞，爲何如今不敢來見太后？」

「但……」趙構沉吟道：「她舉止作派倒是頗似帝姬……所說舊事聽起來也不假。」

「她說了什麼？」韋太后當即抬目問，「舊事……是汴京舊事還是金國舊事？」

趙構靜靜瞧了母親一眼，道：「只是些瑣碎的汴京舊事。金國之事她稱不堪回首，不願說，我也不便追問，怕惹她傷心。」

韋太后點頭道：「是了，言多必失，想必她也不敢隨意編造……」

楊氏亦隨之附和：「即便她說了些什麼，也不可相信，至多是道聽塗說的謠言罷了。」

趙構默然不接話，楊氏便又繼續說：「此番太后帶柔福帝姬的遺骨回來，一是遂她葬身故國的心願，一是為拆穿那假帝姬的謊言。太后與帝姬在金國相處頗久，視她一如親生女，絕不能容忍有人借她之名在官家庇護下逍遙。望官家能早日將假帝姬治罪，將真帝姬遺骨好生安葬，並另行追封，以慰官家這妹子在天之靈。」

趙構並未立即應承，思忖良久後斟酌著字句對母親說：「事關重大，請母后稍待時日，等臣想出處置良策再作打算。」

韋太后歎氣道：「夜深了，你也早些回去歇息罷。聽朝宜早起，否則，於龍體社稷都是不利的。」

趙構施禮後退出。宮燭焰火搖曳，牽得他身影幽長，覺有一絲煩悶，他一揮廣袖，似欲擺脫那片加重他步履的陰影。

五　明妃

邢后的諡號於紹興十二年七月定為「懿節」。迎韋太后回鑾後，趙構將懿節皇后與徽宗皇帝、顯肅皇后梓宮奉安於龍德別宮，隨梓宮送歸的那小棺木也一併安置於那裡，趙構暫不提將其安葬之事，也請韋太后及楊氏暫勿再與人言及柔福真偽。

過數日，金使沂王完顏宗賢等將歸國，朝辭於趙構，趙構詔命參知政事万俟卨前往驛館伴宴餞行。但完顏宗賢此日心神不定，未待宴罷獨自離席，策馬至臨安皇宮，直闖內宮門稱要親向韋太后辭行。

侍衛與普通內侍不敢阻擋，先請他入宮門旁偏殿等候，再找到內侍省押班，告之此情。內侍省押班匆忙請示趙構，不想趙構此刻正在書閣與重臣議事，吩咐不得打擾，押班又前往慈寧宮親問太后意見。

韋太后聞訊略躊躇，但很快示下：「外臣入內宮是逾禮行爲，金使亦然。轉告沂王，老身祝他歸程平安，眉壽無疆。面辭則大可不必。」

押班向宗賢轉達太后之意，宗賢卻霍然站起，掐住他脖子喝道：「太后在哪裡？帶我去見她！」周遭內侍大驚，但礙於他金使身分，無人敢阻攔，押班被他脅迫，無奈之下只得帶他前往慈寧宮。一進慈寧宮門，宗賢便推開內侍省押班，朝內高聲呼道：「太后，宗賢來向你辭行了。」

宮內侍女何曾見過外臣闖宮之事，何況是一身材高大的虬髯金人，當即一片驚呼，紛紛入內躲避。太后不由也著了慌，倉皇退入內室，急忙命侍女垂帷幕、展屏風，以隔宗賢視線。

而宗賢不顧，揚手推倒欲攔他的兩個慈寧宮內侍，昂首邁步直入內室。待見了擋於韋太后面前的屏風帷幕，他步伐微有一滯，但隨即繼續前行，一壁冷笑一壁兩掌劈開面前阻礙物，終於直面韋太后。

韋太后無處躲藏，坐於床沿惶惶然抬頭，觸見他灼灼的眼。

兩廂都沉默。起初他的焦急與她的驚慌都逐漸散去，末了只是無言的對視，如此良久。

終於他開口，低沉地，聲音聽上去乾澀而暗啞：「我走了。」

她彷若自夢中驚醒，似本想笑一笑，又立即覺得不妥，收斂心神正襟危坐，擺出國母姿態吩咐侍女：「賜沂王坐。」

這其實是件詭異的事，本朝皇太后坐在寢殿床沿吩咐賜坐於金使。但侍女驚駭得早已忘了爲此覺得詫異，匆忙爲宗賢奉上座椅，隨即又遠遠避開。

宗賢並不坐，只繼續看韋太后。距離依舊很近，太后呆呆地在他注視下端坐，不知該作何反應。

「我走了。」他又說，卻不移步走，盯著她的眼睛中分明有某種期待。

最後他等到的是皇太后一句關於賞賜的話：「沂王護送老身歸宋，歷經數月，甚爲辛勞，今沂王將歸，老身特賜三百金，聊表謝意，請沂王笑納。老身祝沂王眉壽永年，享受遐福。」

一直在韋太后身邊的楊氏會意，立即著人去取賞金，少頃，三百金已奉至宗賢面前。

宗賢拈起一錠金，端詳著，忽然哈哈大笑，對韋太后道：「宗賢也祝大宋皇太后眉壽永年，享受遐福！」

猛地將金錠朝適才被他推開的屏風擲去，屏風上的工筆美人圖瞬間破裂。

「就此別過。」他抛下這句話，轉身離開，再未有一次回顧。

宗賢走後，韋太后甚沉默，一連數時辰不曾說話，直到接近黃昏時，才歎歎氣，對楊氏說：「我們出去走走罷。」

韋太后神思恍惚，也沒有明確目的地，兩人一路閒閒地行，待途經一處宮院，聽裡面隱隱傳來讀書聲，韋太后才駐足，問守宮院的內侍：「這是何處？誰人在讀書？」

內侍恭謹答道：「這是吳貴妃居處。適才吳貴妃聽說普安郡王念書廢寢忘食，就帶了點心親自送往普安郡王府。現在裡面讀書的是崇國公。」

韋太后對楊氏笑笑：「是璩。我們進去看看他。」

二人進到院中，行至趙璩的書齋窗邊，聽著越來越清晰的讀書聲，韋太后卻又止步，凝神聽下去。

趙璩在誦讀的是一首詩：「明妃初出漢宮時，淚濕春風鬢腳垂。低徊顧影無顏色，尚得君王不自持。歸來卻怪丹青手，入眼平生未曾有。意態由來畫不成，當時枉殺毛延壽。一去心知更不歸，可憐著盡漢宮衣。寄聲欲問塞南事，只有年年鴻雁飛。家人萬里傳消息，好在氈城莫相憶。君不見咫尺長門閉阿嬌，人生失意無南北……」

楊氏見韋太后聽得怔忡，便輕聲問：「太后，我們還要進去麼？」

韋太后回過神來，亦低聲答：「等等。」繼續佇立，倚窗聽璩念詩。

只聽璩稍作停頓，又接著念：「明妃初嫁與胡兒，氈車百輛皆胡姬。含情欲說獨無處，傳與琵琶心自知。黃金桿撥春風手，彈看飛鴻勸胡酒。漢宮侍女暗垂淚，沙上行人卻回首。漢恩自淺胡恩深，人生樂在相知心。可憐青塚已蕪沒，尚有哀弦留至今……」

聽罷，韋太后又默思一陣，才命楊氏：「你進去，問問二哥他念的是誰人的詩。」

楊氏便入內相問，但聽趙璩朗聲答道：「這是神宗朝同平章事王安石寫的兩首〈明妃曲〉。大哥的啓蒙老師范沖先生不喜歡，不讓大哥讀，但我看了卻極愛此詩，每每誦讀，但覺餘香滿口。」

「范先生爲何不喜歡，崇國公又爲何喜歡呢？」楊氏再問。

趙璩道：「范先生曾對爹爹說，詩人多作〈明妃曲〉，以昭君出塞嫁胡虜爲無窮之恨，令人讀之悲愴感傷，而安石的〈明妃曲〉卻說『漢恩自淺胡恩深，人生樂在相知心』。若只念及漢恩淺虜恩深，然則劉豫不是罪過？背君父之恩，投拜而爲盜賊者，皆合安石之意，此所謂壞天下人心術。但我覺得范先生此論値得商榷。王安石此詩暗喻君王用人之道，明君在朝，可拔賢士於草萊之中；昏主秉政，雖明珠映目亦不能識。而『漢恩』一句重點在後，意指漢皇胡酋的恩遇淺深都是次要的，人生之樂在於知己相知相惜。璩以爲他說得很對，若以胡虜有恩而遂忘君父來解詩義，未免失之狹隘。」

這些話楊氏也不盡明白，笑著隨意讚璩幾句，無非說他好學多思有見識，就告退出來。韋太后也不再進去，只脈脈低首一路走回慈寧宮。

深夜獨坐，燈下隻影寂寥，忽聽值夜內侍在關閉外面宮門，兩扇門相合，發出沉悶綿長的聲音，似擊在心上，韋太后不禁又想起了那兩首〈明妃曲〉，默然在心中反覆低吟：「君不見咫尺長門閉阿嬌，人生失意無南北……漢恩自淺胡恩深，人生樂在相知心……」

心驀地一痛，終至潸然淚下。

六　靖康

一聲聲鼙鼓繁華歇，韋氏的生命因靖康之變折作完全相異的兩段。

之前的她雖只是一個微不足道的深宮女子，最常做的事就是於春花秋月映襯下回憶和期待皇帝夫君的眷顧，但好歹她尚有后妃身分帶來的自矜。那締造了宣政風流的華美男子是她的夫君，她得伴君側，並且何其有幸，還誕下了一個擁有他高貴血脈的兒子。

她爲曾承趙佶偶爾的恩澤而慶幸，因這點溫暖榮耀的情意，連傷感的等待都可被她視作一種幸福。未料風雲迭變，當持著刀槍的金兵闖入她的閣分，她彷彿頓失立足的空間，驚惶間撫案，摁斷錦瑟五十弦。

關於靖康恥的記憶色調決定於她被押至汴京城外、金軍駐紮的劉家寺寨那日。一進寨門，便看見主帥完顏宗望的大帳前豎著幾根鐵竿，竿上赫然刺著三名裸露的女子，她們已氣絕多時，但血仍不停地自她們身上傷口滴落，在竿下匯集成泊。

紅，那幾欲令她瞬間窒息的紅！

韋氏認出，那三名女子張氏、陸氏和曹氏原是趙佶近年新納的宮嬪，品階雖不高，但與她平日裡遇見，也是姐妹相稱的。

聞說又押到一批妃嬪、王妃，完顏宗望自帳中走出，掃視著她們，一指鐵竿上死去的女人，揚聲道：「若敢抗我意，這即是你們的下場！」

一干女子紛紛跪倒，哭泣著說「請二太子饒命」。韋氏也跪下，但因驚懼，她無法說出一字。

進入宋俘女子帳中，她見到了先她之前被押至的結義姐妹喬貴妃。喬氏一見她即衝過來緊抱著她，哭著告訴她另外幾位宮中姐妹身亡的消息：「姐姐，姐姐！昨日金國相完顏宗翰宴請諸將，命宮嬪換舞女裝雜坐侑酒，鄭妹妹、徐妹妹和呂妹妹不肯從命，馬上就被拖出去斬了！」

未過多久，又見有女子遺體被人從宗望帳內拖出。那也是個剛烈的王妃，喬貴妃連聲悲歎著告訴韋氏這女子的事。

在汴京傾城之前，金人曾威逼趙桓在以妃嬪、帝姬、王妃、王妾、宗姬、族姬、宮女及貴戚、官民女准金抵賑的協議上畫押，隨後索要宋女逾五千人。宋選送的女子中就包括這位王妃。王妃被宗望看中，欲命其侍寢，王妃不從，對宗望怒目而視，宗望便道：「你是我們以千錠金買來，敢不相從！」

王妃怒問：「是誰賣給你們的？誰得了這金？」

宗望大笑道：「你家太上皇有手敕，皇帝也有手約，准以宋女犒軍金。」

王妃再問：「誰須犒軍？誰令抵准？男兒落敗屈膝與我等女子何干，我身豈能受辱！」

宗望笑意不減：「你家太上皇有宮女數千，皆取諸民間而且還是白取，尚非抵准而來。今既失國，你即成普通民婦，循例入貢於大金亦是本分。何況就算是抵准，不還是你家男人決意拿你們抵准的？」

王妃聞言一愣，氣塞語咽，悲從心起，不住流淚。宗望遂將她拘於帳中，用強污之。之後命人嚴加看管，不讓其尋死。但王妃一意求死，最終還是絕食而亡。

她並不是惟一殉節的王妃。過了兩日，宗望又於寨中設宴，再命帝姬、諸妃侑酒。正好那日被押送至寨中的宋女中有鄆王妃朱蘭萱，她是趙佶最寵愛的兒子趙楷的妻子，又是汴京城中著名的美人，宗望聽說大喜，命押送她的將領帶她出來侍宴。

她起初居然領命，換上一襲乾淨的宮裝，並取水精心將手臉洗淨，再就著水影梳妝。那是韋氏第一次於近處看她。因蘭萱夫君是趙楷的緣故，韋氏此前對她並無好感，且她性又高傲，令人覿之有拒人於千里的感覺。但此刻韋氏驚訝於她呈於這污濁之地的潔淨，只覺她剔透如玉髓冰魄，而她目中竟也只有一片寧靜淡泊，探不見絲毫懼色。

帳外金兵等不及，進來要抓她走，她只橫眉喝道：「不許碰我！」金兵便齊齊收手，不敢再碰她。然後她站起，側首回望身後數十宮眷，惻然淺笑。待出門後，忽然奔至院中古井邊，縱身墜下。

趙楷的妹妹柔福哭喊著第一個衝過去，扶著井沿一時朝內喚蘭萱，一時又流著淚呼人救她。韋氏亦隨眾人趕過去，有人朝井內投竹竿繩索，但水中蘭萱並無意借此求生。她的素衣與散開的秀髮在古井微瀾中漩了漩，最終沉寂於水底。

而信王妃自盡的方式更慘烈，在被宗望拉入幕中後，她悄然拾起地上散落的一枝箭，在宗望觸及她之前猛地以箭貫喉而死。

在這玉碎宮傾的時代，生命與貞潔往往不可兩者得兼，韋氏敬佩她們的節烈，亦不免暗問自己，若換作自己，可會有她們的決絕？她通過這個問題嗅到死亡的氣息，不由又是一陣顫抖，惟盼必須作出抉擇的時刻永遠不要到來。

不久後，宗望改在青城寨宴請宗翰、諸金將及宋廢帝后，並選出王妃、帝姬二十人、歌伎三十二人侑酒。趙佶、趙桓一見此狀羞愧難言，起身請求避席，宗望不許，道：「此宴名太平合歡宴，就是讓你二人好好與家人聚聚的。待我們班師回朝，你們勢必要分道北行，再要見面可就不容易了。」

二帝無奈，只得坐下，聽著諸將調戲自己妻女姐妹的穢語，當真如坐針氈，無地自容。

趙桓朱皇后原本挨著趙桓坐，不在侑酒妃姬之列，但宗望轉首間見她深垂螓首，姿態楚楚動人，頓時興起，也命她唱歌助興。朱后羞憤，依舊低頭不開口，宗望便怒喝道：「你家兩位皇帝命都在我手上，安得藐視我！」

朱后不得已，掩面拭淚，接過歌伎遞上的琵琶，一壁彈著一壁含淚作歌：「幼富貴兮厭綺羅裳，長入宮兮奉尊觴，今委頓兮流落異鄉，嗟造物兮速死爲強！」

這歌宋人聞之無不感傷，而宗望不解其意，但覺朱后歌喉悅耳，聽得高興，大笑道：「唱得好，再唱一曲，勸國相酒！」

再撥琵琶，引落一串淒清樂音，朱后又唱道：「昔居天上兮珠宮天闕，今日草莽兮事何可說，屈身辱志兮恨何可雪，誓速歸泉下兮此愁可絕！」

一曲唱罷，朱后舉杯起身，走過去敬宗翰酒，宗翰未飲，卻拽朱后衣要拉她同坐，朱后怒，拚命掙扎，宗翰也上了火，舉起鞭子就要打。幸而坐在宗望邊的茂德帝姬見勢不妙，低聲請求宗望相助，宗望才命人勸阻，讓朱后仍舊坐回趙桓身邊。

這一場「太平合歡宴」又令宗翰的長子設也馬看中了趙佶另一女兒洵德帝姬趙富金，示意於宗望，宗望遂在席散之後爲設也馬向趙佶討洵德。趙佶強忍怒氣，解釋說：「富金已經嫁人，中國重廉恥，一女不嫁二夫，不似貴國之無忌。」

宗翰在旁一聽當即便怒了，厲聲道：「昨天我們已接到朝旨，可分宋俘，帝姬給與不給非你決定，你又豈能抗命！」一轉頭，朝赴宴眾人道：「諸位每人可帶二女走。」又指著剛才自己看中的兩名宋女，吩咐麾下士兵：「她，她！都給我帶走！」

趙佶此番也動了氣，拂袖睜目道：「上有天，下有地，人各有女媳！」

宗翰冷笑，也懶得再多言，直接命人將趙佶趕出去，再讓設也馬自取洵德。

趙佶這番話傳至各宮眷耳中，又不免引起一陣嗟歎，喬氏私下暗對韋氏道：「往昔太上待我們一向溫和，極少見有怒色，若喝叱他人，必是怒不可遏，令人聞之膽寒。如今這話何等激憤，可惜大勢已去，毫不能震懾胡虜，將來你我也不能望太上保全了。」

這話令韋氏倍感絕望。此刻才意識到，其實她一直過著的是女蘿的生涯，一無枝幹，依樹而生，但樹若枯了，又該何以生存？

這年的春天很冷，到了二三月，夜間都仍有冬日般的寒風。各寨宋女不堪折磨，兼又受凍，生病死亡者眾，包括許多帝姬。先是儀福、寧福病危，後仁福病逝，過了幾日，保福又死了。某日喬氏來找韋氏，說：「我們去看看柔福罷，她病得不輕。」

柔福躺在劉家寺院內一角，只蓋一層破褥子，隨處可見的裂縫中露出灰色的棉絮，且還太短，連她的小腳都露在外面。她周身發燙，迷迷糊糊地睡著，但聽到人說韋娘子與喬娘子來了，竟立即睜開眼轉視兩側，待看見韋氏就喜悅地笑。

她的眼睛中分明有某種由心而生的感情，像在看一個她熟識的、親近的人。她略帶依賴感的眼神倒讓韋氏有些不適，那不是帝姬們平時看她的方式。

韋氏蹲下身，輕聲問她：「瑗瑗，好些了麼？」

她微笑說：「現在頭很痛……但我會好起來。」

韋氏淡笑著握她的手，喬氏也在她身邊撫慰著她。柔福略與喬氏聊了幾句，忽然又側首看韋氏，說：「韋媽媽，我不會死。九哥會來救我們的。」

陡然聽她提起自己的兒子，韋氏不禁一怔，再看看柔福，頓時詫異於她此刻熠熠的眸光，和那瞬間掃去疾病的陰影、容光煥發的臉。

她果然很快痊癒。韋氏開始留意她，先是因她過人的活力，後更驚歎於她不滅的勇氣。

靖康二年四月，金軍班師，宮眷們被迫北上。一日中午，車隊停下在路邊小憩，韋氏身邊的趙桓妃子朱慎妃輕輕拉了拉她衣袖，目示遠處，低聲道：「韋娘子可否隨我去那邊樹後……我想更衣……」

韋氏遂陪她過去，在她小解時，在她身前爲她略作遮擋。不想當朱慎妃起身束帶時，從一旁忽然殺出個人，嘿嘿笑著一把摟住朱慎妃上下其手。

朱慎妃尖聲驚叫，韋氏回首一看，見那人是押送她們的千夫長國祿，此人一向兇殘，韋氏見過他如何折磨隊中宋女，當下嚇得魂飛魄散，也顧不得朱愼妃，自己驚叫著疾奔離開。

一路跑著，只聽朱愼妃一聲聲叫得淒慘，但韋氏始終頭也不敢回。直到片刻後那邊忽然傳來國祿的一聲慘叫，韋氏覺得蹊蹺，才轉身回望，只見柔福站在國祿身後，手中緊握著一把大概是從路邊農田裡拾來的鐵鋤，咬牙怒視他，而國祿不住撫左肩，顯然是剛才被她鐵鋤擊中。

這是韋氏第一次看見宋女重擊金人，目瞪口呆地站定，茫然看。

朱愼妃也驚呆了，木然立著也不動，而柔福又奮力揮動鐵鋤朝國祿擊去。但此番國祿早有準備，兩三下就化解了她的攻勢，奪過鐵鋤遠遠拋開，抓住柔福一邊怒罵一邊撕扯她的衣服。

柔福亦大罵著反抗，掙扎著又抓又咬，但眼見不支，身上衣服也被扯開不少。

此時忽有一紫衣人乘馬馳來，於馬上揚手揮鞭，對準國祿後腦就是一擊。國祿吃痛倒在地上，正欲咒罵，但抬眼一看紫衣人頓時便將那口氣硬嚥下去，訥訥喚道：「蓋天大王……」

那蓋天大王怒斥道：「這是將要獻給郎主的處女帝姬，你也敢碰？」

國祿忿忿嘀咕：「二太子不也私納了帝姬麼？」

蓋天大王越發惱怒，掣劍下馬，指著國祿罵道：「你本是一無賴，二太子待你不薄，才升你爲千戶。今你調戲婦人、稽緩行程在先，詆毀二太子於後，罪在不赦！」

隨即挺劍一刺，直透國祿胸口，再拔出又連砍幾劍，待他氣絕再無任何反應，才喚來身後兵卒，投屍於河。

柔福與朱愼妃被他送回伫列中。朱愼妃對柔福大爲感激，頻頻向宮眷們誇讚她有膽識，韋氏聽了但覺萬分羞愧，整日都低著頭不敢看她們。

心中一直難受，待到了晚上，眾人都睡著了，韋氏才起身至靜處啜泣。侍婢楊氏察覺後跟來，爲她披一件衣服，輕聲勸道：「娘子還是回去歇息罷，如此被金人見了只怕不妥。」

韋氏黯然喚她名字：「香奴，我不是故意不救她……我只是害怕……」

楊氏點頭，安慰道：「奴婢知道。以娘子之力哪能救得了朱慎妃，柔福帝姬此舉也是以卵擊石，若非蓋天大王趕到，不知會有何等下場。娘子還要等著回去見九大王，惜命是應該的。」

七　宗賢

此後韋氏一行人由蓋天大王完顏宗賢親自押送。此前金主下旨，命儘快將康王母韋氏、康王妃邢氏及幾位重要的王妃先遣入京禁押，所以宗賢命部分體弱乏力的宮眷乘牛車，其餘的能騎馬的皆騎馬，以加快行程。韋氏獲准乘牛車，便攙了邢氏的手，欲與她同乘。邢氏上車時彎腰，所著的寬大外服衣襟順勢一飄，宗賢無意間回首，注意到她腹部明顯隆起，眉頭便皺了皺。

他直直地朝邢氏走去，邢氏立時一驚，捏緊韋氏的手。

韋氏此刻的臉亦蒼白如紙，心下暗暗叫苦。

邢氏已懷孕五六月。眾宋女入寨之初，金帥府便下令，已有身孕的要聽醫官下藥打胎。那時邢氏束腰穿寬身衣服仔細掩飾，韋氏等人也幫她瞞過了醫官，所以能將胎兒保到現在。無奈如今她腹部越來越大，再要遮掩已很難。

宗賢走到邢氏面前，猛地伸手一扯，便扯開了她的外服。盯著她的腰腹看了看，就冷面一指近處的一匹馬，道：「去騎馬。」

邢氏是大家閨秀，從小嬌養於閨中，連路都很少走，更遑論騎馬。不免驚懼，跪於宗賢足下求他許她乘牛車或步行。但宗賢不理，再命兩遍，見她仍不肯動，遂叫來兩名士兵，硬把邢氏架上了馬。馬上的邢氏拉著韁繩俯身緊貼馬背，不住戰慄。宗賢執鞭走到馬後，手起鞭落，那馬嘶鳴一聲，即刻揚蹄狂奔。邢氏無法馭馬，不等馬奔出十餘丈已被顛下馬背，重重地摔在地上。

韋氏與楊氏忙跑過去將她扶起，只見她早已暈厥，而身下已是一片血泊。

因邢氏流產，宗賢才同意在醫官爲她稍作處理後讓她與韋氏一同乘牛車。過了數時辰邢氏醒轉，睜著一雙黯淡的眸子茫然向上看了車棚許久，才似驟然清醒，一手焦急地撫腹部，一手抓緊身旁韋氏的手臂，顫聲問：「我的孩子呢？」

韋氏大慟，想起她小產下的那個男胎，不知如何作答，惟有任眼淚一連串地滴落。

邢氏頓時失聲悲泣，支身起來摟緊韋氏，哭道：「娘啊娘，我的孩子沒有了！九哥的孩子沒有了……」

婆媳二人相擁而泣，牛車嘎啞向北行，碾碎悲聲一地。

邢氏的苦難並未就此結束。待她身體好轉後，宗賢強佔了她。邢氏痛不欲生，曾投河自盡，但被金兵救上，宗賢威脅說再自盡就把跟她沾親帶故的宮眷全殺掉，邢氏才安靜下來，呆呆地繼續北上，每日以淚洗面。

此後的兩月就韋氏而言過得倒相對平靜。她已人到中年，容貌本來在趙佶的妃子中就不算出眾，如今跟身邊那幾位年輕王妃相比更顯得人老珠黃，她又刻意不仔細梳洗，常蓬頭垢面，所以宗賢等人這期間倒不曾拿正眼瞧她。

到了六月，天氣炎熱，金右副元帥宗望回京途中以冷水洗浴，當晚就感覺不適，躺了幾日仍不見好。金主完顏晟得訊後親命宮中醫官乘快馬趕來爲他治療，未料病情非但不減還越發嚴重，不消數日便一命嗚呼。

宗望死後宗賢悶悶不樂，一日行軍途中淋了雨，也著涼病倒，但他卻堅持不肯讓京中來的醫官爲他治病，病也越拖越重。

他麾下部將術弛見如此下去不是辦法，便建議道：「聽說不少宋人都略通點醫術，想必風寒這樣的小病我們這的宋人也會治。大王既不肯讓大金醫官診治，不如讓宋人試試？我先告誡她們，若出半點差池就把她們全殺光，諒她們不敢動什麼手腳。」

宗賢同意，於是術弛召集眾宋女，問可有通醫術者。會治病的宋女倒也有，但不願爲金人診治，因此都低首垂目，並不答話。

術弛尋不到人，一怒之下一把拉出站於近處的韋氏，喝問：「你會不會？」

韋氏瞠目，連連搖頭：「奴家不會……」

術弛冷笑：「如此無用，也不必活了！」嘩地抽刀，架在韋氏脖子上作勢要殺。

侍婢楊氏急忙站出：「將軍且慢！若只是風寒小疾，韋娘子也會治，適才她只是怕不能立竿見影迅速治癒，惹大王將軍生氣，才不敢說會。倘將軍肯多給兩日時間，韋娘子應該能治好大王的病。」

術弛斜眼看韋氏：「是麼？」

楊氏暗使眼色，韋氏明白，亦只得先應承，和淚頷首，術弛才放了她，押她去備藥。

韋氏哪裡知道該用什麼藥，發了半天愣，忽然想起薑湯有驅寒溫胃作用，想必可治風寒，便去找了一塊薑切了，煎成濃濃的幾碗湯，應術弛之命先自飲一碗，再為宗賢送了一碗去。

宗賢飲後出了身汗，感覺竟好了些，術弛大喜，遂命韋氏這幾日都留在宗賢身邊伺候。韋氏深懼金人，不敢不盡心照料宗賢，除了每日為他煎薑湯外，也日夜侍奉於宗賢榻前，為他端茶送水、洗面蓋被，一切均做得小心翼翼無比細緻，惟恐惹他不高興責罰於她。

一夜，天又淅淅瀝瀝地下起了雨，韋氏在宗賢營中守著他枯坐。本來閉目沉睡的宗賢忽然醒來，睜開眼睛瞧她半天後問：「你是趙佶的什麼老婆？」

韋氏惶惶然站起，琢磨他問題半晌，猜他問的應該是她的品階名號，便垂目輕聲回答：「奴家是道君皇帝的賢妃……韋賢妃。」

他點點頭，還是盯著她看，暫未再說話，她便也沉默著不敢出聲。片刻後，宗賢吩咐說：「唱支曲兒給我聽罷。」

韋氏頗感意外，又不好拒絕，只得問：「大王想聽什麼？」

宗賢道：「你們漢人的曲子我也不懂，你隨意唱。」

韋氏想了想，輕輕坐下，啟口清唱：「簾旌微動，峭寒天氣，龍池冰泮。杏花笑吐香猶淺。又還是、春將半。清歌妙舞從頭按。等芳時開宴。記去年、對著東風，曾許不負鶯花願……」

唱著唱著，不覺微露淺笑，亦有淡淡喜色浮上眉梢。

原來這是趙佶昔日塡的一闋〈探春令〉，寫宮中賞春與飲宴情景。韋氏隨之憶起宣政年間的歌舞昇平，生香羅綺。猶記當年初見時，樓外簾旌微動，那人一身華服，姿容炫目，傲立於龍池水邊，看得她心中和暖，渾然忘了那峭寒天氣……

一路含笑地想，直至曲終，目色尚溫柔。又出了許久神，聽宗賢轉側，才陡然意識到身處何地。轉首見宗賢仍目不轉睛地盯著自己，若有所思的樣子，立時大感不安，惟盼能儘快逃離他的注視，遂朝他跪下，低低道：「大王既已大好，請容奴家告退。」

宗賢卻不允，簡潔命道：「你，留下來。」

這「留下來」的意思是分明的了。許久以來擔心的事終於來臨，韋氏憂苦之下也找不到良策脫身，只好故作糊塗，萬望他能開恩放她歸去：「今夜大王已進膳服藥，宜早些歇息，奴家不敢再留此叨擾，請大王讓奴家先回去，明晨一定早來。」

宗賢一哂：「你眞要回去？現在？」

韋氏低頭稱是。宗賢倒似不惱不怒，但說：「你聽。」

韋氏先是不解宗賢讓她聽什麼，不過兩人都未再出聲，外界的聲音就逐漸清晰起來。

剛才唱曲時未留意，越下越大的雨已成傾盆之勢，雜以電閃雷鳴的聲音，和……隱隱傳來的，金兵的狂笑聲及女子的哭喊聲。

韋氏驚駭之下起身，奔至門邊掀簾朝外看，此刻一道電光閃過，掃落她臉上所有顏色，熾亮的光線下，又一樁令人髮指的暴行序幕映入她驚懼的眼。

行軍途中驛館與營帳有限，皆給金軍將領及兵卒住，宋女們平日一般只能找個角落露天而眠。因這晚下雨，宋女們一個個被淋得難受，便有一些跑到金兵營邊，欲站在簷下略避片刻。這情景令營中金兵色心大起，紛紛出來，抓住那些宋女就往裡拖。

在雨中瑟瑟發抖的女子這才明白雨並非此夜最大悲劇，她們驚叫、掙扎，或在瓢潑的雨水中漫無目的狂奔，然最終都逃不過一雙雙粗蠻的手。她們相繼沒入金人營帳，不久後更淒厲的呼叫又自內傳出。

韋氏右手緊捂住嘴，閉上眼睛不由自主地後退。門簾再度垂下，隔斷外間的景象，才讓她覺得稍微安寧。

「還要回去麼？」宗賢再問。

韋氏未答他，只瑟縮蹲坐在宗賢房中一個角落裡，在宗賢下床來拉她時，她沒有作任何抗拒。

抵達金上京後，金主賜浴，命她們著金國盛裝覲見，然後金主從中挑選了幾名姿容出眾的王妃納入後宮。韋氏自不在此列，而邢氏先被選中，但因倍受折磨而形容大損，不久後又被退出，故此二人與其餘落選宮人都被送往金人專爲宋女開設的洗衣院服役。

金從汴京俘虜北上的宗室貴戚女子起初約有三千四百餘人，抵燕山後僅存一千九百餘人，死亡近半。其餘人陸續抵京後也是先由皇室選過，再分賞部分給金軍將帥，被賜給金人的有一千多人，四百人入元帥府女樂院，剩下三百餘人則送往洗衣院。

宋俘的死亡給韋氏帶來的最後觸動是來自朱皇后。她剛到上京金人就強令她露上體，披羊裘。朱后不堪其辱，回屋後即自縊，雖被人救下，但很快又投水自盡。韋氏聞訊落淚不止，對楊氏道：「她是皇后，尚且如此，我等日後更不能活了！」

楊氏雖也頗感驚憂，卻還是極力勸慰她：「娘子福大命大，只要懂得愛惜自己，必能等到九大王前來營救的那天。」

她們所居的洗衣院名為浣衣之地，實與妓院相似，宋女們不僅要為金人漿洗衣服，更要忍受他們的凌辱，十人九娼，名節既喪，身命亦亡。到最後韋氏再見有宋女屍首自院內抬出已無感覺，只漠然低頭使勁洗盆中的衣服。

她仍儘量把自己打扮成粗陋老醜的樣子，以躲避金人的注視。但有一天，一位金人還是把她從一群洗衣婦中拉了出來。她抬頭，看見宗賢那熟悉的虬髯面孔。

「跟我回府。」他以習慣的簡短命令語氣說。

「我？」韋氏有點驚訝。是經常有金國的達官貴人來洗衣院挑選女子回去做妾，但他們選的都是年輕貌美的。

「是你。」宗賢確認，見她呆呆地不再說話，皺了皺眉，問：「難道你想留在這裡？」

韋氏垂目看看自己洗衣洗得紅腫脫皮的雙手，遲疑地，最後終於搖了搖頭。

宗賢催促：「走罷。」

輕歎一聲，韋氏說：「我已經不年輕了……」

「嗯，」宗賢說：「我知道。」

韋氏想想，又說：「我長得也粗陋。」

「我瞧著順眼。」宗賢應道，隨即拉她闊步走出：「快走，哪裡這麼囉嗦！」

宗賢在接走韋氏的同時也應她所請帶走了她的侍婢楊氏。兩日後，他又去洗衣院把邢氏接回了府中。這也許是念及與邢氏北上途中的「舊情」，也有可能是想多找個韋氏熟悉的人與她做伴，可這就使得這對昔日的婆媳不得不面對此後共事一夫的窘境。她們都無比尷尬，也因爲如此，在韋氏要求下，邢氏不再稱韋氏爲母，而改稱「夫人」。

而宗賢對韋氏倒很不錯，待其幾乎如正妻。除韋氏婆媳外，他還分得另外一位王妃、一位帝姬和數位宗姬、貴戚女，都是很年輕的女子，但她們所得之寵均不及韋氏。

八　牽袖

此後幾年，宗賢常往返於雲中、燕京兩處樞密院，有時也去中京大定府，並經常把韋氏帶在身邊。因韋氏信佛，宗賢允許她去廟宇進香。她在燕京一寺廟中結識了一名法號道淨的僧人，此人是東京陳留人，大觀年間出家爲僧，宣和年間因故北上契丹，後契丹爲金所滅，他便一直留在了北方。韋氏常去聽他講解經義，一日道淨提起他日前入城佈道，偶然見到被囚於燕京的趙佶、趙桓父子，天已經很冷，但他們仍穿著單薄的衣裳，且暗淡破舊，兩人都形容憔悴。

韋氏聽後，想像著趙佶慘狀，心下難過，便拔下頭上金簪遞給道淨，說：「煩請大師將這簪換些銀錢，買幾身衣裳給他們。」

道淨尚未答應，便聽身後有人嘿嘿冷笑，韋氏回頭一看，見是宗賢，頓時又羞又怕，深垂首，等他責罵。

宗賢走來先審視她片刻，再一把奪回簪狠狠地插回她頭上，掏出塊銀子拋給道淨，喝道：「拿去，照夫人吩咐的做！」

韋氏大爲驚訝，難以置信地看他。但聽他說：「你還記掛著你那混帳皇帝不是壞事，若跟了我就把他拋到腦後，那就太無情無義了。不過日後再要接濟他需讓我知道，不得瞞我。」

因他這回的大度，韋氏深感慶幸，可以後哪敢眞明著接濟趙佶父子，倒是宗賢存了這心，有時會施捨點財物給他們，或讓監守他們的兵卒將領莫過於折磨他們，回來告訴韋氏，以讓她舒心，而韋氏聞後卻少有喜色，倒是常背著宗賢長吁短歎。

天會六年八月，金主完顏晟命趙佶趙桓前往上京會寧府，著素服跪拜金太祖廟，並朝見金主。那時宗賢也在京中，隨後竟在府中宴請趙佶趙桓，並邀與他相熟的八太子宗雋攜趙佶女柔福帝姬出席。

韋氏不知道何以宗賢會命她出來與眾人相見，躲在屏風後再三遷延，最後被宗賢拉出直面趙佶，她深覺無顏，在多人旁觀下，彷若裸裎於世地羞愧。

席間她不敢看他，亦不敢說話，只盼這如淩遲般的宴會早些結束。可宗賢似有看戲的興致，竟命她再爲趙佶唱曲。她哪裡能唱，當著後夫的面爲前夫唱曲，莫若立時死去。

然後她聽見趙佶開口，說：「往日都是韋娘子唱曲給我聽，今日讓我爲她唱一曲罷，也算將她對我多年情義一併謝過。」

於是，「閒院落淒涼，幾番春暮……天遙地遠，萬水千山，知他故宮何處」……一曲〈燕山亭〉聽得滿座宋人淒惻不已，她更心神俱傷，淚落漣漣。

萬萬沒料到，宗賢隨後竟說出這樣的話：「你若還念著他，今日就跟他回去罷。」

她難以相信這話是出自他本意。若他是有意試探，她答應的話，甚至哪怕一點點喜色都足以爲她和趙佶惹來大禍。何況，即便他是眞想放她走，她又眞能回去繼續與趙佶過麼？

本就無寵，現又失節，如今只見一面都無地自容，若以後再日日相對，又如何自處？又聽說他身邊仍有幾位妃嬪，這年春天，邵才人、閆婉容和狄才人還分別爲他誕下了新的孩子……

她忽然在心底澀澀地笑。最後，她聽見自己如此回答：「事已至此，豈可回頭？奴家情願繼續跟隨大王，此後半生，不離不棄。」

在宗賢如釋重負的笑聲中她告退，未料卻被柔福喚住。

那個活潑的、勇敢的、明亮得可以灼傷人的柔福。

「皇后娘娘。」柔福竟然如此稱呼她，這個陌生到她幾乎意識不到柔福是在喚她的稱呼。

柔福提醒她，她已被九哥尊爲宣和皇后、太上皇后，她是國母。

柔福質問她，蓋天大王既肯讓她回到趙佶身邊，她爲何不答應。

柔福警告她，她如今身爲國母，行事應以家國爲重，切勿貪念一時富貴而折損自己清譽，影響九哥名望，使大宋國君淪爲金人笑柄。

柔福的言辭激烈，柔福的目光咄咄逼人，她過來握住韋氏的手，急切地想勸韋氏隨她父皇回去。

像是被燙了一下，韋氏迅速地抽手，朝屏風後奔去。她只想逃離，逃離柔福的逼迫，和柔福想讓她領會的關於家國的責任。

但身後柔福帶著嗚咽聲的倔強話語就此縈繞於心，揮之不去：「她是九哥的母親，九哥的母親豈可主動委身事敵！」

韋氏就此哭了一夜。楊氏陪在她身邊連連歎氣：「這個柔福帝姬眞是太不懂事，根本不明白娘子的難處，卻在那裡胡言亂語！」

她還是但哭無言。其實，柔福的話能刺傷她，正是因爲她自己也很清楚地知道，柔福並不是在胡言亂語。

很不幸地，後來她又在趙妃玉箱的居處遇見柔福，在她懷著與宗賢的第一個孩子的時候。

沒想到，那日柔福也來見玉箱，赫然見到韋氏已明顯隆起的肚子，立時就睜大了眼睛。

玉箱常召宋室歸於諸王府的女子入宮閒聊，平日對她們頗多照顧。見韋氏懷孕，也不驚訝，只噓寒問暖，要她多保重。

韋氏自是羞慚。她那時已年近四十，居然還懷了身孕，而且孩子的父親還是個金人。看到柔福的反應，她甚感害怕，不知她又會說出什麼剜她心的話。

「韋媽媽，」柔福開始問：「你準備生下這個孩子麼？」

這要讓她如何回答？難道她可以，給柔福一個滿意的、否定的答案？

韋氏將目光從柔福身上移開，看向遠處花木，儘量裝作漠然的樣子，說：「當然。」

「不可！」柔福當即說，如韋氏意料中的激烈，「這孩子有金人的血脈，絕對不可生下來！」

韋氏惻然笑：「宋室女子誕下的有金人血脈的孩子還少麼？」轉首看看同樣也懷有身孕的玉箱，又道：「生不生子，不是我們可以決定的。我自是如此，趙夫人也是如此，瑗瑗你日後也必如此。」

柔福搖搖頭，眼睛紅紅，已蘊滿了淚：「但是韋媽媽，你生的孩子就是九哥的弟弟。你怎能讓天下人知道，當今的大宋皇帝竟有個有金人血脈的弟弟？」

她果然，又一語刺中她隱痛。韋氏深悔今日入宮，再次面對這個口無遮攔的名義上的女兒帶給她的尷尬。

無言以對地沉默，須臾，她才低低說：「瑗瑗，你想得太多了。」

柔福苦笑一下，以一雙泛著淚光的眸子直視她：「瑗瑗不想，金人會想，宋人會想，你讓身負大宋中興重任的九哥如何自處？」

韋氏坐不住了，也不答她話，起身向玉箱告辭，欲像上次那樣逃離。

柔福卻一把拉住她袖子，蹙眉道：「韋媽媽，瑗瑗求你，這孩子不能生下來！他的存在，將會是九哥畢生的恥辱。你繼續留在蓋天大王府我已不怨你，但你可不可以，不要生蓋天大王的孩子，爲金人加多一個嘲笑他和大宋的理由？」

韋氏不發一言，只想自她手中抽出衣袖，但柔福緊緊拉住，不等她答應就不鬆手。兩人僵持不下，韋氏頗著急，臉也越發紅了。

最後，玉箱冷斥一聲：「瑗瑗放手，拉拉扯扯的，成何體統！」

柔福一怔，這才放開，但仍咬著唇，緊盯韋氏，期盼著。

「別這麼沒規矩地對韋夫人大呼小叫。」玉箱責備柔福，「你也不小了，卻還這般不明白事理。亡國之女，別老記著自己還是天潢貴冑，可以對人頤指氣使。韋夫人自有她的苦，你以前沒嫁過人，不明白。她這孩子雖身分尷尬，事到如今，也不得不生。你這樣胡鬧，不過是於人於己徒增煩惱。」

聽了這話，柔福的淚滴落，胸口起伏，顯是又悲又怒，最後也不告辭，自個兒轉身就奔了出去。

九　歸夢

怕見柔福的恐懼，漸成心上越積越深的陰霾。日後再有玉箱的宮人來請韋氏入宮，她必先問柔福在不在，會不會去，若聽到肯定答案，一定會託辭婉拒。某次當玉箱侍女再來相請時，韋氏照例問這問題，這回來的侍女是個口無遮攔的金國女子，一聽便笑了：「咦？韋夫人也這樣問！我每次去八太子府請他家小夫人，她也必先問韋夫人會不會去……」

顯而易見，柔福也不願見她呢。

她知道柔福鄙視她。柔福在心裡為她設定了一個高貴端莊、母儀天下的國母形象，卻不明白她已心力交瘁、不堪扮演。韋氏勸自己泰然處之，但不知為何，始終放不低柔福的鄙視，此番侍女這寥寥數語，又令她鬱鬱好些天。

金天會八年，趙妃玉箱以符水冰雪調生人腦進奉金主，東窗事發，玉箱自難逃一死，而完顏晟的盛怒也隨即發洩到一批無辜的宋室女子身上。凡曾與玉箱過從甚密的宋女都被捕來處死，新一輪的血雨腥風又在京中掀起。

楊氏在外見到彷若靖康之變中的滿城惶亂搜捕景象後，略一打聽，便匆忙趕回告訴韋氏此事。

「啊，她竟然如此大膽……」韋氏先是驚歎玉箱的勇氣，感慨於她多年隱藏、而功虧一簣的復仇計畫，隨即一想楊氏提及的搜捕，臉色頓時大變，顫聲問楊氏：「香奴，他們會不會來捕我？」

未待楊氏回答，門外已傳來喧囂聲。一群兵士破門而入，不由分說地將韋氏拘到宮中。

有宮人告發說，韋氏曾與玉箱於殿內密語，且言且泣。待見了韋氏，完顏晟只掃了一眼，根本不聽她的辯解，便命人將她拖到院中以棒擊殺。

她被縛著手，跪在地上，已哭不出來。閉著眼睛，絕望地等待最後擊在她腦後、將她引向黃泉路的那一棒。

幸而棒落之前，她聽到了一個熟悉的聲音：「誰敢殺她？」

宗賢。他風塵僕僕地從城外趕回，大步流星，直奔韋氏而來，推開準備擊殺她的兵卒，一刀割斷縛她手的繩子，拉起她，疾步走向完顏晟所在的大殿。

見了完顏晟，宗賢也不下跪，但指著韋氏，直問：「郎主為何要殺她？」

完顏晟淡淡說：「趙妃謀逆，株連韋氏，賜死。」

宗賢力爭道：「謀逆之人是宮妃趙氏，而我妻韋氏並非其族屬，為何要受連坐之罪？」

完顏晟道：「韋氏與趙妃素有往來，曾在殿內密語，足見二人是同黨。」

宗賢冷笑：「韋氏入宮，還在趙妃承寵之時，那時與她密語的，不獨韋氏一人，也不獨宋女，郎主後宮那些大金嬪妃，又有幾人從來不曾與趙妃獨處對答過？緣何她們概不追究，偏偏罪及韋氏？何況韋氏性情柔弱，平日謹言慎行，從不敢犯一絲小錯，更遑論謀逆天條！趙妃既已受死，郎主還欲罪及族屬以外人，臣不敢聞命，務請郎主收回成命。」

完顏晟見宗賢怒容滿面，擔心若一意處死韋氏，逼急了他恐有不妥。再看那韋氏只知瑟縮在宗賢身後垂首抹淚，也不像是有膽參與玉箱計畫之人，遂給了宗賢這份面子，揮揮手讓他領她回去。

回到府中，楊氏、邢氏急忙上前相迎，見她無恙，又喜又泣。韋氏亦垂淚對她們感歎：「虧得嫁了蓋天大王，敢與郎主力爭，若是嫁了別個貴人，我今日哪還有命再見你們！」

也是在這一年，韋氏自宗賢口中聽到柔福南逃的消息。

暗暗在心底長舒了口氣，首先感到的，竟然是如釋重負的感覺。

她走了，以後再也見不到她和她含怒的鄙夷眼神，再也聽不到她所說的尖刻刺耳的話，多麼好。

然後隨之一層層湧上心的，是新的惶恐：她回去了，一定會去找她的九哥。待見了他，她會怎麼說？她會跟其他宋人怎麼說？

故此當後來楊氏告訴她，在城內見到一個酷似柔福的女子時，韋氏喜憂參半，不知該哭該笑，連連問：「那是柔福麼？眞是柔福麼？她還沒有逃回去？」

楊氏搖頭：「我問她了，她不是柔福帝姬。她也是汴京人，自幼在乾明寺出家爲尼，法號靜善，靖康之變時也被金人掠入軍中，帶到金國。柔福帝姬南歸後八太子不知從何處尋到了她，見她容貌與柔福相似，便收容在府中，不久後又把她送給了大皇子宗磐。但僅過幾天大皇子就厭了她，他家大夫人便把靜善趕出去。現在靜善流落街頭，衣衫襤褸，憔悴病弱，人人見了都欺負，很是可憐。」

「如此……」韋氏沉吟，再吩咐楊氏：「你再去找她，給她些盤纏，讓她去五國城罷。那裡宋人多，想必日子會好過些。」

楊氏笑道：「還是娘子心善，這姑娘不過是長得像帝姬，你就肯幫她。」

韋氏卻神色黯然：「你跟了我這許多年，我也不瞞你。我讓她去五國城，固然是想略略救助於她，但也有另一原因……我不想日後在這城中遇見她。」

楊氏輕聲問：「是因爲她長得像柔福帝姬，所以……」

韋氏頷首，歎道：「我是眞不想見她，就算跟她相似的人，我也不想見。」

楊氏也跟著歎了口氣：「是呀，她那樣的人，尖刻無禮又不明事理，每次都惹娘子心煩，確是不見爲好。」

「幸好，如今她已不在金國。」韋氏忽淡然一笑，故作輕鬆的模樣：「我是再也見不到她了。」

楊氏聞言沉默片刻，再謹愼地留意著她臉色，低聲問：「娘子不準備回大宋了麼？」

這顯然是個難以回答的問題。韋氏遲疑許久，然後彎腰抱起蹣跚著走到自己膝下的三歲小兒，目光茫然，淒涼地笑：「我還能回去麼？」

四年後，韋氏又爲宗賢生下第二子。後來，趙佶死於五國城。韋氏偷哭一場，只覺世事無常，如此看來，歸國之事更是遙遙無期，自己也如趙佶一般，只能等著老死北國了。但就在她幾乎要安於現狀，滅了南歸之心時，卻又有希望驟然閃現。

金天眷二年，宋紹興九年，趙構接受了金國詔書與宗磐、宗雋等人擬定的議和條件，下詔宣佈：「大金已遣使通和，割還故地。」並命人北上迎奉梓宮，迎請皇太后。

這個消息宗賢一直不告訴她，直到六月，邢氏才從別的家眷口中探知，立即興高采烈地奔來相告：「夫人，九哥要派人來接我們回去了！」

韋氏忙細問詳情，也是大喜不已，兩人又說又笑，末了又相擁痛哭一番。

次日，邢氏仍心情上佳，過來與韋氏聊天，開口便改喚「娘」。但韋氏聽了微微一怔，卻是憂思恍惚的樣子。

邢氏也漸漸覺出婆婆鬱鬱不樂，遂問原因。韋氏先是不說，在邢氏再三追問下，才歎道：「柔福已經歸去多年，你想，她會不會把我們之事告訴九哥？」

邢氏當下也整個愣住，垂了雙睫無言以對。

韋氏苦笑，再道：「你猜，她會不會說，我們如何失節？如何在金國……共事一夫？」

邢氏頭越垂越低，最後終於伏在桌上，無法抑制地開始啜泣。

韋氏木然枯坐良久，後轉首看看邢氏，歎息，輕輕拍她的肩，勸慰道：「沒事，沒事。你也別太擔心，有娘在呢，沒人敢欺負你。娘會跟九哥說，你是個孝順貞潔的好孩子，要他別聽旁人胡說……外人的議論咱們也無須去理會……你回去就是皇后了，宮裡別的嬪妃若有半句閒言碎語，你只管來告訴娘，娘會讓九哥責罰她們……」

她的言辭婉轉，語氣溫和，神態更是無比慈愛和藹，但邢氏絲毫不覺有一絲安慰，倒是愈發悲傷了，就像當初失去腹中趙構之子時那般絕望地哭。

這夜韋氏通宵未眠，一人呆呆地獨坐於房中。天明時，她喚醒楊氏：「香奴，你去瞧瞧邢夫人。」須臾，楊氏回來，也沒有多驚訝的神情，仍如平日那樣輕聲地稟告：「邢夫人懸樑自盡了。」

韋氏點點頭，眼簾一低，蘊了一夜的淚隨即流出。

十　塵煙

果然路遙歸夢難成，一直切切等宋使前來相迎，忐忑不安等了許多天，和議之事卻又有了變數。

金天眷二年七月，金主完顏亶誅殺宗磐、宗雋，也累及宗賢。

宗賢與宗雋私交甚好，過從甚密，就在宗雋被誅那日宗賢還應邀去宗雋府中做客，兩人對坐暢飲，談笑風生間，有宦官自宮中來，奉皇帝命恭請宗雋入宮，說有事相商。宗雋遂起身，對宗賢笑道：「無妨，你繼續飲，我去去便回。」

宗賢也就留下，一面飲酒，一面看樂伎歌舞，坐等宗雋回來。不料最後等到的不是宗雋，而是一群搜捕抄家的禁兵。

宗賢一臉愕然，尚未弄明白此間情由已被捕入獄，被奪去官爵。好在他並未參與宗雋等人與宋議和之事，完顏亶也沒查到他與宗雋勾結謀反或知情的證據，朝中臣子又紛紛爲他說情，過了些時日完顏亶終究還是把他放出，並復其官。

經此一劫，韋氏被嚇得不輕，待宗賢一回來便和淚相迎，一路泣不成聲，倒看得宗賢頗高興，說：「原來見我要死了你還是會難過的。」

韋氏但泣不語，到晚間仍不時拭淚，楊氏見了好言勸慰，韋氏才低聲道：「我命薄，若非遇上蓋天大王，必已死了不知多少回。要是他再有個三長兩短，我等又將淪落到何等慘境，眞是不堪設想。」

楊氏笑道：「既如此，大王已然平安歸來，娘子還哭什麼呢？」

「唉……」韋氏深深歎息，又面露哀戚之色，「大王平安歸來，自然是好的。但那幾個主和的金國權臣一死，我們歸國之事又遙遙無期了……」

聽她這般說，楊氏也覺前途茫茫，卻也只能隱去憂色，如常微笑安慰她：「娘子放心，九大王……

官家那麼孝順，一定會再設法議和，想必不需再等多久，就會派人來接太后娘娘了。」

從此後楊氏在韋氏面前提起趙構時都改稱「官家」，對韋氏的稱呼也從稱妃嬪的「娘子」換作了「娘娘」。

此後一年多，生活仍如以前那樣漠然平淡地過。只是自邢氏死後，韋氏就有了日日誦經，並定期為她吃齋的習慣。天眷三年四月，不知為何，韋氏常常夢見邢氏，心中不安，便請宗賢允許她去寺裡為邢氏做一場法事。

那時他們居於大定府。昔日燕京的那個僧人道淨也在宗賢引薦下來到大定府的安養寺做住持僧，韋氏便選定安養寺做法事。

因幼子哭鬧不休，一定要跟來，韋氏就牽著他同往。做了一陣法事，午時前往後院吃齋飯時，忽聽路旁一側傳來一聲輕輕的呼喚：「韋娘子？」

韋氏側首，見聲音自一耳房裡傳出，那房門緊鎖，有一金兵持長槍坐於地上看守。窗戶上釘著很粗的木條，顯然是一間囚室。那窗內木條縫隙中露出一張鬚髮蓬亂的臉，韋氏定睛一看，認出是趙桓。

趙桓見她看過來了，甚是歡喜，又喚了一聲：「韋娘子！」

韋氏見趙桓此狀也感惻然，正在想是否過去略作問候，身邊幼子卻脆生生地叫了一聲「媽媽」，再指著趙桓問：「那人是誰？」

韋氏頓時一凜，垂目不語。有風吹過，腰間絲帶向後飄揚，她看見自己所穿的金裝六悉襜裙裙襬微微搖曳，那蓬起的絲質裙幅被風一觸，漾起水般漣漪。她左手握著一卷經書，右臂窄袖下的手腕上環著一翡翠手鐲，感覺冰涼，而兒子溫暖的小手則牽在手中。

兒子睜著無邪的潔淨雙眼仰首看她，再問：「媽媽，那人是誰呀？」

不消舉目看，她已覺出趙桓驚異的目光正反覆游移於她與幼子身上。

「不知道。媽媽不認識他。」她低聲回答，然後在那抹無法遏止的緋色浮上臉頰之前，匆忙帶兒子疾步走出趙桓的視野。

楊氏倒沒說錯，雖上次和議不成，趙構這兩年仍一直在設法與金通好。金皇統元年，宋紹興十一年十一月，宋金紹興和議簽署，金承諾將歸還徽宗帝后梓宮及皇太后韋氏。

歸還韋氏這條遭到宗賢的激烈反對，宋使何鑄再三懇請，宗弼也從旁力勸，並曉以厲害，就連金主完顏亶都說話了，宗賢卻始終不答應。

這事韋氏也知道，但不敢流露半點憂慮情緒，見了宗賢也如常服侍，對南歸之事隻字不提。倒是有一天，宗賢主動跟她提起，問她自己願不願回去，韋氏一逕低首沉默不說，宗賢便怒了，一拍桌子指著那兩個在他們身邊玩耍的孩子，喝道：「你就念著趙構是你兒子，一心想回去見他，但他們就不是你兒子了麼？日後你回了南朝，可會也像想你兒子趙構那樣想他們？」

韋氏兩滴淚就掉了出來，嗚咽道：「大王不要這樣說，他們於我是骨肉至親，我疼他們之心並不少半分。」隨即抹去淚痕，強作歡顏：「我並沒說一定要回去。大王待我不薄，兩個孩子又都很孝順乖巧，我留下來也是好的。」

此後幾日兩人又都不再提這事。一日晚間，韋氏在燈下刺繡，兩個孩子各持一掃帚當刀槍，跑進跑出地嬉鬧，宗賢獨自躺在床上小寐。後來幼子被長子打了一下，想是很痛，就哇哇地哭了起來。韋氏喝叱了長子幾聲，命楊氏帶他去睡覺，然後自己抱幼子坐於膝上，好言撫慰，那孩子才漸漸安靜下來。

韋氏給兒子看她繡的花樣，他也興致勃勃地就著桌上的松脂燈看。忽然燈花一綻，一縷黑煙浮起，孩子嗅到煙氣，忍不住打了個噴嚏。

韋氏忙取出手巾給他拭鼻，然後抱著他，握起一柄麈尾輕拂燈煙，見那油燈一杜，熒然欲滅，不由輕歎一聲，對兒子說：「在媽媽的家，我們不點油燈，是點蠟燭。那裡面灌有龍涎香、沉腦屑，不僅無煙，還很香，每天晚上每間屋子都點數百枝，亮得就像白天一樣……」

目光落在手中麈尾上，繼續說：「麈尾的柄，我們是用玉來做，那玉色比這裡的環珮還好。」

再看看兒子放在桌邊的掃帚，又道：「我們那裡的掃帚是用孔雀翠尾做的，花花綠綠的，很是好看。」

一壁說著，一壁就呈出了淡淡淺笑。

懷中孩子聽著，忽然問她：「媽媽，你的家在哪裡？」

「在南方……」韋氏輕聲答，摟著他，含笑看燈上光焰，如沐春風般神采，彷彿透過它觸到昔日萬千繁華，「那裡的花兒很香，那裡的人都很好看，日子也是極好過的……掃地焚香閉閣眠，簟紋如水帳如煙……」

話音未落，忽聽床上的宗賢喟然長歎。他起身坐起，兩手撐在膝蓋上，目光炯炯地盯著韋氏，道：「罷了，罷了，你回去罷！」

十一　靜善

既得宗賢首肯，從宋金使節到韋氏侍婢上下都忙碌起來，以籌備韋氏歸宋事宜。楊氏主持府中雜務，指揮奴婢們收拾行裝，採辦旅途用具，自己心情也好，成日眉飛色舞。而眼見歸期將近，韋氏卻似乎並不怎麼歡喜，總是愁眉不展、心事重重的樣子。

楊氏明白她爲何憂慮，某日裝作閒聊模樣，私下跟她說：「娘娘，前日我遇見一個新近自五國城來的宮人，跟我說起靜善的事……娘娘還記得麼？就是那容貌酷似柔福帝姬的尼姑？」

韋氏點點頭，說：「記得。她如今怎樣了？」

楊氏道：「她得娘娘相助前往五國城，這一去倒是轉運了，結識了一位名叫徐還的漢官，還得他明媒正娶，做了夫妻。可惜畢竟紅顏薄命，靜善去年忽然患了重病，雖經延醫調治，病勢仍然有增無減，拖了數月後亡故了。」

韋氏心不在焉地歎一聲：「年紀輕輕的，可惜了。」

楊氏抬眼瞧瞧韋氏，壓低聲音道：「這靜善去五國城後倒是生出一件趣事……因她模樣跟柔福帝姬確實相似，五國城的舊宮人們初見時都只道是帝姬來了，口中不住廝喚，還請了太上皇來看，太上見了也笑說：『這不活脫脫是瑗瑗麼？』以後太上竟把她當作女兒般看待，那徐還也是太上有意引來與靜善相見的。也因這層緣故，現在五國城的不少人都以爲徐還娶的是柔福帝姬呢。」

「唉，若徐還娶的是眞的柔福就好了。」這話韋氏脫口而出，隨即才覺如此直說不妥，神情便略有些不自在。

楊氏卻毫不在意，順著她說下去：「就是，若柔福在五國城嫁了徐還，如今又……而逃回大宋的那位是靜善……」

便若靈光一現，韋氏在楊氏的話中探到一線有如生機的希望。

如果南歸的是酷似柔福的靜善，是靜善假冒的柔福，那她的身分就會從尊貴的長公主跌落成欺君罔上的騙子，而騙子說的所有話，自然也就成了不可信的謊言。

韋氏面對金人的怯懦，對宗賢的順從，與兒媳共事一夫的恥辱，拒絕隨侍趙佶的舊事，以及她那承襲了金人血脈的兒子……這些柔福可能已經對人說過，或將要跟人說起的內容，都將隨柔福身分的轉變被定性爲謊言，一筆勾銷。

「但……」韋氏又沉吟：「逃回去的確是柔福……」

「是不是柔福，還不是由太后娘娘你說了算？」楊氏笑道：「隔了好幾年，想必南朝的宮人再見帝姬也會覺得有幾分陌生，屆時娘娘再把靜善的遺骨帶回去，說是柔福帝姬，不由人不信。」

韋氏想想，輕輕擺首：「不好。如此柔福犯的就是欺君大罪，連性命都保不住。」

楊氏一歎：「娘娘就是心軟。娘娘忘了柔福當初是怎樣當著太上和大王面羞辱娘娘的麼？還有趙夫人閣中那次，她竟不顧娘娘性命要逼娘娘墮胎……說來她還眞是娘娘的冤孽，娘娘還記得麼？她出生那日，太上皇本在娘娘閣裡，結果因王貴妃生她，太上皇二話沒說立時就趕去看王貴妃了……」

韋氏目中霧氣氤氳。不錯，怎麼可能忘記，久違的趙佶忽然出現在她閣中，那是多麼意外的恩賜，只一瞬，心便因他的光臨明亮開來。他轉身進閣時衣袂微微掃過她的裙角，那麼親密的距離，她不由微笑，連帶著覺得一向陰涼的晚風都有了暖意。

然而，他對她的溫言軟語忽然就那麼倉促地終止，因那個小女孩的降生。他走得急切而匆忙，甚至忘了道聲別，或者，哪怕僅僅一個禮貌的回顧。

所以，他沒看見她彼時的眼淚……也無人看見那兩點淚罷，因爲，她讓它滴在了無人看見的心隅。也許正是這重原因，她對柔福從來沒有由心而生的親密和憐愛，雖然柔福滿月及笄應有的禮數她一點不少。柔福於她，一直只是別人的女兒，一個像生她的母親那樣，會分去趙佶之寵的，別人的女兒。

而且這個別人的女兒，還如一簇烈焰那般，明亮熾熱，咄咄逼人，有足以灼傷人的溫度。她躲避柔福的光線和溫度，像喜陰的植物躲避陽光。有時，她疑心，其實自己害怕柔福清亮直率的目光，更甚於害怕柔福可能散佈的有損她名節的言論。

那心底的願望，僅僅是改變柔福的公主身分麼？還是……讓那雙清亮的眸子永遠消失？

不愧是多年相隨的知心人，楊氏的話多合時宜，一句一句道出她希望聽到的、必須狠心的理由。

「可是香奴，」在聽完楊氏歷數柔福的不是之處後，韋氏輕聲問：「我們該怎麼做？把靜善的遺骨帶回去？徐還會肯麼？」

「給他點好處，他自會肯的。」楊氏答道：「聽說他是孝子。當年他與老父一起隨太上皇北上，現在他父親年邁，卻仍在五國城受苦，他必是不忍心的。若娘娘承諾將他老父帶回南朝，並將他亡妻遺骨一併帶回去安葬，他有何理由不答應？」

韋氏垂目凝思，須臾，微微頷首。

楊氏又微笑說道：「正好娘娘要去五國城與喬娘子道別，這事就交給奴婢辦罷。奴婢也會再與大王商議，略作些安排。」

啓程前往五國城是在半夜，因韋氏不忍等到天亮見兩個孩子眼睜睜地瞧著她遠去。那一夜她親自守在他們床前，與他們聊天、說故事，哄他們入睡。眼看著要睡著了，大兒子卻又睜開眼睛，問：「媽媽，這些天你收拾行李，是要去哪裡？」

韋氏跟他說早已準備好的答案：「是去五國城看看媽媽的姐妹，過兩日就回來。」

「我與弟弟能跟著去麼？」孩子又問。

韋氏和言道：「媽媽又不是去遊玩，只去兩天，旅程辛苦，你們就不要跟著媽媽去了。不如留在家好好念會兒書，學習騎射，學好了，也能讓你爹歡喜。」

那孩子懂事地點點頭，只提了個要求：「媽媽你看看五國城有什麼好玩的物事，給我們帶些回來。」

「嗯。」韋氏強忍鼻中酸楚，竭力使自己語音不變，仍是慈愛地微笑著，一口應承：「那是自然，媽媽去哪裡都不會忘了給你們帶禮物……」

兒子喜悅地睡去，韋氏才走至屋外遠處，掩面悲泣。

楊氏見狀趕來，歎道：「娘娘若是捨不得兩位小王爺，不如一起帶去五國城，好歹還能再相聚幾天。」

「那如何使得。」韋氏凝咽著，斷續低聲道：「怎可將他們帶在身邊，讓宋人看見……」

楊氏果然是個能言善道之人，抵五國城後，她迅速找到徐家，只勸說了不到半天，許徐父歸宋，便說服徐還同意掘出亡妻遺骨，讓她帶回。楊氏立即著人掘墓拾骨，殮於新棺中，日落之後，那副漆黑的新棺木便悄悄列入了韋氏一行所帶的帝后三梓宮之後。

韋氏隱於驛館窗後窺看，待楊氏歸來，問她：「那棺木……是靜善的？」

「是柔福帝姬的。」楊氏當即答，鄭重強調：「娘娘請記住，那棺木裡躺著的是柔福帝姬，是娘娘要帶回國安葬的，眞正的柔福帝姬。」

紹興十二年四月丁卯，太后韋氏偕梓宮自五國城出發歸宋，金主遣完顏宗賢與高居安一路護送。啓程之前喬氏前來相送。她已在五國城嫁了一金將，也略知韋氏與宗賢之事，此刻見宗賢黑著臉遠遠避於一隅不發一言，知他心裡不痛快，恐影響韋氏行程，便取出黃金五十兩贈給另一金使高居安，道：「此許薄物不足爲禮，聊表敬意，惟願大人好好護送我姐姐回江南。」

高居安稍微推辭兩下，但喬氏堅持，也就收下。然後喬氏舉起一杯酒敬韋氏，泣道：「姐姐途中善自保重，歸去即爲皇太后，可喜可賀。妹則今生無歸國之望，必將終死於朔漠了！」

韋氏見她難過，出言安慰道：「妹妹再稍等些時日，待我南歸後請九哥設法，也接妹妹回去。」

喬氏卻只苦笑：「多謝姐姐費心。姐姐福厚，得生九哥爲官家，而妹妹命薄，兒女都淪落於北國，我縱歸去，又有何生趣？」

韋氏無言以對，惟含淚與她對飲，又執手痛哭一場，大慟而別。

車輦都已啓行，卻又聽遠處有人奔來，直呼「太后留步」，韋氏遂命暫且緩行，掀簾一看，見來人竟是趙桓。

他那時被囚於五國城玉田觀，聽說韋氏歸國之事，便求了監者與他同來。待追至車隊前，趙桓先向梓宮泣拜，繼而乞求韋氏道：「太后歸去後請跟九哥及宰相說，務必爲我向金主請還。我若回朝，但望得一太乙宮使的閒職當當，於願已足，決不敢再萌任何奢望。」

這話說罷，尚不待韋氏回答，已自覺淒苦，忍不住涕淚交流。

韋氏見他此狀甚可憐，也就先答應道：「你且耐心安居此間，我歸國後必替你設法。」但趙桓似並不相信，仍垂淚不止，擋在韋氏車輦前，也不說辭別的話。韋氏為求他寬心，便指著自己雙目發誓說：「我南歸之後，若不讓九哥派人來接你，當瞎了我這眼睛。」

趙桓這才稍覺安寧，又佇立良久才蹣跚著跟監者回囚所。

喬氏所贈的黃金後來果然有用。行至燕山時，宗賢藉口天氣炎熱，命車隊停下，不肯再啓行。韋氏焦慮不已，私求於高居安。高居安因得了喬氏金子，也有心助她，也就指點她說：「你不妨再取出些錢犒賞隨從，上下人等得了你的好處，自然願聽你的話啓行，屆時宗賢也不好阻止了。」

韋氏深覺有理，無奈那時她自身並無多少錢，遂向金國副使那裡借了黃金三百兩，答應抵宋後加倍償還。既得了金子，楊氏便召集隨行夫役，按名給賞，令他們即日載三梓宮啓行。那些隨從一見金子當下歡聲雷動，一個個都說願冒溽暑護送太后南行。宗賢見此情形也只好作罷，仍舊黑著臉騎馬隨行。

一路行了三月才到宋境。八月辛巳，太后車輿抵臨平，這日她還如往日那般倚在輿中壁上半歇半眠，忽聽楊氏一聲歡呼：「娘娘，官家親自來接你了！」

韋氏忙啓目望去，果見前路黃麾儀仗連綿蜿蜒，漸行漸近。行至近處，前列執旗兵卒次第分列開，一人策馬奔來，陌生的黃袍龍靴皇帝的裝束，熟悉的劍眉深眸兒子的眉目，他跪倒在她車輿前，含淚喚：「母后！」

其實那一刻她眞的很想笑，但在手顫巍巍地觸及兒子趙構之前，卻先有淚滴落。

第十四章　高宗趙構・此花幽獨

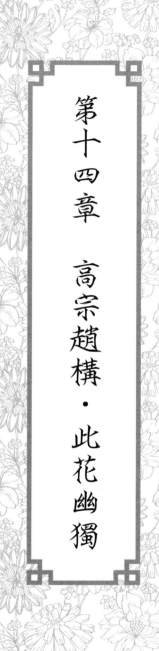

一　遊幸

秋陽杲杲的天氣，湖平如鏡，清風拂面。趙構負手立於大龍舟頭，觀龍舟兩側百舸爭流。

此次西湖遊幸是太后回鑾後的慶賀盛事之一，籌備得空前精心。相從者眾，除了趙構與韋太后、妃嬪、瑗及璩所御的大龍舟，兩側及其後還浮滿宰執、近臣、宦官、應奉局、禁衛軍諸司，及京府衙門中人所乘的大舫，浩浩蕩蕩，直有數百艘。

太后之前特意囑咐「樂與民同」，趙構下旨，湖中湖畔百姓遊觀買賣皆不禁止，可如常進行，因此湖上也另有許多畫楫輕舫，與官船紛繁交錯，煞是熱鬧。

一些畫舫中有被稱作「水仙子」的歌伎舞女，臨水而立，一個個嚴妝自炫以待人顧。在其餘大舫或湖畔，許多賣藝人各自吹彈、謳唱、起舞、分茶、投壺、蹴鞠、演雜劇、變戲法、玩雜耍，教水族飛禽娛人，種類繁多，不可勝數。

另有弄水藝人在湖中游泳表演花樣動作，或把圓木置於水中，踩著圓木使之滾動，同時做各類姿勢，名爲「踏滾木」。亦有人在湖上搭了戲臺，紅紅火火地上演「水傀儡」。

數十宮姬侍立於御舟上，儼如神仙，舟尾教坊樂伎齊奏飄飄天樂。依稀令人憶起昔日徽宗駕幸金明池故事。趙構側身回望龍舟中的母親，思量著這番景象會否令她滿意。

御舟四垂珠簾錦幕，懸掛七寶、珠翠、梭子、鬧竿、花籃，及精緻的小龍船模型等裝飾物，水晶珠簾在天香濃郁的風中輕輕曳動，透過那流動的光影，可以看見太后韋氏微微的笑容。

趙構走進去，對太后略表歉意：「西湖非皇家園林，未免嘈雜了些。」

韋太后卻笑道：「人雖比汴京金明池的多，但好在可令你我與民同樂，亦可一睹京中民風民情，甚好，甚好。」隨即又朝湖畔放眼望去，興致勃勃地看其間小販叫賣湖中土宜，如果蔬、羹酒、戲具、畫扇、彩旗、粉餌、泥嬰，或應季的鮮花。

此時有商家乘小舟追逐官船，且輕輕划近御舟，立即遭到一旁大舫中禁衛軍的喝叱，要將他驅開。韋太后卻擺首，命道：「讓他過來，看看他賣的是什麼。」

兩名禁兵將舟中商人帶上來，將貨物一一羅列出，原來是珠翠冠梳、銷金彩緞、犀角花鈿、漆具、藤編什物及各種瓷器。太后含笑逐一地看，最後選了幾件梳子、犀鈿，伴於她身邊的嬰茀見了，不待太后開口便命侍女取出雙倍的錢付給商人。

商人千恩萬謝地叩頭行禮才告退，大喜而歸。

御舟繼續前行，途經斷橋，趙構見橋旁有一小酒肆，看上去頗雅潔，有意前去小坐片刻，請太后同往，太后說有些乏了，只想在舟中歇息，讓趙構自去，趙構遂帶上嬰茀及兩名養子，離舟走入酒肆。

見皇帝光臨，酒肆老闆又驚又喜，立即率其間人等下跪相迎。

趙構進到廳中，舉目四顧，見廳中立有一素色屏風為飾，上書一闋〈風入松〉，遠遠一覽，但覺字寫得瀟灑流麗，很是漂亮，便走近細看，這一讀之下竟默然駐目良久。

嬰茀等人見此詞如此吸引他，亦跟著過去看。

其詞云：「一春長費買花錢，日日醉湖邊。玉驄慣識西泠路，驕嘶過、沽酒樓前。紅杏香中簫鼓，綠楊影裡秋千。　暖風十里麗人天，花壓鬢雲偏。畫船載取春歸去，余情付湖水湖煙。明日再攜殘酒，來尋陌上花鈿。」（注）

嬰茀看畢，留意趙構神情，見他目光低回徘徊於下半闋之上，若有所思。

須臾，趙構回首問酒家：「此詞何人所作？」

但聽人答：「是太學生俞國寶。日前他在此大醉之下寫的。」

趙構淡淡一笑：「此詞甚好，但末句未免儒酸。」當下命人取來筆墨，在屏風上點劃，將「明日再攜殘酒」改爲「明日重扶殘醉」。

這一改之下觀者無不讚歎，都說僅改三字，而意境已迥然相異。趙構擱筆坐下，略飲些茶，再命隨行官員：「尋個合適的官職，給那俞國寶做罷。」

又再坐了一會兒，品嘗了一點酒家奉上的美食，才起身回御舟。走至門前卻又停住，略微側首看看身後的趙瑗，問：「近日你姑姑大好了麼？」

趙瑗答說：「好些了，但面色仍欠佳，終日懨懨地不想動。」

趙構點點頭，啓步繼續走，又似隨意地吩咐趙瑗：「這兒的魚羹不錯，回頭你給你姑姑送些去。」

趙瑗欠身答應，便駐足以待買魚羹。嬰茀經過他身邊時亦略停了停，微笑問：「瑗，你身上帶銀錢了麼？若不夠我讓人送來。」

趙瑗忙說帶足了錢，嬰茀這才跟著趙構上了大龍舟。

翌日，嬰茀前往慈寧宮向太后請安。韋太后與她略聊了幾句後問：「昨日官家帶你們離舟赴酒肆，爲何待了這許久？」

嬰茀笑道：「官家在酒肆裡給一太學生改詞呢。這事想必已在京中傳爲佳話。」遂把趙構如何改詞，又如何賞俞國寶官做的事跟太后說了。

韋太后聽後詫異道：「一闋詞而已，竟讓他如此喜歡，這般隨意就賞人官做？你且再念念這詞給我聽聽，我倒要看看究竟有何妙處。」

嬛苐便又把那闋〈風入松〉背誦了一遍。韋太后凝神聆聽，待聽到「畫船載取春歸去，余情付湖水湖煙」時忽然笑了笑，對嬛苐說：「這一句，你大概也很喜歡罷？」

一時不解太后何意，嬛苐垂目不敢接話。

「聽潘賢妃說，你最得官家眷顧，常獨自隨官家遊山玩水。」韋太后道，再側目瞥嬛苐一眼，繼續說：「紹興元年，官家送隆祐太后靈駕往會稽縣上皇村。據說你爲勸官家節哀，特邀官家乘畫舫出遊鏡湖，一夜未歸……當眞是個懂事之人，很有心思呢。」

嬛苐默然聽完後，眼圈已紅了，起身在太后面前跪下，淚落漣漣，再拜道：「母后明鑒。這十幾年來，臣妾隨侍官家，自不敢不盡心，但臣妾絕非那等狐媚惑主之人。臣妾雖無甚學識，講不明白大道理，可孝道二字是懂的，豈會在隆祐太后葬儀過後未久就請官家出遊，且逾夜不歸……」

韋太后見她哭得傷心，不像是說謊，便蹙眉問她：「那麼，是他人虛構此事誣陷於你，還是當初陪官家出遊的不是你？」

注：本節西湖遊幸內容改編自《武林舊事》。趙構為太學生俞國寶改詞其實是孝宗淳熙年間事，小說中將時間提前了。另，俞國寶〈風入松〉一詞《武林舊事》中的文字與《全宋詞》中的多有不同，我擇瞧著順眼者從之。

跪著的嬰茀深垂首，一面以絲巾拭淚，一面輕聲答道：「臣妾不敢欺瞞母后……隨官家遊鏡湖的人並非臣妾。」

二　密謀

「不是你，那又是誰？」韋太后冷道：「這事宮中人可都知道，你自己不也親口承認過麼？」

嬰茀擺首，只堅持說「確實不是臣妾」，卻又不答那人是誰。韋太后再問，嬰茀仍不明說，轉視兩側宮人，面露難色。

韋太后越發好奇，見她神情知她不欲宮人聽見，便揮手命宮人都退去，惟留下楊氏，再對嬰茀道：「你說罷。香奴不是外人。」

嬰茀這才說：「那時與官家遊湖的是……福國長公主。」

這答案令韋太后大感意外，與楊氏對視一眼，兩人都愣了。少頃韋太后才半信半疑地問嬰茀：「你是說，官家與福國長公主兩人一同出遊？若依別人所說，他們未帶隨從，在畫舫中過了一宿？」

嬰茀頷首低低稱是，臉倒先紅了，彷彿做這事的不是柔福而是她。

「貴妃娘子慎言，」楊氏見狀從旁道：「此事非同小可，若有一些不實……」

「母后，」嬰茀當即又向太后叩了次首，接著鄭重道：「若有半句虛言，臣妾甘願受凌遲酷刑。」

見她如此嚴肅，韋太后與楊氏均已信了八九分。韋太后此刻不知如何應對才好，惟手指連續輕擊身側桌面喃喃自語：「這，這……」好一會兒才定了定神問：「那你當初為何要對潘賢妃等人說是你？」

惻然一笑，嬰茀答道：「臣妾明白，福國長公主那時年輕，行事率性，一時玩心重，也就忘了顧忌，邀官家同遊。官家一向疼愛這妹妹，見她興致高，不忍掃她興，故此答應，本意也必非要與她在湖上逗留這麼久。後來，恐怕是被雨耽擱了，不得不留宿於畫舫上……本來知道此事的人也不多，無奈次日那船家知道了官家身分，又想當然地把福國長公主認作妃嬪，立馬就把他們同遊的事傳得沸沸揚揚，也不知為何會說是臣妾……潘姐姐、張姐姐聽說了就來問臣妾……」

韋太后漸漸明白了：「你怕讓她們知道真相後會影響官家清譽，所以才冒認？」

嬰茀點點頭，卻又很快補充道：「臣妾知道官家與福國長公主均磊落守禮，雖同處一舟，也必不會做出什麼逾禮之事。但宮中向來有些長舌之人，這事如果讓她們知道了，只怕會有些風言風語傳出。如此多一事不如少一事，既然人都認定是臣妾，也無須向她們解釋這麼多，只要無損於官家清譽就好。」

聽了這些話，韋太后看她的目光才柔和起來，溫言道：「你認下此事，想必無端惹來許多人妒忌，難免在背後攻訐於你……倒是委屈你了。」

嬰茀搖頭道：「臣妾不委屈。能侍奉官家是臣妾前生修來的福分，但凡能為官家略做些事，臣妾拋卻性命也是願意的，何況這一點點名聲。今日是母后親自問起此事，臣妾不敢應以虛言，這才多嘴幾句，若換他人問，臣妾是打死也不說的。」

韋太后輕歎一聲，親手牽她起來讓她在自己身邊坐下，握著她手道：「好孩子，之前是娘錯怪你了。官家身邊有你這樣溫良賢德、深明大義的人，真是幸事。」

「母后切勿如此說，臣妾惶恐。」嬰茀立即應道，眸中隱約又現瑩光，「臣妾粗陋愚笨，官家一向是看不上眼的，只是見臣妾撫養兩個孩子略有些苦勞，才賞了個貴妃的名分。臣妾感念萬分，又無計報答，惟有諸事循規蹈矩，力求少出差錯，不給官家添亂、令他煩心罷了，賢德之譽哪裡擔當得起！」

韋太后朝她微笑道：「若這後宮之人都如你這般懂事，這天下也就太平了。」回想她說的話，忽又問道：「你說官家一向疼愛福國長公主，他待她很好麼？」

「是。」嬰茀頷首：「自長主南歸以來，官家待其之優渥非其他宮眷所能及。經靖康之變後，國力非比從前，起初那幾年，就連宮中人都過得頗拮据，而長主下降時，官家仍出資一萬八千緡爲她置辦妝奩，這筆錢與靖康之前的用度相比或許尚不足，但細想想，也相當於宰相及樞密使五年的俸祿了。給長主的月俸更是依照大長公主的定例，其後逢年過節必有重賞，到如今，想必總有好幾十萬緡了罷。世人都說長主是因禍得福，歷經大難而歸，故官家尤其憐愛。」

聽得韋太后連連搖頭，又是一聲歎息，再問：「他們常常見面麼？」

嬰茀道：「長主下降之前住在宮裡，自是常見的，下降之後偶爾入宮。後來因高駙馬出就外職，長期不歸，長主有時也回宮裡住……」

韋太后打斷她：「那高駙馬爲何長期在外任職？是官家讓他出去的？」

「那倒不是，」嬰茀回答：「是駙馬自己請求的。」

韋太后細問原因，嬰茀略顯遲疑，但在太后追問下還是陸續說出了柔福杖殺婢女的事。

太后聞之色變，驚道：「她竟下得了如此重手！」

嬰茀輕歎道：「臣妾也感訝異。長主歸來後像換了個人似的，性情大變……以前的柔福帝姬待下人何等寬仁，奴婢們做錯什麼，她至多責備幾句也就罷了，哪裡會傷人性命……」

談到這裡，忽有人在外稟報說潘賢妃前來入省問安，嬰茀遂未再說下去。韋太后也就讓她先回去，待潘賢妃入省過後，再閉門於室中獨對楊氏，默然想了片刻，忽然就流下淚來：「難怪官家現在還未將柔福拘來審問，原來竟是因這個緣故！」

「娘娘莫動氣，」楊氏忙勸她：「官家與柔福共處一舟也是不得已，官家一向穩重，吳貴妃也說他是磊落守禮之人，必不會做下什麼糊塗事。」

韋太后抹淚道：「官家自是磊落守禮，但難保他人也能如此秉禮義、知廉恥。官家與柔福又不是一母所生的兄妹，小時也素無往來，無緣無故的，何以對她這麼好？共舟那日，柔福必是存了心……我還道柔福只是莽撞輕狂，口無遮攔，卻沒想她竟有這等心機……」

聽得楊氏也憤慨起來，順著太后話說：「龍生龍，鳳生鳳，狐媚子生下的女兒也是狐媚子，爲求聖眷榮寵，竟連倫常也不顧了！如今看來，就算無詆毀娘娘這事，也留她不得，讓她活下去，對官家早晚是個禍害。」

「唉，這理我自然明白，但又有什麼法子？」韋太后想起回宮那日提及柔福之事時趙構的反應，不禁又重重歎了口氣，「官家受她媚惑，竟連我這娘的話也不聽了……只怕柔福已就我在金國舊事向他大進讒言，他必已看低了我……」此言未盡，已是羞惱交加，側面朝內低首飲泣。

「那倒不會罷……官家也沒說不處置她，只是需從長計議……或許是這些天政務繁多，一時忘了……」楊氏儘量找些能讓韋氏寬心的話說，無奈這話說得勉強，自己聽了都不信，更無法令韋氏安心，難抑她悲聲。

楊氏在太后泣聲中默思片刻，忽然建議：「吳貴妃在後宮頗有地位，又是普安郡王與崇國公的娘，她的話想必官家能聽上幾句。我看她也是個識大體、明事理的人，且又會說話，若娘娘找她來，告訴她柔福爲他人假冒之事，讓她在官家面前婉言勸諫，想必官家不會不理。」

「不妥。」韋太后當即反對：「她是柔福以前的侍女，豈會背叛舊主。」

楊氏低聲道：「適才吳貴妃說起官家待柔福優渥之事，聽她語氣，似隱有不滿，大概對柔福的行徑也是看不慣的。而且又說柔福歸來後性情大變，娘娘說柔福是假，她或許也會相信……即便不全信，但娘娘說的話，她敢說不信麼？何況除去柔福，對她有益無害，她必定也會願意。」

似覺有理，韋太后止淚，凝眸思忖。楊氏接著笑道：「她是柔福以前的侍女，那才好呢！若她都說柔福是假，誰還會懷疑？」

韋太后又想了想，終於頷首。楊氏立即說：「我今晚就去請吳貴妃過來，一起合計合計。」

是夜楊氏果然將嬰茀請到。三人入了內室，命宮人都在外侍候，楊氏便開始旁敲側擊地問柔福近年舉止是否眞不似當年，嬰茀亦說：「除容貌未變外，言談行事都大異於從前。」

楊氏便似笑非笑地問：「若說如今的福國長公主並非柔福帝姬，而是他人假冒，貴妃娘子信麼？」

嬰茀微笑答道：「長主我行我素慣了，這些年得罪不少人。歸來後她雙足比以前大了不少，宮中人吃了她的虧，有時也會悄悄嘀咕，說金枝玉葉的長公主足哪裡會這般大……若有人說笑，稱她是假冒，只怕不待我開口，先就有許多人附和。」

「若非說笑呢？」楊氏壓低了聲音問：「若是太后娘娘說，歸來的這個福國長公主是假冒的，貴妃娘子信麼？」

嬰茀抬眼看她片刻，欠身道：「母后說的話自然沒錯，若母后說她是假，她必定眞不了。」

韋太后與楊氏相視一笑，都舒了口氣。楊氏遂對嬰茀道：「太后娘娘今日要跟貴妃說的正是柔福帝姬眞僞之事。事關重大，娘娘信任貴妃，才請貴妃過來商議……」便把眞柔福已薨於五國城，現在的福國長公主爲他人假冒等話繪聲繪色地跟嬰茀說了。

嬰茀聽了一時不作回應，怔怔地凝思沉默著，看得楊氏心焦，小心翼翼地問：「貴妃娘子不信？」

嬰茀這才瞬了瞬目，雙唇抿出一縷柔和淺笑，說：「哪裡。我當然相信，適才只是頗感震驚，萬沒料到竟有如此大膽的布衣女子，敢冒充天潢貴胄，欺君罔上。」

「正是！」楊氏喜道：「幸而太后歸來可將她騙局拆穿，否則官家還不知要被蒙蔽到幾時。」

「這事……官家知道了麼？」嬰茀問。

韋太后歎道：「我回宮那天就跟他說了，但他只說要想出處置良策再作打算，拖到如今也未見下文。故此找你來商議，看你可否勸勸他，請他早日處罰假帝姬，讓眞柔福的遺骨入土爲安，以慰她在天之靈。」

嬰茀愁眉一蹙，黯然道：「臣妾在官家眼裡不過是個粗使丫頭，人微言輕，官家又一向極有主見，哪裡聽得進臣妾的話！臣妾若就此事勸說他，他恐怕只會以爲是臣妾妒忌而刻意攻訐，反倒會誤事。」

韋太后想想，亦承認她說得沒錯：「官家從小認定了什麼就不大能聽人勸。我這娘的話他都不聽，更遑論妻妾之言……可是，難道我們便只得任他如此拖下去，看那假帝姬繼續狐媚惑主、禍國殃民？」

「母后無需多慮，官家未必有心拖延，也許眞要處置，但日理萬機太過操勞，一時忘了此事也是有的。」嬰茀雙垂的睫毛掩住幽深的眸子，目光禮貌地落在太后足前，「我們想個法子提醒官家便是。」

「哦？那我們應當如何提醒？」韋太后見她氣定神閒，心知她必已有主意。

嬰茀回答：「母后日前是私下跟官家說的，旁人不知，若官家忘了也沒人可再提。故此母后不妨過幾日在宮中設家宴，請所有宮眷出席，宮外的秦魯國大長公主與吳國長公主也務必請到。再以太后懿旨召福國……假帝姬入宮，她稱病已久，這次是太后親自相請，想必再不敢推辭。待她入宮後，母后當著眾人宣佈其假冒帝姬的罪行，真相大白於天下，官家必會當機立斷……」

「妙，妙！」楊氏連聲叫好：「眾目睽睽之下，更有秦、魯國大長公主與吳國長公主作見證，如此官家想忘也忘不了了，即便不當即處死那女子，至少也應將她交大理寺審訊。」

韋太后頗爲讚許，不由也露出了笑意。

嬰茀繼續說，依然是低眉順目的神情，銜著她輕柔的微笑：「有兩人，母后最好也一併請來……」

三　家宴

策劃的家宴數日後如期舉行，韋太后對趙構說想借此機會見見臨安所有的宮眷皇親，趙構遂一一請到，自秦魯國大長公主與吳國長公主以下，但凡略有點地位的幾乎都來了。

獨未請柔福，豈料即將開宴時柔福的駙馬、此時任常德軍承宣使的高世榮倒匆匆趕來，先向韋太后請安，再轉向趙構覲見如儀。

趙構有些詫異，問：「駙馬幾時回京的？」

高世榮答：「今日剛到。太后娘娘回鑾，臣未及時道賀，既蒙太后宣召，再不敢耽擱，當即乘快馬趕回，到府中換了身衣服便來了。」

眉頭略蹙了蹙，趙構卻也未再多問，只對他說了兩個字：「坐罷。」

吳國長公主在一旁看見，頗感意外，微笑著對高世榮道：「高駙馬都回來了，今兒吃的果真是團圓飯……福國長公主呢？也一齊來了麼？」

高世榮欠身答說：「她病未痊癒，仍不便前來……請我代她向太后娘娘及官家告罪。」

但聽太后聲音冷冷響起：「這是什麼病，拖了這許久還沒好？恐怕是找的御醫不對，還是請她入宮，我尋個好的給她仔細瞧瞧。」隨即命身邊宦官：「你去找個大點的車輿，派往福國長公主宅去請她。務必要把她請到，她若病得坐不了，就讓她躺著來。」

宦官承命離去。趙構臉色微沉，但終究沒說什麼。

韋太后再側身面朝坐在她身旁的秦魯國大長公主，微笑著與她閒聊，其餘人等也都迅速各尋話題說笑開來，又恢復了起初的和樂氣氛。

行至第四盞酒時，有三位優人入內演雜劇。只見其中兩位優人各扮一名士人，相遇互問出生年份，一人說是甲子生，一人則說丙子生，另一位優人從旁聽了便說：「此二人都該下大理寺。」兩士人忙問原因，那人回答：「夾子、餅子皆生，與餛飩不熟同罪。」

這話一出，除韋太后與趙構外眾人都是一副忍俊不禁的樣子，又都偷眼看趙構，見他自己也開始笑了起來，才紛紛笑出聲。

秦魯國大長公主論輩分比趙構高了四輩，在諸人中行尊年高，趙構最爲敬重，每次相見趙構必先向她一揖爲禮，所以此時見韋太后不解，也好笑著向她解釋這個涉及趙構的諷喻：「這裡有個緣故。太后也知道，官家一向愛吃餛飩，某次御廚一時不慎，給官家做的餛飩有點生，官家吃了龍顏大怒，當下就命將那御廚下大理寺治罪。此事後來很快傳開，全臨安的人都知道。這幾個優人大膽，竟拿來編了笑話取笑官家呢。」

韋太后聽了也展顏笑，搖頭對趙構道：「哥眞不曉事。爲人君者當愛民如子，待人宜寬仁，若餛飩煮生了點都要治罪，傳到民間，你就成了昏君，也仔細史官給你書上一筆，遺臭萬年！」

趙構欠身含笑稱是，當即傳令，命將大理獄中的御廚放了。諸宮眷見了，不免又對二人此舉頗多恭維，稱頌不已。

又行了兩盞酒，忽聽內侍報說福國長公主到，韋太后立時收斂笑意，正襟危坐，冷眼朝門邊望去。樂聲暫歇，諸人見太后神情如此嚴肅也隱隱覺得怪異，便都沒再出聲。

迎著那無聲處投來的千道目光，柔福緩步走進。果然猶帶病容，她瘦了許多，尋常的大袖長裙如今略顯寬大隆重，露在絳色羅生色領外的頸上肌膚蒼白，彷彿隱見血脈。髮髻隨意挽著，素面朝天，臉上神情也一樣清淡。她走得輕緩，裙幅只微動，披帛長長地曳於身後，似一襲煙羅付水流。

她漸行漸近，韋太后的臉色也越發難看。不待她行禮請安，太后便先開了口：「這人是誰？」

柔福止步。秦魯國大長公主道韋太后是眞認不出柔福，遂輕聲提醒：「這便是柔福帝姬瑗瑗呀。」

「柔福帝姬？」韋太后冷笑道：「柔福帝姬去年已薨於五國城，如今這個卻又是哪裡來的？」

滿座皆驚，細窺太后表情，見她不似說笑，便都沉默，殿內回復鴉雀無聲的狀態。

趙構亦不語，一雙眼睛只靜靜地凝視柔福。柔福抬目看韋太后，也不發一言。

韋太后朝身後楊氏頷首，楊氏躬身退出，須臾，領一年逾花甲的老翁入內。

那老翁捧著一靈牌跪地行禮，楊氏輕聲促道：「請跟這裡的皇親國戚們說說，你是何人，捧的是誰的牌位。」

老翁道：「草民名叫徐中立，靖康以前曾任入內醫官，是柔福帝姬駙馬徐還的父親。這牌位，是柔福帝姬的。」

聽了此言高世榮的臉當下就白了，其餘宮眷也是面面相覷，大感驚異。

而柔福居然神色仍淡定，傲然立於殿中紋絲不動，惟眼角餘光掃了掃徐中立，聽他說下去：「柔福帝姬北上後，先居於上京，後來遷至五國城。蒙道君皇帝加恩，犬子徐還得尚柔福帝姬。帝姬溫雅賢淑又孝順，家中上下無不誇讚。無奈紹興十一年她忽罹患重疾，延醫調治多日也不見好，最後拋下犬子撒手而去。太后娘娘素來憐惜柔福帝姬，回鑾時特恩准草民護送帝姬靈柩南歸。如今帝姬靈柩隨道君皇帝梓宮奉安於龍德別宮。」

他說完後殿內又是一片沉寂，好一會兒才聽秦魯國大長公主問韋太后：「如此說來，現在這位福國長公主……」

韋太后重重歎氣，對楊氏道：「你跟大長公主說。」

楊氏答應，道：「這位福國長公主自然是假冒的……」隨即從韋太后如何在金國照顧「柔福帝姬」說起，直說到她們親眼看著帝姬入土落葬，又如何不忍柔福埋骨北國而偕其遺骨南歸。這話她早已記得爛熟，說來頭頭是道，毫無滯澀，最後順理成章引出福國長公主爲容貌酷似柔福的民女假冒的結論。

話音剛落，就聽潘賢妃在一隅冷道：「我說呢，她若眞是官家的妹子，豈會出言詛咒太子。假冒帝姬入宮，恐怕還不僅是騙取富貴，另有圖謀也未可知。」

秦魯國大長公主最重女子品行，柔福素日行事乖戾，她一向看不慣，此時也歎息一聲，道：「國朝公主歷來恪守女誡，幾乎個個溫惠淑慎，德行出眾。當年我見福國長公主杖殺婢女，就覺此女太過驕蹇自恣，不類宋室皇女，果不其然……」

聽她提及杖殺婢女之事，楊氏轉問高世榮：「高駙馬，聽說福國長公主杖殺的女子中有一人以前在汴京服侍過柔福帝姬？」

高世榮已說不出話，青白著臉點了點頭。

楊氏遂又說：「難怪呢，那婢女必然知道福國長公主是假冒的，只不知假帝姬是之前就與她串通好的，還是她入公主宅後才發現帝姬是假的……」

此刻高世榮腦中紊亂得理不出頭緒，惟有一疑問難以遏止地湧上心來：柔福杖殺張喜兒，除了妒忌，難道也是爲了滅口？

他轉首看殿中央的柔福，依然是端然直立、下頷微揚的姿態。直到如今，她在他目中還如初見時那樣，每縷絲髮都似有不著凡塵的高貴。

這樣的她，會是假的帝姬麼？一個冒充皇女，並殘忍地殺害知情的喜兒的欺君者？

「高駙馬，」他聽到韋太后開口問他：「你好好想想，福國長公主如此虐殺她，那婢女可曾說過什麼值得琢磨的話。」

關於喜兒的記憶是跟一些慘不忍睹的景象相聯的：阡陌縱橫的血色傷痕、青紫的斑塊、染血的破衣……高世榮不禁閉了閉眼睛，想擺脫眼前是非般擺脫這難忘的畫面。

奇異地，一句往日並沒多在意的話清晰地浮現於心，那是喜兒臨死前最後說的話……她說……「她不是當年汴京宮中的柔福帝姬……」

「她說，她不是……」他不自覺地重複心中這話，待這幾字出口才猛然驚覺，一下停住。

「她不是眞的柔福帝姬？」楊氏試探著問。

「她不是……她不是？……」高世榮低聲重複，與其說是回答不如說是在自問。忽然感覺到有道別樣的目光落在他身上，他抬眼一看，果然如此，柔福終於向他看過來，一清如水的眼眸無嗔無喜，唇邊卻有隱約的笑意。

高世榮只與她對視一下已無法承受，頹然垂首，意識到，在她清眸一轉間，他再次一敗塗地。

「我不知道。」他沉重地搖搖頭：「我什麼都不知道。」

吳國長公主可憐他難堪的處境，輕歎道：「駙馬是個重感情的人，別逼他了。」

楊氏轉目請示韋太后，韋太后亦瞬目示意不必再問他。

嬰茀一直沉默著冷眼旁觀，不料這時韋太后卻喚了她一聲：「吳貴妃。」

嬰茀立刻站起，欠身以應。

「你也是當年在汴京服侍過柔福帝姬的人，是眞是假你應該也能看出罷？你且說說，這個福國長公主是不是眞的柔福帝姬。」韋太后如是說。

這當面的指認，是當初密謀時太后未曾提及的。嬰茀未有準備，一時難以回答，而所有人的注視已瞬間轉至她身上。

她半垂眼簾，看見的只是自己的裙幅，而無須舉目她已知道趙構與柔福在以何等神情看她。

韋太后又在催她：「說，她是眞是假。」

心跳加速不過是短短一瞬的事，她很快調勻呼吸，回答太后：「這些年來臣妾因見福國長公主容貌與柔福帝姬無異，便沒多質疑。長主下降後，平日往來也不多，故此一直未留意分辨眞僞……」

「是，或不是？」韋太后一定要個明確的答案。

嬰茀略顯遲疑，但終於還是一低眉，作出了眼下必要的選擇：「現在的福國長公主大異於昔日華陽宮中的柔福帝姬……如今看來，行爲舉止，確若兩人。」

太后這才淡淡頷首，轉目看趙構，等著他表態。而趙構仍危坐不動，待嬰茀說完，他不露情緒的目光再次投向柔福。

而柔福竟無聲地笑了，一步一步從容走至嬰茀身邊，站定，朝她微傾身，輕柔的笑意與髮上步搖曳動的陰影一齊落在她肩上，在她耳邊私語：「嬰茀，你知不知道，歸來之前楷哥哥囑咐我什麼？」

乍聽她重提趙楷，嬰茀一怔，無言以對。

「他說，」柔福繼續輕聲告訴她：「回去後，替我親親嬰茀……她欠我的。」

於是，未待嬰茀回神，柔福已微微側首，在旁人驚愕的注視中，以她冰涼的雙唇，輕緩地觸及嬰茀同樣欠缺溫度的唇。

四　寒鴉

不過只是倏忽一觸，卻彷若有縱闊古今之綿長。嬰茀竭力不讓自己陷落於這一吻帶來的前塵舊事與現時交集的情緒裡，她知道自己只能應之以不動聲色的態度，給所有於震驚中觀察她神色的人一個坦然淡定的印象。

所以末了她依然以適才的姿態直立，眼簾如常微垂，將要浮上臉龐的赧然緋色被她的意念生生泯去，她的平靜無懈可擊。

而吻她的柔福徐徐回顧，寧和地掃視殿內驚愕的眾人，從徐中立、潘賢妃、高世榮、秦魯國大長公主、吳國長公主，到楊氏、韋氏，經她目光觸及的人倒有一大半如驟然被灼一般或垂首或移目，不與她對視。最後她的視線鎖定在趙構臉上，「官家，」她微笑著這樣喚他，問：「我是假的麼？」

趙構的目光亦一直在她與嬰茀站立之處輕微游移，此刻他終於開了口。

「賤婢，」他說：「誰借你的膽，敢罪犯欺君？」

目示柔福，他吩咐兩側內侍：「將她押下，送交大理寺審。」

內侍們領命，向那據說是罪犯欺君的女子走去。她漠然看著，身上仍有他們昔日尊重乃至懼怕的長公主的餘威，故此他們雖走至她身邊，卻一時都不敢去拉她。而她沒讓他們爲難，再看趙構一眼後即轉身啓步，自己朝外走去，內侍們跟著她走，倒像是素日隨長公主出行一般。

待她身影消失，趙構才又舉觥，似什麼都沒發生那樣，朝眾人淺笑道：「繼續。朕記得尙有兩盞酒未曾行過。」

趙構下詔，命殿中侍御史江邈與大理寺卿周三畏審理柔福帝姬一案。韋太后常命楊氏去聽審。而這案審得也順利，柔福竟對指控毫不反駁，說她是假冒的帝姬她也點頭承認，只是問她的「眞」身分時她不答，惟倦怠不堪地說：「我懶得想，你們說什麼就是什麼罷。」

沒問出假冒者的身分這案子便不好了結，江溭與周三畏正一籌莫展間，楊氏指點道：「昔日汴京有個乾明寺。去過那裡進香的宮人回來都說，寺中有個尼姑容貌酷似柔福帝姬。近來太后做法事，聽人說官家南渡後乾明寺的許多尼姑也來臨安了。兩位大人不妨尋幾個來，看如今這個犯婦她們是否認得。」

江溭與周三畏便著人去尋，很快找到一個原汴京乾明寺的老尼。帶到大理寺，那老尼一見柔福便驚道：「靜善，你怎麼在此處？」

再審了一番老尼，於是「眞相大白」，柔福也供認不諱，迅速畫押。不久後，一紙記錄了詳細案情的奏章送呈趙構御前：

靜善是汴京人，俗家姓李，自幼在乾明寺出家爲尼，靖康之變時被掠入金軍中，認識了同樣被俘的一些宮女，宮女們見了都以爲是柔福帝姬，均喚她帝姬，熟悉後亦告訴她許多宮中舊事。建炎四年靜善僥倖逃脫，在路上遇見侍候過柔福帝姬的宮女張喜兒。張喜兒亦說她酷似柔福，兩人爲騙取富貴便聯手密謀，由張喜兒教靜善宮中禮儀及細說宮中諸事，準備穩妥後正欲宣揚此事，不想二人又被山賊衝散。靜善被劉忠掠去，待被救出後就以帝姬身分入宮，並下降駙馬高世榮。張喜兒繼續流浪，後來也來到臨安，並被高世榮收入宅中。靜善怕張喜兒洩露其秘密，且又妒恨張喜兒得寵於駙馬，遂杖斃張喜兒以滅口兼洩憤。

柔福一案開審後，她十二年來所得俸祿四十七萬九千余緡、趙構賞賜寶物書畫若干，及她在臨安城外漾沙坑坡下第一區的宅邸均被抄沒。被她杖殺、埋在府中的婢女遺骸也被挖出，其中受害婢女陳采箐的家人每日號哭於大理寺前，要求處死靜善。

如何治罪江邈與周三畏不敢做主，特請趙構親示。

如何治罪，趙構一時也難決，幾番提筆卻終究又擱下。夜已很深，廳中立侍的宦官眼皮都快撐不住了，他卻還極度清醒地煩躁著，最後只得站起，負手於書閣中來回踱步。

閣外秋風又起，掠過梧桐，驚動一隻寒鴉展翅飛。趙構聞聲望去，卻見窗上映出一女子側身而立的剪影。

梳髻著釵，顯然不是尋常宮女。趙構的心不覺一顫，隱隱憶起當年柔福在他門外偷聽政事的情景。

疾步走去驀地開門，那毫無防備的女子倉皇抬首，他看到一張似是而非的柔福的臉。

有幾分相似的眉目，截然不同的神態。紅霞帔韓秋夕當即跪下謝罪，她的反應卻讓他有一瞬深重的失望。

「你在這裡幹什麼？」趙構冷冷問。

她雙手舉一瓷盅過頭，怯怯地回答：「臣妾見官家辛勞，常深夜不眠，便親自爲官家燉了一盅參湯……門外無人立侍，臣妾無法請人送入，又不敢進去打擾官家，因此在門外守候。」

趙構點了點頭，說：「進去擱下，回去罷。」

韓氏答應，擱下參湯後低首後退，在閣外恭謹地退了十數步才敢轉身走。

夜風吹拂下，趙構凝視她背影，心裡一模糊的念頭逐漸開始變得清晰。

回到閣中，那要作批示的筆彷佛不再那麼沉重，他在大理寺送呈的奏章上批了兩字：杖斃。

五　秋扇

杖斃的詔命公佈，定於九月甲寅行刑。關於此案的故事因此很快流傳於市井間，「柔福帝姬」這幾字忽然就代表了彌天謊言，那傳說中以福國長公主身分白享了十二年清福的尼姑也瞬間淪爲了百姓辱罵、鄙夷與唾棄的對象。

嘲諷奚落的話大理獄的獄卒偶爾也會當著柔福面說，她卻總是恍若未聞的樣子，安靜地在獄中等待刑期的到來，臉上不著悲喜痕跡。

行刑前兩日夜，趙瑗到獄中來看她。見她鉛華褪盡，骨瘦如柴，僅著一身素衣躺於潮濕陰暗的牢房角落裡，雙目無神地望著斑駁的屋頂，趙瑗眼中頓時蒙上了一層薄霧。

「姑姑。」他盡力微笑著喚她。

她看見他，也笑了笑，輕輕起身走過來，扶著隔在他們中間的木柱，一如既往柔和地看他：「瑗，你怎麼來了？」

趙瑗垂目，黯然道：「瑗想問問姑姑，有沒有什麼需要的東西，瑗可以爲姑姑帶來。」

柔福搖搖頭，道：「人都要死了，又還用得著什麼呢？」想了想，回首以示身後一小木箱，「今日駙馬也來過，給我帶了幾身衣物，足夠了。」

趙瑗頷首，沉默片刻道：「聽說高駙馬準備離開臨安。」

柔福幽涼一笑：「他如今的日子也不好過罷？」

趙瑗無語，不想告訴她，她入獄後高世榮駙馬都尉的身分自然隨之消除，連原來的官職也被削去，這又為人提供了一個幸災樂禍的機會，甚至有人作對聯嘲笑他：「向來都尉，恰如彌勒降生時；此去人間，又到如來吃粥處。」

「他今日來，只呆呆地看了我一會兒，也不說話，但我知道他是來道別的。」柔福歎了口氣，對趙瑗道：「你日後若見了他，請代我跟他說，我對不住他。」

趙瑗點頭答應。見他一時沒別的話，柔福便勸他：「快回去罷。我是犯了死罪的假帝姬，你來這裡是不好的，別讓你爹娘知道。」

「姑姑，」趙瑗再喚她一聲，比前次多了幾分鄭重，「我自入宮以來，認識的姑姑就是你，眞公主也好，假帝姬也罷，對我來說沒什麼不同。不管你是什麼人，在我心裡，你永遠都是我的姑姑。」

聽了此言，柔福恬淡地笑著，也不說什麼，只引手為瑗理理鬢髮，如他小時她常做的那般。

趙瑗神色鬱鬱地凝視她，忽然又微笑開來，轉而問她：「姑姑，你餓不餓？我給你帶了些點心。你想吃什麼？酥兒印、芙蓉餅、駱駝蹄、千層兒、蟹肉包兒還是糖蜜韻果圓歡喜……」

柔福怔忡不語。暗淡的光線下，趙瑗看見她目中有晶瑩的光一閃而過，但她很快瞬瞬目，依然微笑，說：「我不餓。但謝謝你，瑗。」

隨後又都無言。趙瑗低首，若有所思，須臾，向柔福伸出此前一直負於身後的右手，拳曲著，像是握有什麼東西。

「那麼，這個呢？」趙瑗含淚淺笑，「我想，這是姑姑想要的。」

柔福默然伸出自己右手，趙瑗將握著的東西轉入她手心。

那是一個玲瓏的瓷瓶，猶帶趙瑗的體溫。柔福握緊收回，可以感覺到有液體在其中微微漾動。

她立時明白了這神秘液體的作用。

趙瑗朝她跪下，哽咽道：「姑姑，瑗沒用，無力救你，所能做的也僅有這些了。」

左手沿著木柱下滑，柔福亦徐徐跪下，與他平視，溫柔而誠摯地表達她的感激：「瑗，姑姑眞的很感謝你。這正是我需要的。」

她拉起他，再轉身打開小木箱，從中取出一柄團扇，遞與趙瑗：「姑姑如今身無長物，無法回禮，只有這扇子了。你拿去，偶爾想起姑姑了便瞧瞧，就當姑姑還在你身邊。」

趙瑗接過，見那是柄尋常的素絹團扇，扇面很乾淨，無字無畫。

「是駙馬夾在這箱衣物一併帶來。」柔福解釋，「有些舊了，也不見得好，原不是拿來送人的。」

趙瑗卻很鄭重地收下，說：「多謝姑姑。」

柔福又是一聲輕歎，淡笑著道：「也不知他爲什麼要送來。現在已是深秋，天已那麼涼，誰還能用扇子呢？」

不待趙瑗應聲，她又催他走：「還是快回去罷。在獄中耽擱久了終究不妥。」

趙瑗再次跪下，和淚向她叩首，待柔福受了才起來，告別後朝外走。走了幾步又依依回顧，但見柔福倚在獄柱上目送他，蒼白的臉上猶縈著令他兒時初見即感親切的溫暖笑意。

六　殘陽

趙瑗離開兩個時辰後，數位內侍進入獄中，一言不發地將柔福攙進一頂青色小轎內，就著無邊夜色，經由皇宮後某處不起眼的小門，把柔福送入一個苔痕上階綠的僻靜院落。

臨近黃昏時，趙構獨自步入此地。啓開吱呀作聲的門，紫金光線探進那幽閉的空間，纖細塵埃在光柱中飛舞，室內背景暗啞，他看見柔福端坐於其間深處，一如南歸那日，她有憔悴而美麗的容顏。

見他進來，她閒閒托起桌上茶杯，飲去其中無色的水，再朝他微笑：「終於我等到你。」

只有他與她兩人的天地，他彷彿自外歸來，而她說她在等他，溫暖平淡的場景，但一切眞好。趙構不由亦朝她柔和地笑，不無憐惜地說：「抱歉，這次嚇著了你。」

她卻搖搖頭，帶著她雲淡風輕的笑容，說：「我早知道，終有一日我會死在你手裡。」

這話的意思不襯她的神情，也出乎他意料。適才的愉悅一掃而淨，趙構的容色立即冷去，微側目：「你這樣認爲？」

「常惹官家煩惱的人是不長命的，我活到今日已屬異數。」柔福上揚的唇角帶來的不是友善的訊號，「你已殺了岳飛，何妨再多殺我一個。」

他怫然警告她：「別提這個逆賊。」

「逆？他逆在哪裡？他不是謀逆，逆的不過是你的意。」柔福呵呵一笑，「你不喜歡他整天嚷嚷著要迎回二聖；你不喜歡他絮絮叨叨地勸你立儲；更不喜歡他領軍抗金所獲的聲威……」

「住嘴！」趙構厲聲喝止，盯著她徐徐道：「我最不喜歡的，是你自以爲是妄議政事的模樣。」

柔福惻然，感慨地看他，聲音和緩下來：「你知道麼？其實，我根本不喜歡去議論那些污濁的政事，我只是想知道，你爲什麼寧肯稱臣納貢也不堅持抗金，恢復中原，帶我回家。」

「回家……」這兩字也聽得趙構有些傷感，他舉目回望無涯的天際，承諾道：「我會北伐的，我會擊退金人，帶你回汴京的，但是你要給我些時間。大宋與金多年征戰，國家滿目瘡痍，民不聊生，現時我們必須議和歇戰以休養生息。莫以為二十五萬兩的貢銀很多，若不停戰，每年花在軍餉軍備上的費用遠不止此數，且將士傷亡慘重，百姓不堪重負，更難長治久安。」

「你眞的想回汴京麼？那為什麼又宣佈定都於此，忙著興建這裡的皇宮、太廟，按京城的規模整修臨安？」柔福反問，見趙構一時不答，又擺首歎道：「宋多年抗金，已有勝機，直搗黃龍在望，你卻殺了岳飛，將這優勢拿去議和。」

「彼時形勢只是略占上風，在短期內要直搗黃龍原是奢望。」彷彿想說服她，趙構竟前所未有地肯就這些禁忌話題與她多說幾句：「國朝祖宗遺訓，以文御武，不得任武將坐大。靖康以來，各武將權勢大增，不僅將官兵冠以己姓，若不順他意，還每每有擁兵要君之舉。藝祖皇帝曾杯酒釋兵權，而這仗若再打下去，武將勢力再漲，我便連舉杯的機會都不會有。岳飛其人狂傲自大，心存異念。若任其領軍不加管束，即便北伐成功了又怎樣？屆時他勢必會掉轉矛頭軾君篡位。我不能任此事發生，讓大宋江山社稷毀於我手。」

「不，岳飛並非不忠誠。」柔福漠然反駁，「只是他忠於的是大宋，而不是你這個皇帝。所謂心存異念，無非是對你不夠低眉順目，一心想著要迎回父皇與大哥。你擔心他倒戈相向謀反自立，怕他接回大哥後借擁立舊帝之名，將你從皇位上拉下來。所以，你寧肯重用挾虜勢以要君的小人，議和稱臣，放棄北伐，甘於偏安一隅，獨守半壁江山。」

蘊於目中的怒氣加深了眸色，趙構緩步逼近她。他仍沒對她作出激烈的動作，雖然摁在桌面上的手微微在顫。「挾虜勢以要君？」他最後逮住這句話，冷道：「秦檜沒這能耐，他只是我的一條狗。」

「是呀，他只是你的一條狗。」柔福忽然笑起來：「你是一直在利用他做你想做而不便明著做的事：伐除異己、構陷岳飛，乃至屈膝迎金使。從你登基的那天起，你想著的就不是迎回二聖、擊敗金人、恢復中原以雪靖康恥，而只是保住自己的皇位，爲此不惜清醒地做下一樁樁骯髒事。」

「那你想我怎樣？」趙構霍然拍案怒道：「你要我不顧實力不計後果與金國拼個魚死網破？是，如今我守的只是半壁江山，但若一著不慎，連這半壁江山都保不住，我的家人我的臣民又將再罹一次靖康之難。我爲何要迎回二聖？爲何要迎回那個在歌舞昇平中斷送大宋大好河山的父親，和軟弱無能只會聽朝臣擺佈的大哥？再給他們一次機會他們也保護不了大宋，保護不了你，瑗瑗！」

喚出她的名字，他凝視柔福，語氣又漸趨溫和：「我是要保住皇位，也惟其如此，我才能保護你。」

「保護我？」柔福似覺得這說法很奇怪，雙唇彎出譏誚的弧度，「你怎樣保護我？下令杖斃麼？」

「杖斃，那只是做做樣子。」趙構說：「太后對你誤會頗深，我一時難以解釋明白，也不便在大庭廣眾之下拂她意，所以只得委屈你，將你下獄。現已救你出來，以後會將你妥善安置在安全之處，雖無長公主身分，但九哥保證你仍可過以往那般榮華生活，九哥也會常去看你。」

柔福眉尖微揚：「可杖斃詔書已下，屆時如何行刑？」

因入獄的緣故，她此刻仍只著素衣，頭髮也未梳起，長長地披散於身後，臉上更無脂粉的顏色，那有異往昔形象的素雅模樣卻看得趙構怦然心動。一手溫柔地探入她右側散髮中，纖軟髮絲帶給他手背清涼的觸感，他輕撫著她膚如凝脂的臉龐，告訴她：「有個容貌與你相似的人可替你受刑。」

「容貌與我相似的人？」柔福很快明白他意指誰：「紅霞帔韓氏？」

趙構不語，但隨即淺淺呈出的笑意表明她所料未差。

她一側首避開他的觸摸，再定定地看他半晌，忽地笑出聲來：「你是說，讓我與韓氏調換身分，讓她去爲我受刑赴死，而我從此亦不必再頂著長公主的名號，變作你的紅霞帔，任你金屋儲之？」

「不，不是……」她直接的言辭令趙構略顯尷尬，下意識地否認道：「我會在宮外爲你擇一個寧靜舒適的居處，閒時出宮看看你，與你聊聊天，聽你撫撫琴，就跟以前一樣……僅此而已。」

「僅此而已……」她冷冷地笑著，看他的眼神有奚落的意味，「眞的僅此而已麼？『此外』的呢？是你不想，還是消受不起？」

趙構立時怔住。面對這他從未面對過的空前挑釁，他暫時沉默，記不起此前所有表達憤怒的方式。他隱約地想，或許她所說的「消受不起」不是他理解的意思，而她卻不給他慶幸的機會，瞬間把話毫無退路地挑明：「官家這些年一直寵信醫官王繼先，聽說他有一祖上傳下的靈驗丹方，可曾治好了官家的病？」

見他不答，她繼續銜著她譏諷的笑，銳利地刺痛他：「照官家現在的性子看，想必那丹方未見良效。建炎三年揚州之變金人的突襲確是徹底擊潰了官家，從性情到身體，莫不一敗塗地……」

凝視他寒冰一樣越來越冷的面色，她一臉鄙夷：「你對太后不是眞孝順，否則你會爲她報復曾使她蒙羞的金人，而不是掩耳盜鈴地爲她除掉目睹者。你也不是眞的想保護我，而是欲順勢讓福國長公主從歌舞昇平的皇宮消失，因爲她會時時提醒你靖康之難的存在。你希望擁有的是可供你儲於金屋把玩鑒賞的瑗瑗，讓你在西湖邊當太平皇帝，逃避國難的事實，逃避光復國土的責任之餘，還能虛弱地回憶昔日的無瑕歲月、東京夢華。現下的你外強中乾，爲保皇位毫無血性甘於偏安，對侮辱自己母親妻兒姐妹的敵人曲意奉迎，只會玩弄宮闈中的陰謀，不能光明正大地用威望與能力鞏固皇權，卻工於心計，多疑猜忌，玩弄不上臺面的權詐之術，就如奸佞閹豎所爲，哪還有一分一毫像男兒！」

終於忍無可忍，他猛地伸右手掐住她的咽喉，將她拽起，一步步將她逼至牆角，緊盯她的雙眼射出陰寒的光，目眥盡裂：「你眞不想活了麼？」

她的胸口急速起伏，雙手去掰他掐在她脖子上的手，身體不住掙扎，眉頭緊鎖著，似十分痛苦。他見狀手略鬆動了一下，她得以喘了口氣，轉視他，卻又斷斷續續地拋出一句狠話：「如……如今看來，官家所得的病……跟官家……倒是……倒是相得益彰呢……」

他怒極，一手加大掐她脖頸的力度，一手劈面給她一耳光，而她竟還能在痛苦掙扎的同時延續著唇際那抹犀利的笑，這令他忽然懷疑起她的身分。「你是不是瑗瑗？」他拉她貼近自己，盯牢她的眼睛，「你是不是華陽宮中的瑗瑗？那個瑗瑗怎麼可能如你這般尖刻惡毒，對九哥說出這樣的話？」

「不是……」她咳嗽著，痛得連眼都睜不開，字也吐得極其困難，「我不是……瑗瑗，你……也不是……九哥……」

他無暇去細辨她這話的含義，只覺心底憤怒持續蔓延，全身的血液彷彿都已沸騰，刹那間他只想毀滅她，如同毀滅她令他直面的恥辱。他狠命地繼續掐她咽喉，她擺首扭身抵抗時衣領微散，露出頸下一片細白的肌膚。這情景奇異地刺激了他，他陡然抓住她衣領，驀地朝下撕裂，聽著那清脆的裂帛聲響，他有彷若撕裂她尊嚴的快意。

然而隨後一垂目，他卻震懾於所見的景象，木然站定，停止了所有動作。

一粒豔紅的痣現於她左乳上方，胭脂的色澤，有如映襯其下雪膚的裝飾物。

突現的胭脂痣晃動了時空，多年前的記憶那一頁彷彿只是在剛才翻過，他是獲權策馬入艮嶽的皇子，她出現在他似錦前程的初端，若清新晨光般映亮他的眼。

他牽起她的手，穿行於樹影婆娑的林間，陽光斑斕地灑在他們身上，他感覺到所踏的松針在足下低陷，偶爾聽見她鞋上的鈴鐺和著鳥鳴在響。

萬竹蒼翠掩映下的蕭閒館，貴妃榻上的她不反對練習式的親吻，他的唇品取著她肌膚上的香氣，她的衣帶在不覺間被他解開，直到胭脂痣成爲那日繾綣的終點……

起初的怒意悄然散去，心裡只覺酸澀，再看此時柔福，她竟也有了溫和神情，靜靜地與他對視，目中兼有悲哀與憐憫。

於是，他輕輕攬住她的腰，俯身低首，在事隔十六年後，再次以唇灼熱而傷感地烙上她的胭脂痣。

她沒有抗拒，她甚至還摟住他的頭，一點一點輕撫他的冠髮。但此刻的溫柔並沒延續多久，他逐漸感覺到她冰涼的手指在微微抖動，呼吸聲越來越重，心跳的聲音也分外清晰。很快他明白她這些異樣的反應並非源自情緒的驛動——她一隻手掩住了嘴，胸劇烈一顫，像是要嘔吐。

他訝異地站直，尚未來得及看清楚，一股液體已無法控制地自她口中噴出，濺上他的衣襟他的臉。

他瞬間愣住，輕觸落在面頰上的溫熱水珠，低首一看，果然指尖上所沾的是與她唇上一樣殷紅的血。

她足一軟，在震驚的他注視下倒臥於地。他立即彎腰將她抱起，急問：「瑗瑗，你怎麼了？」

柔福閉目不答，淺笑著引袖徐徐拭唇邊血痕，但還未拭乾淨就又有一口鮮血湧出。

趙構惶惶然轉首四顧，忽然發現她適才飲水的茶杯，一把抓起看了看其中殘餘的可疑液體，依稀窺見了那可怕的答案，急怒之下厲聲問柔福：「你喝的是什麼？誰給你的？」

柔福不語，微微搖了搖頭，仍閉著眼睛，依偎在他懷中，像是一個睏倦了的孩子。

他猛地將茶杯擲向牆角，砸得粉碎，再以雙臂摟緊她，悲傷地將臉貼上她的額，連連喚她：「瑗瑗，瑗瑗！你爲什麼要這樣做？你爲什麼不相信我？你是我這半生最珍視的人，我怎麼可能會殺你！」

「不……」柔福喘著氣，低低地，艱難地對他說：「你最珍視的……不是我……是……華陽花影中的……你……自己……」

感覺到趙構在聽到這話時的瞬間木然，柔福又微微苦笑，繼續說：「我所愛的……也不過是……當時的你……我們都錯了……九哥……」

趙構聞之惻然，在她此言帶給他的悸動中沉默，須臾，才想起揚聲喚內侍：「來人！快來人！」

柔福的手扶上他的肩，「不必了。」她歎了口氣，勉力睜開含淚的雙眼再看了看他，用盡所有的精神說出最後一句話：「你……用玉珮……殺死宗雋之時，也殺死了……我心中的……九哥。」

言畢，兩行血淚滑過蒼白如紙的臉，她的手軟軟落下，無力再動。

趙構緊擁著她悲喚數聲，見她再無反應，茫然無措地雙手將她抱起欲出去，目中的淚水令前路模糊，他踉踉蹌蹌地走了數步才找到出門的路。

門外殘陽如血，西風歎息著穿過暮氣漸深的宮闕，驚動原本沉寂的老樹枝椏，幾片落葉稀疏間歇地飛，掠過院內石階衰草，飄向鱗次櫛比的碧瓦紅牆。

臨安皇宮建於鳳凰山之側，山中林木蓊如，棲有千萬宮鴉，此刻也整陣而入，黑羽紛騰，迴旋於天際，映著這蕭索天色，散落一層層哀戚嗚聲。

愴然仰首望向哀鴉所蔽的病色殘陽，趙構抱著柔福跪倒在殿前階上。循著鴉羽間透出的金紫光線，他彷彿看到當年艮嶽春風中的美好畫面隱約重現：粉色的櫻花染紅了鳳池水，花瓣在風中如雪飄落，落櫻深處有十四五歲的少女在踢毽，綠春裝，小鬟髻，剪水雙眸，巧笑倩兮，她揚起毽子，說：「大王與我們一起踢吧。」……

不覺已淚流滿面。瑗瑗，瑗瑗……他摟緊她，再次喚出這個深藏於心的名字。然而她沒有答應，他惟一能感覺到的是她的魂魄正如水般在他指縫間流逝。終於他閉上眼，在千羽宮鴉哀鳴聲中，他清楚地聽見自己那段記錄了華陽花影的生命在心底轟然碎裂。

七　夢粱

柔福死後，韋太后帶回的那棺木中的骸骨身分被正式確認爲柔福帝姬，趙構將其追封爲「和國長公主」，並發喪厚葬。

紹興十三年二月，太師秦檜率群臣三上表乞選正中宮。趙構請韋太后降手書立后，韋太后說：「我只知家事，國政要事非我所能干預。你自己拿主意便是了。」

閏四月己丑，趙構立貴妃吳氏爲皇后。制曰：「顧我中宮，久茲虛位。太母軫深遠之慮，群臣輸悃愊之忠。宜選淑賢，以光冊命。」

吳嬰茀入主中宮後待太后更爲孝和恭順，親自供承太后飲食衣服，將慈寧宮中事料理得無處不妥帖，與太后相處融洽，此後十數年，兩人間未曾有一件不快事發生。

嬰茀見趙構提及皇后邢氏時每每悒鬱不樂，遂請趙構爲其侄吳珣、吳琚賜婚邢氏后族二女，「以慰帝心」，吳氏族人相繼加官晉爵，顯貴一時。

趙構待嬰茀不薄，凡她所請也大多應承，但自立後之後即廣納妃嬪，選的多爲通文墨、曉音律的年輕美女，閒暇時便去品鑒她們才藝，與嬰茀相處的時間日漸稀少。

一如往常，嬰茀全無妒色，甚至還於紹興十九年，親選一名叫玉奴的吳氏族女獻與趙構。趙構先封玉奴爲新興郡夫人，後進爲才人，但對她了無興趣，數年後命其出宮歸本家。

諸妃妾中，趙構最寵愛者有兩人，劉貴妃與劉婉儀，宮中人分別稱之爲大劉娘子與小劉娘子。

劉貴妃有一雙纖足，穿著繡鞋形如新月，纖巧可愛。趙構待其優渥，劉貴妃恃寵驕侈，曾在盛夏以水晶裝飾腳踏，那日嬌慵地斜靠於床上，雙足蓮鞋精美，閒點腳踏上水晶，滿心以爲趙構見此情形必會倍加愛悅，豈料趙構入內一見，臉微微一沉，冷眼看她，道：「這是腳踏麼？取來做枕頭。」

他語調只是淡然，也沒有許多怒色，卻已把劉貴妃驚出一層冷汗，立即悻悻地撤去腳踏，此後再也不敢做此等暴殄天物之事。

劉婉儀則生得嬌俏可人，性情又活潑，能歌善舞，且撫琴吹笙技藝雙絕，故此趙構尤爲眷顧。劉婉儀亦不安分，恃恩招權，曾遣人命廣州蕃商獻明珠香藥給她，暗許以官爵。舶官林孝澤得知後稟告趙構，趙構當即詔止蕃商進獻。回宮斥責劉婉儀，而劉婉儀頗不以爲然，牽趙構袖嬌嗔告罪，趙構心一軟，也就不忍苛責於她。

紹興三十一年，劉錡都統鎮江之師，聽說金人將叛盟，有意渡江攻宋，遂屢次請求對金用兵，趙構不許，劉錡仍申請不已。王繼先等人堅持和議，稱用兵恐誤大計，王更暗示趙構應誅殺劉錡：「如今邊鄙本無事，只是有一些好戰的軍官，喜於用兵，欲圖邀功請賞。若斬其中一二人，則和議可以穩固如初。」趙構不悅，一語回之：「你是要我斬了劉錡？」王繼先便不敢再多言。

此後趙構在劉婉儀處進膳，因心憂邊鄙事，久久不舉箸。劉婉儀覺得奇怪，便命內侍去打聽官家因何煩惱，很快探知劉錡主戰之事與王繼先之言。翌日見趙構依然深鎖愁眉，劉婉儀便也輕歎一聲，作善解人意狀，說：「劉錡妄傳邊事，教官家煩惱。」

趙構聞言抬目，瞥她一眼，不動聲色地問：「哦？這事小劉娘子可有良策？」

劉婉儀見趙構徵詢自己意見，很是欣喜，只求寬解帝意，連連說朝廷應堅持和議，劉錡主戰出於一己私利，不如斬之，所言大抵與王繼先的話相似。

趙構冷面聽她說完，才揚手掀翻滿桌酒菜，指著她怒問：「你不過是婦人女子，如何得知軍政要事？必有人教你欺我！」

劉婉儀從未見他如此盛怒，跪下請罪，顫慄著吞吞吐吐地道出原委。趙構越發惱怒，將她斥出，賜第別居，永不再召見。並連坐王繼先，貶其福州居住，停子孫官。

韋太后的侍婢楊氏未活到南歸後次年元旦。紹興十二年歲末，楊氏年滿六十，韋太后在慈寧宮爲其慶生，趙構亦賜御酒及金帛相賀。楊氏謝恩領受，欣然飲下御酒後當夜便無疾而終，「含笑九泉」。

趙構此後向太后宮人下旨道：「爲太后壽考康寧計，今後慈寧宮中大小事均直接稟告朕，勿與太后商議，以免太后煩心。」

楊氏既死，韋太后的生活頓時歸於沉寂。終日身著素袍獨守青燈古佛，不苟言笑，只念佛誦經。雖趙構常命人供進財帛於太后宮，她亦無心去用，節儉度日，所得財帛大多閒置於庫中。也極少與宮中人往來，惟准嬰茀每日入省。嬰茀順適其意，曾親手繪一卷〈古列女圖〉，將太后容貌繪於其中，又取《詩序》之義，爲太后佛堂匾額題字「賢志」。

紹興二十六年十月，尚書右僕射万俟禼上〈皇太后回鑾事實〉。臣下呈書於太后時亦選取大批禮物一併奉上，韋太后悉數退出不受，趙構遂向群臣大讚太后儉德，道：「宮中用不上這許多禮物。皇太后今年七十七歲，而康健如五六十歲，皆因德行感天之故。這等福澤自古帝后都未嘗有。」

韋太后每年生辰趙構都會爲她隆重慶祝，並不忘同時宣揚她的年歲高壽。凡見過太后的人都訝異於她遠比年齡年輕的容貌，隨即不免對她的德行福澤又有一番感慨稱頌。

太后身體也一直較爲康健，只是眼睛越來越不好，視物日益模糊，到後來完全失明。見御醫對太后目疾束手無策，趙構便在國中遍尋良醫。紹興二十八年，臨安守張偁推薦一位善風鑒之術的蜀地道士爲太后治病。趙構召其問如何醫治，道士答道：「心無爲則身安，人主無爲則天下治。」趙構聽後若有所悟，引他入慈寧宮爲太后用其術。道士以金針一挑，太后左翳脫落，左眼復明。太后大喜，再請醫治右目，道士卻道：「太后以一目視物已足夠，另一目就用來存誓罷。」趙構厚賞道士財物，道士一無所受，辭謝而去。

韋太后眼明心靜的日子亦未過多久，紹興二十九年九月庚子，皇太后韋氏手持一串佛珠崩於慈寧宮寢殿。

太后在世時，一直希望趙構能有親生皇子繼承皇位，故始終不允許趙構正式確立養子皇子身分，更不願他立養子爲儲。而在趙瑗與趙璩二子中，她也更喜歡璩，對趙構更爲中意的瑗毫無援立意。

紹興十五年二月，在韋太后與吳后的促進及與趙瑗不和的秦檜慫恿下，趙構加封趙璩爲檢校少保，進封恩平郡王，出宮外居。一時璩與瑗並爲郡王，地位平等，諸臣私下稱之爲「東西府」。

紹興二十五年十月，秦檜病重。他與家人及黨羽商議，決定封鎖消息，企圖由其子秦熺代其繼續把持朝政。趙瑗聞訊立即稟告趙構，於是趙構親赴秦家，以探病爲名驗其虛實。秦檜不發一言，惟涕淚交流。秦熺奏問代居宰相爲誰，趙構答：「此事非卿所應預聞。」隨後拂袖出室，乘輦還宮，當晚便召權兵部侍郎兼權直學士院沈虛中草擬秦檜父子致仕制（即因年老解官的手續文書）。秦檜見陰謀不成，憂懼不已，於失望中嚥氣離世。

經此一事，趙構更爲賞識趙瑗，也更著意考驗。趙瑗不喜聲色，郡王府中姬妾寥寥。某日趙構召趙瑗與趙璩入宮，賜他們宮女各十人。未過許久又將這些宮女召回，命人檢視，見賜給趙璩的宮女已非處女，而入趙瑗府中的那些尚完璧如初。趙構雖就此未置一辭，但心中已有定論。

太后崩後，趙構有意詢問皇后嬰茀於立儲一事的意見，嬰茀微笑答：「普，即『並日』二字。普安，其天日之表也。」趙構遂一笑，於紹興三十年二月御筆付三省：普安郡王瑗可立爲皇子，更名瑋。數日後，進封皇子爲建王。

紹興三十二年五月甲子，詔立建王瑋爲皇太子，更名昚。

六月丙子，詔皇太子趙昚即皇帝位，是爲孝宗。趙構改稱太上皇帝，與太上皇后吳氏退居德壽宮。

八 疏影

德壽宮原為秦檜府第，後趙昚將其擴建整修，賜名為德壽宮，以供太上皇帝及太上皇后在此頤養天年。其規模之大，建築景致之精亳不比禁中遜色。因趙構極愛臨安湖山之勝，趙昚便於德壽宮內鑿大池，引水注入，擬西湖冷泉，並壘石為山，仿飛來峰景象。宮中亭榭星羅棋佈，處處植有四時鮮花，御舟沐著花海香風不時在冷泉亭下溶溶池水中划過，汴京故人見了都道此景與昔日艮嶽頗有幾分神似。

某年冬季，清波門外御園聚景園內梅花初綻，疏枝綴玉暗香清逸，比往年開得繁盛，故此趙昚特遣人往德壽宮，恭邀太上皇趙構車駕幸聚景園賞花。

趙構卻道：「傳語官家，我自德壽宮頻頻出去，不僅要多耗費用，且又需勞動許多人。我這後園亦有幾株好花，不若請官家今夜過來閒看。」

趙昚應邀，於晚膳後乘車輿前往德壽宮。入了宮門，內侍報說太上皇在梅坡對面的冷泉堂小憩，趙昚遂直往冷泉堂。遠遠地便看見趙構半躺於堂前簷下，就著榻中皮裘被褥小寐。趙昚不知他是否已睡著，怕驚醒了他，悄然走近，默不作聲地侍立於一側，靜待他自己醒來。

今夜月色甚好，不需點亮多少宮燈，也能看清對面梅海凝雲的盛景。德壽宮中所植的多為古梅，相較聚景園之花，勝在橫斜疏瘦有雅韻，且芬芳含蓄，香在無尋處。堂邊石橋亭內有名妙齡宮姬，伴著身後樂伎所奏笛聲，於這暗香隱約中曼聲淺唱著一支曲子。想是承了太上皇之命，一曲歌罷她又反覆再唱，唱的也都只是同一支曲。

凝神聆聽，趙昚辨出她唱的是一闋詠梅詞：「苔枝綴玉，有翠禽小小，枝上同宿。客裡相逢，籬角黃昏，無言自倚修竹。昭君不慣胡沙遠，但暗憶、江南江北。想佩環、月夜歸來，化作此花幽獨。猶記深宮舊事，那人正睡裡，飛近蛾綠。莫似春風，不管盈盈，早與安排金屋。還教一片隨波去，又卻怨、玉龍哀曲。等恁時、重覓幽香，已入小窗橫幅。」（注一）

細思詞中意，越想越黯然，漸漸又覺有幾分酸澀，一時間也怔住，沉默地聽下去。

宮姬又歌一遍後，趙構徐徐睜開了雙目，側首看趙昚，微笑道：「你來了。」待趙昚禮畢，他起身邁步引趙昚走至石橋亭內，一指坡上古梅，道：「今年這裡的苔梅開得好，官家看看罷。」

趙昚望去，但見坡上苔梅花開如玉，苔鬚垂於枝間，長數寸至尺餘，晚風間歇起，綠絲隨之飄颻，的確很美觀。

趙構又解釋道：「德壽宮中的苔梅有兩種：一種出自宜興張公洞，苔蘚甚厚，花極香；一種出自紹興一帶，苔如綠絲，長約尺許。今歲二種同時開花，你不可不少留一觀。」

趙昚欠身答應，正欲開口讚這苔梅，抬首那一瞬卻發現趙構的目光其實並未落在苔梅上。趙昚順著他眼神尋去，見他注視的其實是自禁中移植而來的綠萼、千葉、玉蕊、檀心等幾株臘梅。

初時，趙昚一直不明白何以趙構會如此鍾愛這幾株花樹。那原本是植於內宮梅園的，趙構移居德壽宮前夕深夜特意命人將這些花樹挖出，且掘地三尺，連帶著其下厚厚的泥塊也要一併移往德壽宮。趙昚曾勸說：「德壽宮中梅花、臘梅甚多，株株都好過這些，必能愜父皇聖意。如今移宮中的過去倒頗費周折，不若還留在這裡罷。」而趙構並未改變主意，仍堅持將臘梅移了去。

此刻趙構目中有少見的蒼涼，立於月下煙波上，口中說著不相干的苔梅，眼神卻輾轉流連於舊宮古梅間，那悵然若失的神態趙昚陌生又熟悉，依稀記得多年之前也曾見過的，當父皇凝視某人身影時。

笛音又起，吹的依然是適才的曲子。和著宮姬歌聲，心底的那身影漸趨明晰，像是隨臘梅暗香飄近，悄無痕跡地融入這新詞意境裡。

悚然一驚，趙昚頓時明瞭，那禁中花樹的血脈裡暗流著怎樣的秘密。

九　金甌

孝宗淳熙九年八月十五日，趙昚駕過德壽宮朝太上皇。趙構留其於至樂堂一同進早膳，再命小內侍進彩竿垂釣消遣，父子二人言談甚歡，趙構建議道：「今日中秋，天氣清朗，夜間必有好月色，不如留下賞月後再歸。」

趙昚自然恭領聖旨，隨趙構乘車同過射廳射弓，又觀御馬院臣子軍士打馬球，臨龍池看了一陣水傀儡，其後再往香遠堂赴晚宴。

香遠堂築於水邊，那龍池大約十餘畝，池邊風荷正舉，皆是千葉白蓮。堂內色調清雅，御榻、屏風、酒器等什物都用水晶製成，連香奩也是一般的晶瑩透剔，各類香料靜躺於這明澈匣子中，品色上層，待人品鑒。

注一：此節中詠梅詞為姜夔所作〈疏影〉。（清）汪瑔《旅譚》：近人張氏惠言謂「白石此詞為感汴梁宮人之入金者」。陳蘭甫亦以為然。鄙意以為以詞中語意求之，則以為偽柔福帝姬作。

龍池南岸列有女童五十人奏清樂，北岸芙蓉岗內亦有教坊樂伎二百人相和，簫韶齊起，兩岸縹緲相應，宛如仙樂風飄於霄漢。

堂東有座萬歲橋，長六丈餘，是以玉石砌成，精工雕鏤闌檻，瑩徹可愛。而橋中心有一新羅白欏木蓋造的四面亭，淨白雅潔，與玉橋相映生輝。

亭內坐著一宮妝美人，見趙構、趙昚已入座，便也輕款起身，悠悠移步朝香遠堂走來。長裙廣袖，她穿著豔紅的衣裳，寬幅披帛長長地流曳於玉橋之上，似兩縷霞光雲端拂過。

她乘著風中樂音，以輕盈姿態入內，露於紅袖之下的手中持著一支白玉笙，又若九天玄女自千葉白蓮妝點的素色背景中破卷而出。

她朝趙構父子及太上皇后與皇后一一見禮，禮畢趙構賜她坐，外間樂聲止，趙構便命她獨吹白玉笙〈霓裳羽衣曲〉中序，她從容吹來，果然婉轉綺麗，比之教坊樂音又另蘊一絲清貴出塵之意。

此情此景似曾相識，雖然這美人應是趙構新納的，趙昚以前沒見過。他不免多看了幾眼，伴坐在他身邊的謝皇后留意到，便含笑低聲對他道：「太上這位娘子很面善，想是與人相似之故罷。」

「是麼？」趙昚淡淡輕問：「與誰相似？」

謝皇后道：「她蓮步纖足，似大劉娘子，而嬌俏玲瓏的模樣和這音律技法，又像極了小劉娘子。」

趙昚聞之一笑：「不錯。」

美人一曲奏罷，趙昚起身執玉杯奉太上皇及太上皇后酒，並代太上皇以疊金嵌寶注碗與杯盤等物賜吹笙美人。

再行兩盞酒後，侍宴官曾覿填成一闋〈壺中天慢〉，寫好恭呈太上皇。趙構接過，見其詞云：「素飆漾碧，看天衢穩送，一輪明月。翠水瀛壺人不到，比似世間秋別。玉手瑤笙，一時同色，小按〈霓裳〉疊。天津橋上，有人偷記新闋。　當日誰幻銀橋，阿瞞兒戲，一笑成癡絕。肯信群仙高宴處，移下水晶宮闕。雲海塵清，山河影滿，桂冷吹香雪。何勞玉斧，金甌千古無缺。」（注二）

趙構閱後面露笑意，道：「從來月詞，不曾用『金甌』事，可謂新奇。」遂賜曾覿金束帶、紫番羅、水晶注碗一副，再命人揚聲誦讀此詞。而趙昚卻趁這君臣二人對答間悄然離席，獨自走出香遠堂。

趙構又與曾覿聊了片刻才發現趙昚已不在堂內，尋個內侍一問，得到的答案是：「官家在龍池畔看宮人放一點紅。」

笑容微滯，趙構一時無言，內侍躬身問：「太上要臣去請官家歸來麼？」

趙構一擺手，道：「我也去看看。」

羊皮小水燈載著一點紅色光暈漂浮於水天之間，數以萬計，趙昚一人站於萬歲橋下，形單影隻。一樣的水般月色，一樣的星火如繁星，一樣的寥落人獨立，惟時不是當時，人亦不是那人。

瞬了瞬混濁的雙目，趙構隻身走去，問趙昚：「官家也來放水燈？」

趙昚轉身，淺笑應道：「不是。適才酒飲多了，覺著略有些燥熱，故此出來透透氣。」

趙構亦不再細問，換了個話題：「你幾時出來的？可曾聽到曾覿作的月詞？倒算是一闋佳作。」

注二：關於「金甌」一詞：金甌原指金盆、金盂，這裡喻明月。傳說月宮乃七寶合成，表面凹凸不平，故常有八萬二千戶用玉斧修理。曾覿詞中意指月宮本來就完美無缺，無需玉斧修理，暗喻南宋雖偏安一隅，但有仙宮般盛世繁華，也算不得缺憾。

趙昚垂目道：「彼時頭暈目眩，未曾留意，父皇恕罪。此詞既得父皇稱讚，必是佳作，一會臣也賞曾覷些什物。」

趙構點點頭。忽然發現趙昚手中竟握有一女子用的團扇，不由訝異：「何以官家亦用女子團扇？」

趙昚凝視手中團扇，答道：「這扇是故人遺物，每逢中秋，我都會帶在身邊。」

趙構便笑笑：「官家亦是個長情之人。那故人是誰？郭皇后還是夏皇后？」

趙昚先後立過三位皇后，元配郭氏與繼后夏氏均已逝世，如今的謝皇后與夏氏一樣，原是太上皇后吳氏的侍女，被賜給趙昚後逐步進階，淳熙三年入主中宮。

趙構知他一向重情義，與兩位故后伉儷情深，見他中秋持舊扇沉思，便猜他必是在思念那二人。沉吟良久，趙昚最終還是給了父親一個意外的回答。「都不是，」他清楚鎮定地說：「是姑姑。」

趙構默然。與趙昚相視半晌後，他們幾乎同時又都緩緩轉目以觀水面星火，恰如多年前，他們各自靜守於相異的方向，卻一齊看著那冷寂女子在池邊放落她無焰的心燈。

這時天際有陰雲掩過，蔽了半面滿月，那半月映入水中，在粼粼波光中浮沉漾動，夜風漸盛，月影也有了支離破碎的勢態。趙昚在心裡歎了口氣。他很想，但是他永遠不會對趙構說，他聽見了曾覷的詞，可他並不認爲金甌千古無缺。

最後，是趙構出聲歎息。他問趙昚：「可否借團扇與我一觀？」

趙昚雙手將扇呈給他。趙構接過反覆細看一番，也不再說什麼，持扇緩步離去。

趙昚本想追問父皇何時歸還，然雙唇只微微動了動，終究沒說出口。目送父親遠去，驀地注意到，垂頭走著的他步態遲緩，身影已有佝僂之勢，在這剛被譽爲無缺金甌的秋月清輝下，他顯得空前地蒼老和衰弱。

自那以後，趙構身體一日不如一日，病痛逐漸多了起來。淳熙十四年，這八十一歲的太上皇已臥床不起，趙昚每日必過宮探望，太上皇后吳嬰茀更是長守於趙構身邊，一如年輕時那般寸步不離地侍奉他。

十月乙亥這天，趙構像是突然好轉，精神上佳，日間甚至還提筆練了練字，又出門沿著水岸信步，黃昏才歸。

嬰茀頗感喜悅，晚間如常坐於他床前陪他說話，握著他的手，想到哪說到哪地聊身邊事：吳郡王家新釀了一種酒，甘香醇美異於尋常，已送了幾罈來，過幾日太上便可品嘗了……皇后謝氏很曉事，如今在親手繡千鶴圖，預備來年獻給太上做壽禮……只是那太子妃李鳳娘眞眞讓人難省心，前日又將一個官家賜予太子的宮女棒打出門，還揚言太子若再納妾，納一個她殺一個……到底是將門女，戾氣未免重了些……

「嬰茀……」趙構忽然喚她。

嬰茀沒有立即答應，因他已經好幾十年沒有如此親密地喚過她的閨名。怔了怔，才微笑開來，輕聲應道：「太上有何吩咐？」

趙構問她：「你聽，是不是有人在吹笙？」

嬰茀凝神傾聽，什麼也沒聽見，如實以告。

趙構仍睜目側耳地聽，須臾又說：「或者，是箏聲？」

嬰茀又再靜靜著意聆聽，最後還是搖頭：「應該不是罷。夜深人靜的，誰還敢在這時奏樂，妨礙太上歇息呢？」

趙構這才微一頷首，淡笑道：「對，夜已深了，你我也都乏了，快回去睡罷。」

仔細看看趙構，見他神色無恙，只是閉上了眼睛，似有疲倦之意，嬰茀便領命，告退回自己寢殿。

次日嬰茀再往德壽殿，宮人報說太上尚在熟睡。嬰茀等了許久也不見他起身，遂自己入內探視。

趙構端然躺著，確是沉睡模樣，嬰茀細觀之下卻覺出他肌膚臉色與平日有異，心忽地一沉，她顫聲喚：「太上！」

如她所料，他沒有應聲。她以手指輕引於他鼻端，也沒有感到一絲呼吸衍生的生氣。

她頹然在他身邊坐下，暫時不辨悲喜，只覺心中空落落地。少頃，才酸楚地去握他擱於錦被上的已冰涼的手，似欲把自己手中的暖意再傳給他。

而先前隱於他雙手之下的物事隨之滑落，那下滑的弧線驚動了嬰茀，見是一柄團扇，她彎腰拾起。待看清後，她起初所有的感覺都隱去，唇邊漸漸凝出了一抹冰花一般的，冷淡的笑。

扇上題有四行詩。有章草氣息的行書，中鋒用筆穩健流暢，克制的連絲和從容的提捺，沉靜絕塵，是她無比熟悉的他的字跡：「樓下誰家燒夜香，玉笙哀怨弄初涼。臨風有客吟秋扇，拜月無人見晚妝。」（注三）

二〇〇五年二月六日初稿
二〇〇五年八月五日二稿
二〇〇八年三月九日三稿

注三：趙構所題行書團扇的詩句是蘇軾所作，為〈望海樓晚景五絕〉之一。

番外　素衣微涼

一　鳳英・夜櫻

「如果要等的人總不來，那便不要再等他。不等就不會失望，也就不會悲傷。」

說這話時，我七歲。

那日我與母親在家中後苑繡花，父親的三五個姬妾坐在不遠之處如往常一樣無所事事地閒聊。我本無傾聽她們談話內容的習慣，似乎自記事時起就已開始厭惡她們所聊的瑣碎主題。我寡言的性情一半是由我沉靜的母親賦予，另一半，也許是拜她們長舌所賜，讓我感到很多時候語言是多麼無趣。但那次例外，我竟凝神聽了下去。

因爲她們談論的是一位失寵的女人。關於她的身分，姨娘們閃爍其辭，大概是不便公然直說，她們用隱晦的說法代指她或故事中的其他人，這給年幼的我的理解造成了一些麻煩，需借助她們豐富的表情才能勉強聽懂：

那女人本是大家閨秀，知書達禮秀麗貞靜，嫁的夫婿年貌與她相當且高貴儒雅、才華橫溢。夫妻閒時一起吟詩作畫觀星賞月甚是恩愛，又生下一子，一切彷彿皆如人願美好無匹。怎奈一場突如其來的飛黃騰達令夫君漸漸離心，他擴大了他所有的收藏，例如書畫，例如美女。他的妻開始獨守空房，於無邊的等待中日益憔悴削瘦，而這樣的結果更使挽回郎君的心變得毫無可能。

雖失去丈夫的寵愛，她正妻的地位還是能使某些人心存顧忌，於是對她進行惡意詆毀，眾口鑠金，她的夫君開始懷疑她的品行，將她身邊所有人送入秘獄嚴刑拷問，她亦經歷了讓她倍感痛苦與屈辱的盤問。後來水落石出，還她清白，可她已身心皆疲，從此纏綿病榻，每日卻還不忘勉力睜著枯澀的雙目，等待夫君的來臨。他終究沒來，也不會再來，她終於意識到這點，枕著瑟瑟秋雨聲，絕望地閉目，在八歲的兒子哀哭聲中離世。

我聽下去，是因爲那女子的經歷讓我想起母親。

我極少看見父親來找母親，從小跟母親共寢一室，而父親另宿於姬妾處，很小時，我一度以爲世事本是如此。

覺得異常，是發現母親常在夜間悄然哭泣，但天亮後會用冰塊與脂粉精心掩去眼淚留下的痕跡，再以常態出現於人前，沉靜安嫺，容止端雅，無懈可擊。

姨娘們的話讓我悚然心驚，側首小心翼翼地看身旁的母親，她始終在垂目刺繡，一絲一線不紊不亂，那麼從容。

那些女人繼續談論另一個女人悲慘的命運。她們蹙眉歎息，引巾作拭淚的姿勢，反覆說她有多可憐，競相表達自己的同情，可我卻不喜歡她們的語氣，誇張而空洞，刻意的哀愁中有幸災樂禍的意味。

最讓我不悅的，是她們的目光常有意無意地飄向母親，並在此刻提高音調。母親始終未置一辭，連眼皮都不曾抬過，似入定老僧，對俗世紅塵不聞不問，所有心思只繫於指間那枚飛舞的繡花針之上。

這樣的態度顯然令姨娘們興味索然，沉默片刻，她們又討論起那離世女人的過失，激烈地爭論用何種方法才能奪回夫君，擺脫悲傷的宿命。

她們的辦法我覺得可笑。一定要等他回首，才能擺脫悲傷的宿命麼？父親不來看我們，母親會傷心哭泣，我卻不，因爲母親一直在等他，而我沒有，我不等任何人，我不會流下母親那般的眼淚。

「如果要等的人總不來，那便不要再等他。不等就不會失望，也就不會悲傷。」我開口說，字字清晰。

母親停下手中針線，有一瞬的凝滯。姨娘們更是嚇了一跳，詫異地以一種古怪神情看我，半晌，才紛紛以團扇掩口，陸續發出矯飾過的嬌柔笑聲：「鳳英小小年紀已這般有見地，眞好，日後嫁人必不會受人欺負……」

鳳英是父親給我取的閨名，作爲嫡長女，妾室們直呼我名字也是有悖禮數的。

母親站起身，一言不發地牽我手領我遠離她們視線。

那逝於淒雨冷風中的女人幾年後被府中姬妾再度提起，這次她們更多添了數倍熱情，那麼興致勃勃、眉飛色舞。因爲一場婚姻忽然使這個女人與我們的家族有了某種聯繫。

那一年，我伯父武康軍節度使朱伯材的女兒、我的從姊阿萸被冊封爲皇太子妃。當時我的年齡已足以令我聽懂任何事，也是那時我才知道，姨娘們談論的女人是皇太子趙桓的母親，當今皇帝趙佶的元配皇后王氏。

府中的女人儼然以皇親國戚自居，偶爾出門，外人豔羨的目光亦增長了她們高人一等的自得，故此她們有驚人的動力來探聽東宮及與東宮相關的資訊，從太子剛染的風寒到阿萸用的胭脂，事無巨細。

她們還會用她們的方式來議論國事，憑著貴戚女眷間捕風捉影的傳聞，加上自父親枕畔打探來的隻言片語，居然也得知了太子趙桓不得寵的事實，並常爲此長吁短歎，可想而知，她們眞正擔心的倒不是那素未謀面的太子處境，而是若東宮易主，朱氏未來的后族地位與她們的榮華能否保住的問題。

所以她們對威脅到太子儲君之位的人開始懷有敵意，常以不善語氣提起最受皇帝寵愛的鄆王的名字。

鄆王是三皇子，王貴妃所生。「當初皇上就是因爲寵愛王貴妃才冷落了王皇后。」她們如是說，彷彿很義憤。

她們的說法不盡準確。據我後來所知，事實是皇帝趙佶登基後立即納了數位美女，其中王、鄭二女較爲得寵。她們起初是侍奉向太后的宮女，後升爲太后慈德宮的內侍押班，皇上以前每次入宮向太后請安都是她們代爲傳報，見她們姿容嬌豔嫵媚，人也聰慧，便早有了愛悅之意。二女被納爲妃後各生一子，鄭氏生的二皇子早夭，王氏生的便是後來被封爲鄆王的三皇子。若硬要比較，應是鄭氏更爲得寵，因皇上在王皇后崩後即冊封她爲后，連生數子及數位帝姬的王氏則被封爲貴妃。姨娘們不提鄭皇后而單說王貴妃，除了對當朝皇后有所顧忌，也是明顯的遷怒。

當然這並非重點，王貴妃令她們不快的根源是皇上對鄆王異乎尋常的重視。

在此之前我亦隱約聽過關於鄆王的傳說。

我用「傳說」二字，是因爲所有關於他的事蹟都像是被濃墨渲染過，讓我無法不覺得他異於眞人，是一抹只應存在於傳說中的光影。

傳說王貴妃生他時滿室異香，且數日不散。

傳說他五歲時即可吟出令皇上驚歎不已的七言佳句。

傳說他集天地靈長於一身，除詩詞歌賦外，琴棋書畫、聲技音樂無一不精，與創導了宣政風流的當今天子意氣相投、趣尚一同。

傳說政和八年，十六歲的他赴集英殿殿試，結果唱名第一，理應點爲狀元。後皇上爲避嫌及籠絡士人計，才下令以第二人王昂爲榜首。

另外還傳說，他風采絕世，立於天地間，炫目的容光有劃破暮靄的力量。

這點最令姨娘們耿耿於懷，「這樣的男人跟狐狸精一樣，都是妖魅！」她們恨恨地說，彷彿她們曾親眼目睹他如何施展妖術：「父母再怎麼寵愛兒女，也都會有個限度，但……」

但皇上賜予此子的恩惠的確打破以往所有慣例，沒了限度。

政和六年二月，十四歲的鄆王官拜太傅。本朝有定制：「皇子不兼師傅官」，太子趙桓也不曾出任過此職，此制由鄆王而破。

政和六年十一月，皇上降詔命剛滿十五歲的鄆王提舉皇城司，整肅隨駕禁衛所，兼提內東門、崇政殿等門。職責是率親從官等官員禁衛拱衛皇城，並不受殿前司節制。趙佶還特意放寬了皇城司的職權，增加近千名親從官供趙楷指揮。這又是個破例之舉。「宗室不領職事」亦是本朝定制，即凡皇子皇孫均不得任有實權的官。

而今又聽說年滿十八歲的鄆王將要出宮外居，皇上爲方便他日後常入宮，命人在他的王府與皇宮之間建造凌空飛懸越城牆，將兩宮連接在一起的「飛橋復道」以縮短路程。

這些對東宮來說都是十分不利的訊息。與其相較，太子趙桓暗淡得像一塊灰色的石頭，雖然我未見過他，但並不妨礙我得出這樣的結論，因爲我從未聽過關於太子的華麗傳說。

太子的命運，原本與我的家族無關，可現在不同，因阿萸做了太子妃的緣故，我的伯父，乃至我的父親都爲此有所行動。

神宗之妃、哲宗之母出自我們開封祥符朱氏，借她餘蔭，我家勉強算是世家，卻也不屬什麼豪門望族。國朝慣例，皇后及王妃不在當朝權臣族女中選，因此從姊才有了應選太子妃的機會。伯父伯材這武康軍節度使的官職只是皇帝賜予外戚的虛銜，其實並無實權，且長年染疾，所爲也有限。我父親亦只領正六品虛職，但他生性慷慨，交遊甚廣，尤其在成爲太子姻親後，顯得越發忙碌，每日均在外奔波，間或帶一兩位官員歸來，時而豪飲，時而密談。按照國朝祖訓，外戚嚴禁干政，不得與外臣結交，但這個禁令到了道君皇帝時期已形同虛設，宦官尚且可掌兵權，外戚之事又算得了什麼？這本來就是個禮崩樂壞的時代。

數年後，我回首再看此間事，不得不佩服我父親的眼光。當時他屢次帶回府宴請的那些官員中，有數位成了支持太子的東宮官，包括後來太子身邊最得力的謀士耿南仲。

一個有稀薄陽光的早晨，父親忽然步入多年未曾接近的母親房間，這無異於天生異象，我與母親都吃了一驚，站起身，卻一時無言。

母親先回過神，微笑著一福施禮。父親略點點頭，未多看她一眼，揚手，命身後侍女奉上一襲新衣及珠釵，目光越過母親的肩落定在我臉上，命道：「換上，入宮覲見太子妃。」

我與太子妃阿萸原本便不算親厚，她做女兒時與我接觸不多，入宮後與我亦只在外戚親眷入宮賀歲那樣的年節禮場合才會遠遠見上一面，此番再見卻甚詭異，父親只帶了我一人入東宮見她，她待我也出奇地熱情。她的座位與父親和我之間有簾幕相隔，我施禮之後她便招手讓我入簾中，坐在她身邊，握著我的手噓寒問暖，含笑上下打量。我話照例不多，她問一句我答一句，均只寥寥數字，父親在簾外聽得焦急，不時插言代我作答，還特意說我在家多讀《女誡》、《女則》，並悉心研習宮中禮儀，還望太子妃多加教導。我頗感詫異，這並不是我平日常做的事，但出於習慣，也沒有開口否認。

阿萸像是很滿意，頻頻頷首，囑我日後常來東宮陪她，我尚未有反應，父親已喜形於色，伏拜替我謝恩。

此後阿萸果然屢次召我入東宮陪她，可惜我不是個很善於閒話家常的玩伴，兩人相對，常有冷場，但她還是會留我一天。有兩次我在阿萸身邊時太子趙桓大駕光臨，阿萸忙帶我迎接，向趙桓著意介紹我，而趙桓只是冷眼掠我一眼，並無他話。

他是個清瘦憔悴的男子，眉心總是鎖著的，彷彿從來不會笑，與阿萸說話不時會歎氣。

一日阿萸帶我去那傳說中宛如天宮的御苑艮嶽賞春，說這日可隨她宿於園中，只是別擅離太子妃寢閣區域。黃昏後阿萸早早睡去，我漫步於中庭，見此時檻外春色明媚，草木花枝別有一番特殊風致，遠處一片粉色花海如千山暮雪，便移步出外，沿著御苑碧水，朝那艮嶽盛景深處走去。

那粉色花海原是三月櫻花。我走到香雪海近處，已月上柳梢，花下路邊的琉璃宮燈被內人們依次點亮，繁花、新月與漾動的琉璃光影倒映入御河水中，花影相接，月色澄明，波光瀲灩，美如幻境。

我手持紈扇，立於櫻花樹下，御河之畔，凝視水中花影沉思半晌，直到一陣笛聲透過暮色，劃破此間靜默。

我側首以望，見一名輕袍緩帶的男子坐在我右側不遠處的水岸山石上，櫻花蔭下，半合雙目，面對一泓春水揚袖吹笛，意態閒適，即便在演奏中，雙唇也彷若含笑。悠悠惠風，荏苒在衣，上方夜櫻花瓣徐徐飄落，附於他髮際眉梢，他也不急於拂拭，待一曲〈滿庭芳〉奏完，他才緩緩抹去眉間花瓣，從容站起，引笛入袖朝我欠身，微笑道：「我驚擾了你麼？」

他的語音柔和，如楊柳風吹面不寒，而當我看清他眉目的那一瞬，那九重夜櫻粉飾的琉璃幻境無聲地褪色成了淡若雲煙的背景，他的好容顏彷若蘊有明珠光華，言笑之間亦有光影流轉。

他是個悅目的男子，但，很可能，也僅此而已。他一定習慣於這般在或陌生或熟悉的女人前展示他的美好，眞刻意。

二　趙楷・酬答

她看見我時，無驚無喜。

目光淡漠，帶著幾乎與她年齡不符的超常的冷靜，並不著力地打量著我，卻彷彿能看到我心裡去。

她立於夜櫻之下、御河水畔的窈窕身影有如謫仙，纖麗出塵，好似隨時會凌風飄飆入月宮。我在一側注視她許久，貿然現身攀談是登徒子所爲，所以我選擇吹笛的方式。依以往故事，對此良辰美景，聞我笛聲的女子無不目醉神迷，她卻例外。

她的目光從我冠巾徐徐移至靴尖，然後才啓口應我：「公子樂聲甚妙，惜倚音稍重，略顯繁複華麗，若試減兩分，笛聲游移於澹澹月光之間，或更清絕。」

我略一沉吟，按她建議重奏一疊，弱化裝飾性倚音，映之明月清風，果然意境迥異，她聽著，唇角亦浮出一縷清涼笑意。

「謝小娘子指點，」我朝她長揖，又含笑揮笛一指御河中夜櫻倒影，道：「無以爲報，惟有將這一水夜櫻贈與你，聊表謝意。」

這是我屢次用來逗身邊女子的橋段之一，指著天邊白雲、水中倒影，信口說贈給她們，她們或瞠目結舌，無言以對，或嗔怨撒嬌，要我贈以實物，只不知這外表脫俗的姑娘會否有別樣反應。

她從容不迫地斂衽一福，然後舒長袖在空中劃出一道圓形弧線，再以手一托，讓月光落在她瑩潔如玉的手心，靜靜視我，道：「無功受祿，妾且裁一段艮嶽月光回贈公子。」

我不由大笑，撫掌讚歎，順勢問她閨分芳名，她卻不再回應，告辭退去。我本欲跟去一探究竟，但她一回眸，淡漠眼神有警告意味，我便止步，放棄了這孟浪行徑。

此後二月，我沒有再見到她，也沒有刻意尋找。她衣飾不似尋常宮人，也不是我認識的宮眷姐妹，深夜出現在艮嶽，只怕多半是皇帝娘子了。想到這點未免悵然。

未料五月五日浴蘭令節，我又在宮中見到了她。

那日親近的宗室外戚奉召攜眷入宮，謁見帝后諸事禮畢，便留於宮苑中遊園行樂，或與宮眷相敘晤談。

路過瑤津池，我見太子趙桓及太子妃朱氏坐於水榭之中，周遭荷花池畔立著十餘名妙齡少女，太子妃正目示她們，殷殷地跟趙桓說著什麼，要他去看。

「太子妃要太子納妾，選朱氏族女入侍東宮。」深受父皇寵信的大官宦童貫與我私交甚好，此時見我留意諸女，便跟上耳語，手指一女：「尤其是太子妃叔父朱伯檉之女鳳英。朱伯檉私下交結百官，為太子羅織黨羽，太子妃欲請太子納其女為側室，一則為鞏固朱氏女在東宮的地位，一則也是想進一步拉攏朱伯檉，讓他更死心塌地地效忠太子。」

我順著他手指的方向望去，看見了那晚夜櫻下的女子。還是靜默不言的姿態，凝視滿池芙蕖，遺世而獨立。

三　蘭萱・新婚

他在我身後止步。很近的距離，我甚至可以感覺到他華服散發的清香。他摺扇輕搖，攪動的空氣托起我耳際的幾縷髮絲，無禮的距離。

我從池中倒影中辨認出他的眉目，依然沉默著，未因他的出現作何舉動，例如側身斂衽，施禮如儀。他亦不語，了無痕跡地忽略我對他的漠視，只循著我目光凝望水中影像，忽地微笑，溫和的眼神意味深長。

彼時三春已過，菡萏正妍，蓮葉何田田。而我無法覺得喜悅。閉目，頷首，於避無可避處繼續迴避，但一切仍是如此分明，我甚至能覺察到陽光透過他漆紗襆頭翅角，掃落淡淡一層陰影，薄如蟬翼，烙上我肩，和著某種宿命。

我是可以猜到他的身分的。這宮中的青年男子，除了他誰還有那樣的容貌，那樣的丰儀，那樣的傳奇？

不由在心底歎了口氣——當眞避無可避。

父親終於等到了宮廷給我的聘禮，納采、納吉、問名、請期一絲不苟，鄭重得遠超他的預計，但他卻猝不及防，和阿萸的父親一樣，頓時亂了分寸。

因爲要娶我的不是太子趙桓，是太子的宿敵，鄆王趙楷。

據說浴蘭令節那天，趙楷入皇帝寢殿請求父親賜婚，點名要納我爲妃。官家在短暫的錯愕後呵呵一笑，順水推舟，樂觀其成。

我不會天真地以爲這皆因夜櫻之緣促成。身爲詭譎宮廷漩渦裡的皇子，趙楷免不了淪爲精明的政客，這更像是他下的一著妙棋，借與我的婚姻在朱氏族人中瓦解太子的勢力，即便我父親不會馬上倒戈助他，也再不會像以前那樣毫無保留地扶持太子了。

族人亦有見風使舵的，早早地開始討好我和父親，大概是看好趙楷奪嫡的前景。趙桓和阿萸因此更緊張，迅速在朱氏族女中另選了一名入東宮封爲夫人，加強同族人的聯繫，未雨綢繆地與趙楷搶奪外戚勢力範圍。

「你還是要嫁入天家了……」母親握著我的手淚眼婆娑，「你爹爹給你取名叫鳳英，就是希望你嫁給君王，娥皇女英，有鳳來儀，可是，那些榮耀都是假的，願得一心人，白首不相離的幸運是不會有了……我只是尋常人家婦人，身處妻妾群中，已活得這樣辛苦，怎捨得你再入宮門，面對那些險惡風波？」

我看著母親淚眼，不知該如何安慰她。前所未有地，深深厭惡「鳳英」這個閨名。

此後不久，宮中傳來了賜字的文書，我的字被定爲「蘭萱」，據說是趙楷親自取的，我由此結束了待字閨中的年代。

婚禮結束後，我與趙楷兩人獨處，他在燭影搖紅的曖昧光暈中似笑非笑地凝視我，我覺得不安，在他伸手觸及我肩頭時不禁朝內縮了縮。

「你怕我？」他柔聲問。

我擺首。

我並非怕他，只是他對我而言，仍然僅僅是個陌生人。

他似看出我心思，微笑道：「夫人不必擔心，楷絕不唐突佳人。但若我此刻出去寢於別處，必惹外人非議。還望夫人寬宥，容我臥於帳外榻上。」

不待我回答，他便起身對我長揖，然後逕直去帳外睡了。

我輾轉難眠，三更後迷迷糊糊才合眼，卻感覺有人影靠近，拽了拽我身上的錦被。

我悚然睜目，見趙楷對我呈出柔和的笑：「今宵夜涼，勿染風寒。」

他輕輕爲我掖好被角，轉身行了兩步，卻又回頭，見我又有警覺狀，不由笑出聲來，道：「我告訴夫人一個秘密：我平生最怕癢，若來干犯，夫人只需朝我耳朵吹口氣，便可化解所有危機。」

想想他描敘的情景，看著他那朵慧黠笑容，我亦不禁唇角上揚。他笑吟吟地朝我一揖，然後回帳外臥下，別無他話。

此後多日依然如此，他夜間不來干犯，白天帶我入宮拜見帝后或行各種禮儀，舉止得宜，既莊重又不失親近之意。回到鄆王府邸，他帶我熟悉各處居所陳設，我最感興趣的，是他的藏珍秘閣，倒不是爲那些珍寶，我關注的是他所藏書畫名作，皆爲歷代大家眞跡，不少是御府所賜，數以千計。

見我有興致，他很耐心地爲我講解這些珍品尋覓經過與相關故事，也問我意見，我間或答以兩句，他目露喜色，有讚賞之意。我們之間的陌生感也在這一次次針對書畫的探討中逐漸消失。

一日我晨起後不見他蹤影，信步入藏珍閣獨自翻閱藏品，忽見一幅墨竹，描墨成染，影影綽綽，曲盡其態，筆法清逸不俗。上面無款識，看不出是何人作品，我欲問趙楷，他卻一直未現身，向侍女打聽他行蹤，侍女遙指府中後苑。

後苑有一座湖山石砌成的山峰，中有飛瀑，下方流水成泊。我看見他時他正立於最陡峭的山巔上，專注地觀察飛瀑之側斜橫出的一段松枝，一手攀湖山石，一手提筆在鋪於面前石上的畫紙上勾畫。

他足尖只點踩著湖山石凸出處，若足下一滑，隨時可能墜入流水中。我褰著裙幅上前數步喚他，請他下來。他回首看我，展顏一笑，收拾畫稿蹦蹦跳跳地迅速下至我面前，讓我看他適才畫稿：「畫了多次，這次的底本總算有些樣子了。」

那底本線條雖簡單，但已可看出層巒疊嶂、松枝清奇峭立的意韻。我亦從筆法中看出這日所見墨竹同樣出自他筆下。

「此畫雖好，但君子不立危牆之下，大王爲作畫不惜攀登險峰，未免欠妥。」我歎道。

他依然明朗地笑：「奇險之處必有美景，若不以身探尋，就永遠無法領略其中妙處。」

我見他跑得辛苦，額頭有汗珠滲出，便取出絲巾爲他一點點擦拭。

他含笑看我須臾，目中泛起別樣情愫，忽然拋開畫稿畫筆，傾身將我橫抱入懷，大步流星地前行。

我掙扎著命他放手，他只是不理。倉皇辨出他前行的方向是我的寢閣，我隱隱意識到他的意圖，又驚又羞。

「你不是說，不會……」我想起新婚那夜他的承諾，一言未盡他已了然，在我耳邊笑道：「我說我不會唐突佳人，可是若佳人允許我唐突，則另當別論。」

我說過我允許了麼？我這樣想，卻問不出口。他還是一派了然於心的樣子，輕聲對我耳語道：「我知道你已經允許了。」

耳語時感覺到他吹拂到我耳中的氣息，心念一動：若此刻向他耳中吹口氣，他會立即放開我罷？然而，我最終還是沒這樣做。

四　趙楷•服玩

蘭萱是個明慧的女子，容止端雅，如芝蘭萱草，令人觀之忘憂，知書識禮，通翰墨丹青，我筆下意趣，她總是心領神會，評論畫作，每每一語中的，與她相處，不僅有閨房之樂，還能感覺到知己之誼。我願與她分享這昇平盛世的一切美好事物，而她有時的反應卻又在我意料之外。

成婚次年春夏之交，洛陽按照慣例送開得最好的牡丹至鄆王府。那日我正在後苑牡丹花圃前爲蘭萱繪寫眞，聽說洛陽牡丹送到，一一審視後選了開得最大最美的一朵魏紫，摘下簪在蘭萱鬢邊。

圍觀的姬妾侍女起哄，也求賜花，我遂把這一批盛開的洛陽牡丹花朵一一摘下賞給她們。洛陽護花使者見狀面色青白，痛惜不已，忍不住拭了拭眼角淚花。蘭萱看到，開口對他道：「這牡丹先生運送辛苦，大王如此摘下，委實可惜。」

侍者歎道：「為供大王清賞，花農算好花期，在牡丹含苞時精心包裹，泥水比例細心調和，一絲不苟。運送皆選快馬，如前朝為楊貴妃送荔枝般，送至驛站立即換馬，如此不停歇地運到東京，也跑死了幾匹馬的。人畜辛苦暫且不提了，只憐這牡丹嬌貴，本來都是萬中挑一難得一見的千年名種，饒是一路悉心照料，仍有許多受不得奔波之苦，抵達東京已萎落不少，剩得這十幾株，原以為有幸移植在王府園中，安度花期，未料……」

蘭萱聞言目色黯然，頗為不樂，問我：「大王若愛洛陽牡丹，何不在園中種幾株？如此每年興師動眾從洛陽運輸，勞民傷財，豈不罪過？」

我解釋：「牡丹離開洛陽，水土有變，也是難以養活的，縱然活了，也不復故土盛美，故此需要每年運輸。」

她冷道：「花農使者為運輸牡丹費此心力，路上又損毀名種泰半，送至後你竟親手全部摘下，真所謂暴殄天物。」

我含笑為她理理鬢邊那朵魏紫，道：「花開是為有人欣賞，若能一親美人芳澤，名花傾國兩相歡，它此生亦算圓滿了。我若是一朵牡丹，也願『須作一生拼，盡君今日歡』，老死枝頭前那些寂寥的朝朝暮暮其實是毫無意義的。」

蘭萱不再說話，漠然起身，拋下我和未完成的寫眞獨自離去。

蘭萱日常燕居，愛穿青碧色的衣裳。有次我送她一襲襦裙，那澄淨的碧色令她雙目一亮，輕撫煙羅，愛不釋手，問我：「這顏色這般新穎，此前從未見過，卻是如何染成？」

我笑問：「夫人博覽群書，可曾聽過說李後主的『天水碧』？」

她一怔：「天水碧……」

我擁著她肩，手指碧羅：「昔日江南李後主內人染碧帛，夕露於中庭，爲露所染，其色美好，澄淨脫俗，稱爲『天水碧』。南唐爲國朝所滅後此工藝一度失傳。我見夫人鍾愛碧色，故尋訪南唐染織宮人後人，終於覓到這工藝秘方，近期染成一批，便讓人裁成襦裙，望夫人笑納。」

我感覺到她雙肩僵硬。隨後她輕輕掙脫我手，肅然朝我一福，道：「大王，李後主玩物喪志，以致亡國之禍，這天水碧原本便是不祥之物。何況『天水趙氏』乃國姓，此物名『天水碧』，令人聞之不安，裁爲衣裳，實爲服妖，萬不可用。請大王收回銷毀，以後勿再尋求這等物事。」

我蹙了蹙眉：「服玩之物而已，夫人如此多慮，豈非小題大作？」

她決然擺首：「讖緯之說，古已有之，不可全然不信。何況玩物喪志是君子大忌，大王身爲宗室，應爲天下人表率，若一味追求新奇服玩，鋪張奢靡，上行下效，有損國家風氣，實非社稷之福。」

我百般相勸，她只是不聽，一定要我銷毀天水碧衣料，並承諾永不再染。我無奈之下只好收回襦裙，但要銷毀終是不捨得，悄悄賞給了別的姬妾，在與童貫、王黼、梁師成等人的聚會上命姬妾著天水碧群歌舞，他們激賞不已，紛紛詢問染織之方，我亦告之，於是這李後主的天水碧又在國朝風靡一時。

五　蘭萱‧宴集

他常常邀約朝中重臣至府中玩樂，往往通宵達旦。國朝祖宗遺訓，宗室不得涉政，嚴禁與朝臣結交，這規矩他違背得很徹底。他的肆意大概來自皇帝父親的默許，官家居然讓他提舉皇城司，等於讓他掌握了御林軍的兵權，不尋常的恩寵助長了他的野心，私交朝臣顯然帶有明確的目的性。

我們之間的話題通常是書畫音律、點茶品香，他與朝臣的交往我一般不過問，他也從不在我面前提及任何政事。雖然我們看上去無疑是恩愛夫妻，但因有趙桓與阿萸這層關係，我想他多少會對我心存疑慮。

他與朝臣聚會之時我從不現身，也不會去探聽他們交談內容。但一晚，侍女告訴我，今夜趙楷邀請的客人中有我的父親。

自從我嫁給趙楷後，父親處境尷尬，不再爲趙桓羅織黨羽、出謀劃策，卻也與趙楷保持著一定的距離，除了公開場合的見面，私下並不多接觸，故此我聽說父親這次欣然應邀，不由詫異。等至三更猶不聞宴罷，倒有侍女過來報訊，說我父親醉得厲害，不知是否要爲他預備客房歇息。我聞訊不免有些擔憂，便移步去宴會廳堂探看父親狀況。

我在廳堂屏風後止步，舉目望去，但見其間歌舞昇平，趙楷正與一干人等推杯換盞，笑語不已。客人中除了我的父親，還有五大權臣：王黼、童貫、梁師成、楊戩，以及蔡京的長子蔡攸。

趙楷向我父親敬酒，口口聲聲「岳丈大人」喚得親熱，父親亦笑看趙楷，連稱「賢婿」，醉眼朦朧之下還牽著趙楷頻頻向眾人表示得此佳婿是前生修來之福，這「賢婿」並非禮敬之辭，是實至名歸，還吟出今春宮中文臣進的春帖子上諂媚詩句：「復道密通蕃衍宅，諸王誰似鄆王賢。」

我聽得如芒刺在背，替他頗感羞慚。權臣們則紛紛叫好與附和，還露骨地說有此賢婿父親富貴遠不止於此，將來榮升國丈也是指日可待的。父親捋鬚呵呵笑，趙楷亦洋洋自得，毫無惶恐之意。

我側目看廳中舞池，一名著天水碧衣裙的美人正在載歌載舞，唱著〈玉樹後庭花〉。

我朝樂師走去，伸手一按箏弦，弦應聲而斷，樂聲停止，所有人都轉首看我。

我冷冷對一臉愕然的權臣們說：「三更已過，天明有朝會，諸位請回，早作準備罷。」

眾人漸漸看出我身分，匆匆施禮，悻悻告辭。

父親待諸人散盡後開口斥責我：「你身爲大家閨秀、鄆王夫人，怎麼拋頭露面見外人？大悖禮數！」

我面向他欠身道：「女兒此舉確實逾禮，但父親身爲外戚，與朝臣夜宴至三更，亦是禮法國法允許的麼？」

父親惱羞成怒，拂袖而去。

「蘭萱，你何必生那麼大的氣，」趙楷面色潮紅，猶在醉中，漫不經心地笑道：「現在你父親都是我這一邊的人了，你不歡喜麼？」

我默然不語，他又挨近我，褰我的衣袖：「蘭萱，將來你會做皇后，還不歡喜麼？」

我斷然將衣袖從他手中抽出，吩咐侍女扶趙楷回寢閣，然後再命廳中宦者：「用清水把這裡反覆洗刷乾淨，從內到外，不得殘留一絲齷齪氣。」

六　趙楷‧妻妾

如父皇一般，我愛一切美好事物，例如金石書畫、辭賦音律、花木香草，自然也少不了醇酒美人。我對這世間百媚千嬌的妙人兒雖沒有父皇那樣的收藏欲，卻也享受與她們相處的種種樂趣，與不同的女子的情愛遊戲往往有不同的遊戲規則，細微處如鬥茶調香，妙不可言。

姬妾之中，我最寵者有四人：裘治、石家奴、劉三福、石吉祥。她們均獲封爲郡君，在王府中有一定地位，其中裘治入侍最早，已育有一子二女，因此我對她也更加另眼相待。

納蘭萱爲妃後，她對我姬妾頗客氣，予四位郡君禮數一點不差，石家奴、劉三福、石吉祥也小心奉承，在蘭萱面前低眉順目，是妾室應有的樣子，惟裘治心氣甚高，見我婚後與蘭萱親密，不免吃味，暗中每每與蘭萱計較。

這年蘭萱生日，我在府中設家宴爲她慶祝，命東京著名優伶獻藝，在戲樓演出新排劇碼，以博蘭萱一樂。

觀戲樓上，我與蘭萱於正中入席，王子、宗姬及眾姬妾一一行禮後分侍兩側，陪我們看戲，只有裘治缺席，且事先沒說明任何理由。

我遣人去問，須臾裘治派了個侍女傳來一折枝海棠，上面繫著一折疊好的灑金香箋。我拆開看，見上面寫著一行小字：「去歲今日，大王曾許諾一年後伴妾同賞艮嶽海棠。妾苦候一年，而今形單影隻，寂然臥於病榻，恕無力侍宴。」

我知她刻意撒嬌，但設想她「寂然臥於病榻」之狀，卻也不由心軟，低聲命宦者取來筆墨香箋，回復道：「去年之約，未曾相忘。而今春寒未退，海棠尚未開至盛時，稍待二日，必攜卿同往艮嶽，不負花期。」

寫完也附於花枝上，命侍女送給裘冶。少頃她又讓人送來花箋：「色衰愛弛，妾不敢勞煩大王相伴，且自行樂。」

我問送信侍女：「裘郡君如何行樂？」

侍女道：「正在後苑策馬打球。」

裘冶馬術不錯，善打馬球，彼時一身勁裝，英姿颯爽，也是有別於其他妻妾，令我讚賞之處。此刻聯想到她馬上風情，心旌一蕩，又取過紙筆，含笑寫道：「卿身嬌體怯，驟然策馬，恐染風寒，務必保重。」

侍女繼續送信，我心念裘冶，也無心看戲，不時望望後苑方向，看侍女是否又再過來，又低聲命宦者研墨，以備再寫字回覆。

片刻後果然裘冶侍女又再送花箋過來，我接過尚未展開，卻又有一名女子走近，呈上另一枝花箋，道：「夫人有信請大王過目。」

我一愣，見那女子正是蘭萱貼身侍女，側首看一案之隔的蘭萱，她氣定神閒地緩搖團扇，冷冷瞥我一眼，身側案上不知何時多了一副筆硯。

我拋開裘冶花箋，展開蘭萱那枝，但見上面赫然是她娟秀字跡：「此戲甚妙。」

我頓覺臉上火辣辣地，忙把裘冶花箋還給她侍女，揮手命她退下，正襟端坐，繼續看戲。蘭萱亦直視戲臺，不時輕搖團扇，面上波瀾不驚，彷彿剛才什麼也未發生過。

晚宴後我前往她寢閣，欲就袞冶之事向她陪罪，但見她閤門緊閉，兩名侍女雙雙迎出，朝我斂衽道：「夫人今日乏了，早早睡下，請大王自回寢閣歇息。」

我遲疑著，沒有立即啓步，駐足半晌，未見裡面有開門之意，惟有暗暗歎息，獨自離開。

七　蘭萱・母親

這年秋天，母親病危，彌留之時我趕到她身邊，卻不見父親身影。母親的侍女告訴我，今日父親小妾生產，所以父親一直守在產房外，不來探視母親。

母親見我來，目露喜色，伸出顫抖的手握著我的手，連聲問我近來一切可好。我頷首說好，見她境況淒涼，便轉頭吩咐侍女：「去請父親大人過來。」

須臾侍女獨自回來：「七娘子剛生了位小公子，所以……」

母親神情黯然，旋即目光又移至我腹部，問我：「還是沒喜訊？」

我搖搖頭。從生日那天起，我就與趙楷分居，無論他明請暗示，我都再不與他同宿。

母親歎歎氣：「還是早些生個兒子好，若你是個兒子，我這一生也就不會這樣了罷……」

我無語。母親到現在還不明白麼？她的悲劇與子女無關，遇人不淑，男兒薄倖，或許都不是最重要的原因，花心是男人深入骨髓的本性，一旦有條件，他們便不會放棄尋芳的機會，自己用情太深，便給了他傷害你的利器，越在乎，越討好，姿態越卑微，便越容易受冷遇、被遺棄。

見我不答話，母親緊張地問：「你們……不大好？」

我還是沉默著。

母親忽然哭了起來：「你要儘快設法生個兒子……我不要你成爲第二個我……」

「願得一心人，白首不相離……媽媽，我們都沒有這樣的幸運。」我坐在母親床頭把她擁在懷中，與她說話，也像跟自己說：「但我不會成爲第二個你的，因爲，我永遠不會爲他這樣的男人流一滴眼淚。」

母親在我懷裡一直哭，直到飲滅聲音，散失生氣。我沒有慟哭，但覺心底一片荒涼。

靜靜地放母親平躺，爲她拭淨淚痕，整理好衣裳。起身回首，我看見趙楷無聲無息地立於門邊，也不知來了多久。

母親去世後，我繼續在鄆王府扮演王妃的角色，隨趙楷出入宮廷，參加各種禮儀宴集，府中瑣事也有條不紊地處理著，包括他納妾生子各類事宜，都安排妥當，一些不差。

只有閨闈之事不似夫妻，我們還是分閣而寢，相敬如賓。

他的庶出子女還在一個接一個地出生著，我的侍女們看得焦慮，不斷勸我與趙楷修好，我不加理睬。

我不會成爲第二個母親，也不想生出個孩子去做另一個我。

八　蘭萱・中宵

趙楷常去宮中與父皇切磋畫藝茶藝，後來停留於宮裡的時間越來越長。有人悄悄告訴我，除了謁見官家，他還常去柔福帝姬閣，教帝姬妹妹及其宮女習翰墨，尤其著意照顧一位名爲吳嬰茀的小內人。

這是他慣常憐香惜玉的作風，我一點不覺奇怪，也不怎麼惱怒，只是有時見他又自宮中晚歸，不禁會想，那位吳嬰茀，是氣傲如裘冶，嬌媚如石家奴，柔弱如劉三福，還是乖巧如石吉祥？

這個小小的謎團，在趙桓登基後解開。

趙楷奪嫡失敗，這是我可以猜到的結局。他精於文藝之事，有吟風弄月的天賦，卻缺乏把控政局的能力，何況圍聚在身邊的又是一群亂臣賊子、烏合之眾，只能敗壞朝綱，無力助他成就大業，一旦父皇失勢，爲人挾制，他便會一敗塗地。

趙桓即位後迅速免去趙楷提舉皇城司之職，削除他所有實權，還下令拆毀他往來於宮中的飛橋復道。趙楷抑鬱憤懣，一連數日獨酌於畫樓上，不見任何人。

一夜內知客前來傳報，說柔福帝姬命內人吳嬰茀前來送信給鄆王。

這是個有一脈傲骨的姑娘，從眼神中可看出來，雖然她習慣於把骨子裡的堅毅柔韌隱藏於卑微神情中。這種性格會是趙楷喜歡的罷，與之相較，她清秀的容貌倒算不得什麼優勢。

這姑娘亦有眼色，我送她至趙楷畫樓，她進去見是與趙楷獨處，便匆忙退出欲告辭。我讓她進去。

她是柔福帝姬送給趙楷的止痛藥，她自己不會不知道罷？

現在於他而言，無異於天崩地裂，他痛徹心肺，需要人撫慰，而我們的隔閡令我做不了這個人，有個他喜歡的人陪他，總是好的。

嬰茀再次入他畫室，我在門外，在沉重的風雨聲中默默佇立。

室內漸有他聲音傳出，溫言軟語，是他與有興趣的美人兒們說話的語氣。我朝著無邊的夜色淡淡地笑，至少在此刻，他可以暫時忘記不愉快的世事罷？

潮濕的雨霧陣陣襲來，洇潤我青色衣裳，幽然有涼意。回首看窗櫺，窗紗影影綽綽，映出室內兩人晃動的身影，輕柔對答的聲音傳來，有與這中宵夜雨截然相反的溫暖情意。

我雙手護肩，轉身離去。

還是會痛，終究做不到決然超脫。

九　趙楷・告白

酒闌之際，我與前來探望的嬰茀說笑。我以爲她是上天於我落魄之際賜我的禮物，有意親近，她卻推托，並告訴我，蘭萱適才一直在門外等。

我頓時消停了，讓嬰茀走。

蘭萱是個如此清傲的人，於情愛有異乎尋常的潔癖，才不肯委身與姬妾一起侍我。如今是出於怎樣的心情，才會將另一名女子送至我身邊，且孤身立於淒冷風雨中，苦守中宵？

我沉吟半個時辰，最後鼓足勇氣來到蘭萱寢閣門外，輕叩門，道：「蘭萱，我可以跟你說說話麼？」

她默不作聲。我移步至窗紗處，對她說：「而今想來，我對你所犯最大的錯誤，莫過於從大哥那裡把你奪來。若非如此，你會有更好的前程，也不必隨我這失勢之人，陷入此番尷尬境地了。」

室內「砰」地一聲，有杯盞落地，像是她怒而擲碎的。

我惻然一笑，又道：「或許高貴身分、榮耀地位非你所欲，但我也知道你想要的是什麼：願得一心人，白首不相離……如果我現在說，你是我最珍愛的女人，你會否覺得不誠懇？」

裡面寂然無聲，我繼續說：「當初決定娶你，起因是傾心於你才貌，卻也有刻意破壞大哥好事之心。而與你相處日深，才覺得妻如此，上天委實待我不薄。可惜初時不懂事，辜負賢妻一片苦心……我雖願珍愛你一世，但卻無力拒絕欣賞別人的美麗，見你生氣，我便不敢貿然接近……說來慚愧，我有些怕你呢，就像小時怕母親，所以你若不悅，我便多半會選擇遠離，無計彌補，只想靜待你氣消……我知道流連花叢你會不高興，有時想到會令你寒心，我也懊惱自己的多情，可那是我無法擺脫的本性，就像滿園春色，我的眼睛做不到只看一朵花……今生我負你良多，那這樣好不好呢：若有來生，我轉世為女子，而你投生為男子，我嫁你為妻，為你風露立中宵，為你流盡千行淚，還你今生予我之情，品嘗你今世所有悲欣……」

她還是無任何回應。我一聲歎息：「前景茫茫，去日無多，容我們好生相聚。」

等了等，見她仍不出聲，我默然朝內長揖，啓步欲離去，而轉側之間，閣門戛然而開，蘭萱出現於其中，淡淡對我道：「言重了，今世沒誰為你流盡千行淚，也不曾風露立中宵。」

我瞧瞧她猶帶雨露的素衣，笑道：「那夫人衣裙風露從何而來？」

她說：「我只是在染天水碧。」

我們在漾出室外的燭光漣漪中默默相對，相視而笑。

十　蘭萱・陽關

前景茫茫，去日無多，容我們好生相聚。

打動我的，是這一句話。

作爲奪嫡失敗者，終其一生他也擺脫不了皇帝的猜忌，前朝國朝都不乏這樣的先例，這些悲劇的主角，往往不得善終。例如道君皇帝的異母弟蔡王似，身爲哲宗皇帝的同母弟，他一度也是皇儲的人選，而道君皇帝登基數年後，蔡王盛年而亡，死因在國朝史料裡的記載語焉不詳。蔡王妃據說也隨之殉節，留下王嗣有恭，雖獲封永寧郡王，但顯然也並未獲得永久的安寧，在道君皇帝的特殊關注下，他長成一位沉默的青年，他的夫人林氏而今十九歲，也是沉默寡言，異常安靜，應對帝后寒暄神情常如驚弓之鳥，惟與我私交甚好。看見這對郡王夫婦的處境，我總是難以遏止地覺得悲涼。

值此內憂外患之際，情況又更複雜。金軍兵臨城下，幾番催促太上與今上出城議和，九哥康王和五哥肅王也曾前往金軍寨爲質，鄆王趙楷又豈能全身而退？

我與他盡釋前嫌，關起門，在王府中看花開花落、雲卷雲舒，過了一段短暫的貌似平靜的日子。過去的嫌隙如今看來都微不足道了，現世安穩已是奢求，我們只能珍惜每一相處的時刻，因爲這每一刻的安穩都像是偷來的。

靖康二年元月，金人要皇帝趙桓前往青城金軍寨面議繳款限期，趙桓不得已決定前往，同時也宣佈，要鄆王楷隨行。

他不會讓自己以身犯險，而把趙楷留在京城，給楷東山再起的機會。

對這次出城，我們都有不祥的預感。分別前夕，我們相依相偎於寢閣中，良久無言，只聆聽著彼此心跳，明朝一別，就不知可否再有如此感知對方存在的機會。

「蘭萱，」他忽然對我說：「我已安排妥當，若七日後我尚不回來，內知客會帶你前往城郊隱蔽處暫住，若我再有不測，他會帶你去南方安居……」

我掩住他口：「好端端的，不要說這些話。」

他握住我手，悵然道：「這是我如今必須考慮之事。此番伴駕，凶多吉少，不知是否能平安歸來，金軍也隨時有破城的可能。你切勿受我連累，若七日不見我歸，就出城避難。」

我搖搖頭：「我不去。我要留在家裡等你。」

他說：「你可以在城郊等我。」

我說：「我怕離開了家，你就安心不回來了。」

他眼眶潮濕，側首略略避開我凝視，道：「既嫁從夫，你要聽我的。」

我歎道：「想來這些年，我眞正聽從你的事其實沒幾件，倒是老給你添堵。」

「是呀，」他引袖一拭眼角，翻身伏在我身上，摁住我雙手，笑道：「是我對你太客氣，所以你常常給我擺臉色，今日再不聽話，我必要給你些顏色瞧瞧了。」

我被他控制住身軀，動彈不得，見他露出一臉促狹笑意，卻又不甘心受制。忽然靈機一動，仰首在他耳邊吹了口氣。此招果然奏效，他頓時慌了神，大笑開來，縮到床尾去。我一時興起，起身追著他，要找他耳朵吹氣，他一壁手足無措四處躲，一壁像個孩子般聳肩捂耳哈哈笑。

我們就這樣追逐嬉鬧，直到笑出眼淚，精疲力竭，雙雙倒下。

他在我臂彎中沉沉睡去，那寧和的神情像個無辜的孩子。

他是有太多缺點，缺乏雄才偉略，又有不適當的野心，雖多情，也濫情，成不了優秀的君王，也做不了完美的丈夫。我雖怒其不爭，此刻卻也不忍苛責，看著他熟睡的表情，宛如母親面對孩子的心情。

如果沒有遇見他，我的生活也許會簡單得多，沒有哀怨悲戚，沒有患得患失，沒有無法釋懷的沉重心結，但是，生命也會如白紙，不會留下任何痕跡，也不會在這生離死別之際，開出一朵可以沉澱在記憶裡的花。

我不後悔。

他此去青城，果然沒有回來。

他伴駕離京次日，皇后阿茵便把我接進了宮，隨她同住。我知道她的意思，這是要我入宮為質了，和趙桓要趙楷相伴的心情異曲同工。

皇后的旨意一下，內知客憂心忡忡，私下詢問我是否現在就隨他前往城郊躲避。我拒絕了。現在離開有如出逃，會成為鄆王謀逆的罪證。我不能拯救他，能做的也僅僅是不給他留下任何污點。

在宮中靜候數日，我還是沒有等到他，等來的只是趙桓把宮眷及宗婦、貴戚女折金准銀送入金軍寨的命令。

宮中大亂，女人們有自盡的，有出逃的，有無計可施之下毀容或用泥垢污面、期待借次躲過失身之災的。一日清晨，我的侍女哭著告訴我，我也被准金一千錠，要即日送往金軍寨。

她端來一盆渾濁的泥水和一身骯髒的粗布衣服，示意我以此掩飾容顏。我沒有用，讓她換一盆淨水來，我還如往常一樣梳妝。

侍女取來淨水，我凝視那一汪清水，恍惚中彷彿又回到當年瑤津池畔，他款款走近，我垂目所視的水面映出他身影。

「這是什麼水？」我問侍女。

侍女說：「是新汲的井水。」

我頷首，伸手探入盆中，心下作了個決定。

冷水漫上我肌膚，如我素衣微涼。

（完）

跋

人情老易悲如許——讀《柔福帝姬》

素履無咎

一 閱讀

讀完《柔福帝姬》定稿，已是二〇〇五年的立秋。兩年前我在天涯論壇上打開《柔福帝姬》的第一段時，初夏的綠蔭正從容地鋪開；現下窗外槐花簌簌飄落，結束和開端彷佛相隔未遠。而其間是倏忽兩年。兩年的時間，足夠一個人經歷一些浮沉和變遷，與一些人相識，又與一些人失散。在這個缺乏耐心的時代，發佈於互聯網的小說不是快速湮沒被人遺忘，便是快速付梓實現商業價值，《柔福帝姬》經歷兩載終成完璧，算是一個異數。兩年以來，有過網友蜂擁頂貼討論的熱鬧，也有過作者輟筆鎖貼的沉寂。當時那個初夏，恐怕沒有人想到我們將會經歷兩年的光陰，在互動和內省間沉靜地日臻成熟。

在以互聯網爲發佈媒質的業餘小說作者中，米蘭是個相當傳統的特立獨行者，素材嚴謹，文字繁密，不厭其煩地潤色推敲，並非激情之下一揮而就的即興寫手。同時她又是個互聯網時代的作者，秉承共用和交互的精神。《柔福帝姬》連載帖子往往成爲天南海北雜談的沙龍，不同知識背景的網友自由地發表對人物、情節、文字的意見，從歷史背景的考據，結構的設計乃至宋時器物風俗，無所不談，她的帖子往往是一個熱鬧的沙龍。米蘭是一位熱忱謙和的沙龍主人，而又保持著創作的獨立意志，旁人雄辯的說辭和殷勤的閱讀期待並不能眞正左右她的寫作，作爲讀者，我不能完全了然互聯網上的交互對米蘭的創作起著何種重要和微妙的影響，她決不是一個閉門著書的傳統小說作者，但也並非爲了網路聲名和線上閱讀快感而創作。她在交流中保持著一定的沉默，她的寫作既是自己的一種探索，又是與眾人共用的經歷——令人想到羅蘭巴特所謂寫作的理想形態：既被動又主動，既善於交際又獨善其身。

《柔福帝姬》是一個過程，無論對於作者還是讀者。很多像我一樣的讀者，在經年輾轉間記掛著這個故事，在世界的不同角落上線閱讀，此時此處我默然回想，兩年來的紛繁世事恍成背景，環繞著《柔福帝姬》的閱讀記憶。重讀整個故事，更有一番厚積薄發的滋味，歲月沉靜地滲入了小說，文字內外的歷程微妙地互動著，時光流逝，有些謎語被我們猜中了，有些卻始料未及，驚喜變成感慨，滑稽變成悲壯，漠然經行變成黯然憑弔——《柔福帝姬》之主旨並非愛情的哀傷，也並非時代的興亡，卻是人生的變遷，它敘述著成長或衰敗的過程，無情或無常之間，又反現出生命的繾綣和永恆。

二　虛構

因此，《柔福帝姬》不是嚴格的歷史小說，而是現代人翻閱歷史中幻生的夢境。寫作者的心意在歷史和想像之間，在既定記載和空白懸疑之間，在已逝之物和恒久輪迴之間轉換不已。北宋宣和末年到南宋紹興初，是中國古代著名的痛史，繁華盛極而時局劇變，天上人間地獄瞬時轉換，山河變色，從民族的命運到個人的榮辱，無不極具戲劇性。現代人穿越那些久遠龐雜的史料，浮想在那個時代裡，那些活生生的個人流離失所和榮辱悲歡，悲憫。原始的歷史記錄或者有技術性的超然，或者利益不同而莫衷一是，在擺脫了歷史考據的束縛後，便是小說的自由。

作者並未迴避靖康之亂的鮮血和狼狽，黍離之感後是人情老易悲如許。《柔福帝姬》有虛構和想像的成分，虛構乃是效忠於文學的眞實，效忠於「永恆的現世中」的眞實的痛苦和窘迫，虛構儘量在史料記述較爲空白處展開。作者盡力營造小說中眞實的質感，在完成故事架構的脈絡前提下，儘量追求歷史的眞實，作者勤奮地翻閱過卷帙浩繁原始史料，從常見的《宋史》，到筆記類如《四朝聞見錄》，乃至《三朝北盟會要》《宋會要》。作爲故事遠景的人物和事件，多數爲對史料的整理轉述，米蘭的新聞傳媒背景，使得她具備高效而流暢的概括能力，在保持風格的優雅委婉同時，疏密有致，細膩和宏闊互相映襯。故事中景的人物，曄曄紫芝般的玉箱、敦厚惘然的高世榮、文采風流的趙楷……都各有幻想和苦衷，各有深沉而複雜的哀樂和悲歡，在這亂世和宿命中掙扎。

近景主線中的主角趙構、柔福、完顏宗雋、嬰茀並非歷史上的宋高宗、柔福帝姬、訛魯觀、吳皇后，他們各自履行了史料記載的對應人物事蹟，承載和體現著作者的設計匠心，從汴京華陽宮前的秋千到臨安德壽宮中的紈扇，跨越了趙構的一生，從孤獨的少年到寂寥的老人，一般是繁華掩映下的孤寂，其間是多少失而復得，得而復失，多少驚心動魄和不堪回首。世態上的感喟如納蘭性德的名句「人生若只如初見，何事秋風悲畫扇。等閒變卻故人心，卻道故人心易變。」興亡上的感喟則是朱孝臧的「一去不平成永憶，惟有承平和少年」。然而這些古人成句並不能盡述旁觀者的閱讀感受。

作爲女性作者，米蘭對人物情感的設計和把握細膩微妙。但《柔福帝姬》人物間的情感糾葛並不是常見的金風玉露和流水高山。魔鬼梅菲斯特唱道「誰能如願以償，此問傷心難言」，《柔福帝姬》中沒有人的夢想能夠實現、情感獲得歸宿、戀慕保持純粹，沒有人能心心相印，沒有人能獲得平靜和幸福。這宿命來自時代，也來自人心不可逃避的自私、貪婪、虛僞、狂妄、報復心。作者對情感的設計和處理上也有女性的潔淨、克制和含蓄。趙構和柔福之間貌似兄妹禁忌之愛，實則是彼此把對方當成了幻想中的完美自我，並無眞正的理解和共鳴，他們在靖康之亂的浮沉中各自改變，重逢時仍然試圖按當年心中的藍本塑造對方，結果自然是失望和絕望。嬰茀或許因理解而愛上趙構，但她的愛也因爲瞭解的日漸清晰而永遠無法抵達，萌生愛的理解轉爲權力博弈中的機謀和利器。宗雋對柔福則無法擺脫「勇猛的異族人」對戰利品的把玩和奴化。時代的變故給予人物清平時代不可能有的邂逅和際遇，他們彼此的挽留和牽制，宛如天意的嘲諷。

當然《柔福帝姬》的故事架構並非一切爲情感而服務，相反，人物的情感生發於更宏闊的時代哀歌，愛和恨並非兒女之情那麼純粹，沒有驚才絕豔的愛情，只有笨拙、荒唐、無告的人生。人物的設計中並無道德判斷的先入爲主，也絕非道德虛無的左右逢源，形形色色的人物在時代的浪潮中各個生長，呈現著矛盾與和諧，繽紛多態。例如主角柔福，小說以《柔福帝姬》爲名，柔福貫穿了故事的主線，是小說中少有的光明人物，乾坤顚倒的國破家亡中，她始終不泯生命的明亮和熱度，柔福對趙構的戀慕是少女對英雄的浪漫理想，不願相信自己的民族已疲蔽到任人宰割，她這理想初始純淨而光明，而靖康之恥的鮮血和死亡浸泡了熱切向上的生命，熱情和純粹變爲高蹈和酷烈，希望以絕望爲終結。機心深沉的嬰茀謹慎之後也有直覺的感性，一生的遺憾或就在於毫無差錯；趙構得到時代的眷顧，機遇給予他實現抱負的可能，他攥住了權力，放棄了責任。沒有人從故事之初就立志要變成結束時的模樣，讀者盡可根據自己的人生經驗和知識背景，或欣賞，或鄙夷，只是讚賞中難免帶有哀憫，譴責常伴隨著同情，在命運的「天意從來高難問」之後，是複雜的世間況味。

在輔助人物的設計也是如此，例如韋氏，韋氏並非一個正面形象，在情節中她屈身事敵，又直接導致了柔福的死，然而作者也並未將她描述爲簡單的虛僞和涼薄。她的經歷多少帶著喜劇般的荒謬感，她的變節和淪落中依然帶有不可逃避的鄉愁。在命運的撥弄和嘲笑下，她的趨利避害，以他人的死亡爲遮掩的自欺欺人，是平凡世人不可逃避的自私、軟弱和無能，如果讀者直面自己靈魂中的陰暗，就無法高高在上對她斥責。

三　歷史

歷來以靖康之亂爲背景的小說並不鮮見，這些小說絕大多數都力圖表述小說作者對那段歷史的解讀，但是《柔福帝姬》特異之處在於，作者之志並非在於解讀歷史，去構築一個想像彌補過的時代模型。容易援例的是黃仁宇同以柔福帝姬爲主角的《汴京殘夢》，黃仁宇說明道：小說者fiction也，歷史只注重事實何以如是展開，歷史小說雖不離現實，但是要兼顧應否如是展開。黃仁宇的柔福和米蘭的柔福顯然並非一個人物，而她們也都和歷史上的柔福若即若離，歷史的框架下小說各有懷抱。

作者無意在史料的整理和轉述中追究各個人物的責任，推行基於道德判斷的歷史因果鏈；而是以歷史爲框架，構築人物在這樣一個戲劇化的時代中生存和變遷的故事。作者的關注點是永恆的人世間的感慨——當責任和權力突然降臨，又或更大的責任和權力在前，人生如何慢慢衰敗乃至面目全非——歷史時局下各色人物所面臨的困境和折磨，是永恆的現世。「現在是一個瞬間，未來在其中回溯到過去」，讀者在過往、現在和永恆之間惝恍沉迷，從閱讀中沉思和反省的，有歷史之思，也有人生之歎。

跋

一曲哀感頑豔的悲歌

東方龍吟

一

歷時數千年的中國封建社會，總在一個個類似的漩渦裡打轉轉——其中堪稱「酷斃了」的一輪迴圈，便發生在十世紀以後的一百九十年內。

西元九三七年，一個先似羊一般溫順、得勢後卻如虎似狼的陰謀家徐知誥，利用殫精竭慮多年而得到的兵權，將割據江南一隅的吳國幼主楊溥廢掉，然後宣稱自己是唐玄宗的後裔，名爲李昪，在金陵續起「大唐」香火，這便是歷史上的「南唐」。李昪即位之後，積極改革弊政，緩徵賦稅，興利除害，休養生息，數年之間，使江淮大地出現相對安定的局面，接著國家即呈現「曠土盡辟、桑柘滿野」的繁盛景象。無奈天不假年，七載之後他便病入膏肓。最讓其痛心的是，能征善戰的兒子已戰死沙場，他只能將國祚傳給文采斐然的兒子李璟。後者在位十九載，政治上最大的舉措就是對北方迅速崛起的後周政權俯首稱臣，放棄帝號，自稱「唐主」，倒是他的「小樓吹徹玉笙寒」一詞，與其宰相馮延巳的「風乍起，吹皺一池春水」笑傲群芳，一時風靡。沒想到幾個頗有出息的兒子同樣先他而亡，「主」位只能傳給那個生於祖父得國之年、卻終日在溫柔鄉裡廝混、以寫淫靡喋渫之詞見長的第六子李煜。此時趙匡胤剛剛演完酷似李昪的那齣黃袍加身鬧劇，他用「大宋」旗號將後周小皇帝柴氏遮罩，隨即便以「臥榻之側，豈容他人酣睡」爲由，派大將曹彬攻破金陵，滅了南唐，並將女人堆裡睡得迷迷糊糊的李後主捉到汴京，封爲「違命侯」，極盡羞辱之能事。李煜身處「蒿萊」，方恨前半生的「一晌貪歡」，身上遺存其祖父的一點「壯志」微露端倪，並將「沉埋」之「金劍」現於詞章。宋太宗見此情形，便將「牽機藥」攙於酒內，賜給「違命侯」——可憐本是風流詞家、誤踏國君之位的李煜，竟以手腳抽搐如同織機穿梭之狀，慘死在北國強主面前。

西元九九七年，恰是李昪得國之後的一個甲子，勇武、陰鷙而又自詡「好色」的宋太宗一命嗚呼於「萬歲殿」。趙匡義違背了曾對兄長許下的「兄終弟及」、「長者當立」誓言，將皇位傳給了貌似英偉的兒子。然而趙匡義連做夢都不會想到，他的不肖子孫們會像李後主一樣，將祖宗們的勇武血性棄絕殆盡，只有「好色」基因被他們承襲並惡性膨脹著。終於，一個名叫趙佶的「龍種」才子接到天上掉下來的餡餅，稀裡糊塗地承繼了國祚。他的斐然文采、精湛書藝、繪畫天才一點都不亞於李後主，而在驕奢淫逸、任用佞臣、昏聵無度上更是有過之而無不及。此時，同樣來自北方的鐵騎從百姓的血泊中一路踏來。趙佶最大的本事，是像鴕鳥一樣，將頭埋進溫柔鄉和花鳥窩裡，把暴露著的屁股和祖先的牌位一道交給同樣昏聵的兒子趙桓，任由金人的馬鞭抽擊。

西元一一二七年，也即宋太宗死後的一百三十年，歲在丁未，是個羊年。這年春夏之交，金國大將斡離不（完顏宗望）押著一萬四千多隻「丁」類弱「羊」從汴京向北國迤邐而去，這群「弱羊」的首領就是四十六歲的宋徽宗趙佶、二十八歲的宋欽宗趙桓。他們被擄到金庭後，太上皇被封「昏德公」，皇帝則爲「重昏侯」，父子二人共用著李煜當年的同等待遇，趙佶也在哀詞中續寫著「天遙地遠，萬水千山，知他故宮何處」的淒涼。可悲的在於，李煜當年「金劍已沉埋、壯志蒿萊」之思在趙氏後裔們的話語中渾然不見，這種血性早被「無據，和夢也有時不做」的陽痿綜合症所淹沒了。

二

在九七八年前的那個長長的「羊群」裡，最孱弱、也最值得人們憐憫的，莫過於那些在宋廷皇宮內養尊處優、錦衣玉食的弱女子了。在《續宋編年資治通鑑》中，曾有這樣怵目驚心的記載：

金人取二王宮，以近屬宗室赴軍前。開封府解發宮嬪一千二百人，親王二十五人，帝姬、駙馬四十九人，宗室南班官等絡繹道路凡數十里。

宋代皇帝之女，向來與前朝一樣，稱作公主。宋徽宗政和三年閏四月，蔡京等人爲了掩飾他們不學無術、缺乏情采的拙劣文辭，便突發奇想，建議將公主之稱改爲「帝姬」，據說這是恢復周朝「諸女言姬」的古制。宋徽宗共有三十四個女兒，從此無一例外地都稱「帝姬」，比如下嫁給蔡京之子蔡鞗的延慶公主，便被改爲茂德帝姬。

宋代有個無名氏，保留下了一份當年詳細記載被擄北上的親王、后妃、帝姬、駙馬及宗室貴婦詳細名錄，叫做《開封府狀》，其中標明金國主帥副帥擄獲北行的有皇子二十三人（康王趙構當時不在京城），近支郡王七人，皇孫十五人，另有徽、欽二帝的皇后、嬪妃、貴人，以及後來成爲宋高宗的趙構之母韋氏、妻邢氏、妾田氏、姜氏等在內，共有嬪妃八十三人，王妃二十四人，帝姬、公主二十二人、嬪御九十八人，宗姬五十二人，御女七十八人，近支宗姬一百九十五人，族姬一千兩百四十一人、宮女四百七十九人，采女六百零四人，宗婦兩千零九十一人、族婦兩千零七人，歌女一千三百一十四人、貴戚和官民之女三千三百一十九人，以上女性總數多達一萬一千六百零七人，竟佔被擄的一萬四千餘人總數的百分之八十三以上！金人擄掠她們前往北國，還有個最充分的理由：宋朝支付不起投降協議中犒賞金國軍隊的銀錢，於是這些女人就被明碼標價、充抵犒賞金銀的數目。如此一來，出賣她們的罪人便是無能的宋國君主——難怪徽、欽二帝和他的降臣們眼見自己的妻女被人任意蹂躪，只能忍氣吞聲、逆來順受了。

說到這兒，不免讓人想起當年「大宋」滅掉西蜀時，蜀主孟昶所寵幸的花蕊夫人所寫下的〈述國亡詩〉：「君王城上豎降旗，妾在深宮那得知？十四萬人齊解甲，寧無一個是男兒。」一百多年之後，這首詩稍加改動後，置於宋廷身上才能恰如其分：「汴京城上豎降旗，姬在深宮那得知？千萬囚徒齊北上，更無一個是男兒！」

確實，宋廷舉朝爲虜、倉皇北上之時，那些平時標榜效忠的臣子，罕有人露出男兒血性，以身殉國，恰恰相反，賣主求榮的卻大有人在，駙馬都尉劉文彥等便曾誣告徽宗謀反，想以此換取金人的青睞，結果成全了另一位被擄駙馬蔡鞗，他在《北狩行錄》中不提妻子茂德帝姬被金人霸佔處死之事，卻大談他爲太上皇辯誣的「功績」……

只因亡宋無男兒，方叫巾幗壓鬚眉。正是這些柔弱的女子，她們不願忍受金人的凌辱蹂躪，以羸弱之軀抗拒虎狼之威，據金人李天民《南征錄匯》記載，在完顏宗翰強命宋宮嬪妃侑酒之時，便出現以下血濺穹廬的場面：

是夜，國相宴諸將，令宮嬪等易露臺歌女表裡衣裝，雜坐侑酒。鄭、徐、呂三婦抗命，斬以殉；入幕後，一女以箭簇貫喉死；烈女張氏、陸氏、曹氏抗二太子意，刺以鐵竿，肆帳前，流血三日……

鄭氏、徐氏、呂氏；張氏、徐氏、曹氏，還有那位連姓都被忽視了的宮女，只不過是些尋常嬪妃、宮人。到了金國腹地，被分配金國帝王、大將作侍妾的宋室后妃、帝姬、公主們，接著也開始了殊死反抗。宋欽宗的朱皇后羞憤自殺，宋高宗的元配邢秉懿先是墜馬損胎，後因蓋天大王完顏宗賢相逼而以自盡相搏；更有宗女趙玉箱在金主面前強顏歡笑，以取信任，然後逼迫金國「皇后怒忿，自縊而死」，接著謀殺金主另一寵妃，又「以雪水調腦脂以進，因此金主亦發疾」，最終事敗，被金主「手刃殺之」！

（《南渡錄》，浙江古籍出版社，一九九八年版）

以往的歷史雜錄、稗說佚聞，乃至小說演義，談及靖康之難這段歷史，總把筆觸放到康王泥馬渡江、岳飛立志直搗黃龍、韓世忠梁紅玉夫婦奮力殺敵、秦檜賣國求榮、張俊助紂爲虐、李清照家破身離的淒淒慘慘戚戚上，很少有人留意那些身陷虎狼之口的弱女子是如何受難、如何應對的。《柔福帝姬》一書，恰恰從人們遺忘之處著手，以柔福帝姬的故事爲線索，較全面地展現了那個苦難年代裡，一群羊一般的柔弱女子爲了自身尊嚴所撐持、所搏擊的歷史。

《柔福帝姬》所展現的，就是這樣一曲哀感頑豔、讓人魂銷心碎的血淚史。

三

關於柔福帝姬，《宋史・后妃傳》稱爲徽宗王貴妃所生，在其之前，王氏已生鄆王趙楷、莘王趙植、陳王趙機和惠淑帝姬、康淑帝姬、順德帝姬，柔福之下，尚有沖懿帝姬（即賢福帝姬）。《宋史・公主傳》將柔福列在二十位，記載只有一句：

柔福帝姬，初封柔福公主，後改帝姬。

《開封府狀》則提供了補充資訊：

柔福帝姬，十七歲，即多富嬛嬛。

本書中柔福乳名，採用了《三朝北盟會編》、《宋人軼事彙編》中的說法：

韓世清破劉忠，得一婦人，自稱是柔福帝姬，小名瑗瑗。

據《開封府狀》，我們知道，柔福生於政和元年（西元一一一一年），比宋高宗趙構小四歲。但《建炎以來朝野雜記》中又有不同記載：

和國長公主，徽宗第二十女也。母曰懿肅王貴妃，政和三年夏，封柔福公主，尋改帝姬。靖康二年春，從駕北狩。紹興十二年，太母歸自北方，言帝姬以去年夏死於五國城，年二十九。

由此推算，柔福也可能生於政和二年或三年。本書中作者顧及柔福及笄情節，將柔福的出生年份定爲政和二年（西元一一一二年）。

其他關於柔福在靖康年間的記載，最詳贍的是《南渡錄》中的一段文字：

（靖康元年十二月）十九日，京師雪深數尺，斗米千錢，貧民饑餓死者盈路。金人又縱兵剽掠，有一將在天津橋上紮甲士千有餘人，民莫敢過。時有柔福帝姬侍從三十餘人將欲入內，賊叱止之，呼令出轎。帝姬泣曰：「吾貴家子，天子爲吾兄，安可出見金兵？」金兵使人曳出之，使前徒行，笑曰：「美婦人也。」問曰：「汝有夫乎？」帝姬曰：「今兩國已和，汝等安得無禮？」其人曰：「吾兄爲北國大臣，富貴無比，若能爲之妻，不異汝南朝富貴也。吾有香纓一枚，可以代兄爲聘物。」遂取懷中眞珠香囊，手持以獻。帝姬不肯受，金人執帝姬手令受之，金人乃笑而退。其後竟爲金將兄所得，蓋粘罕之次弟也。粘罕兄弟三人：長粘罕，爲金國元帥；次澤利，爲金國北部大酋長；次野利者，滅契丹首擒天祚者即其人也。

這則史料除了向人們提示了準確的時日、事件、人物外，還昭示了兩個重要資訊，一是柔福當時深受寵愛，隨從眾多，而且生性倔強，敢於在金兵陷城之後率眾出入；二是柔福後來被迫嫁給了金國大將澤利。

至於香囊一事，《南征錄匯》中記載略有不同，其中贈香囊的是金將野利，作者選用這段內容，改寫進小說中：

……野利代聘多富帝姬（柔福），見歸帥府，求賜釋付。二帥大詫，詢帝姬，云：「出城轎破，時番將脅入民居，令小番傳語云：『兄爲北國大王，不異南朝富貴。』使受香囊，未解其意。」二帥怒，斬野利於南薰門。

其後史料皆付闕如。倒是有關「僞柔福」的事件，一再被人提起。羅大經在《鶴林玉露・乙編・卷五》中說：

靖康之亂，柔福帝姬隨北狩。建炎四年，有女子詣闕，稱爲柔福，自虜中潛歸。詔遣老宮人視之，其貌良是，問以宮禁舊事，略能言彷彿，但以足長大疑之。女子顰蹙曰：「金人驅迫如牛羊，跣足行萬里，寧復故態哉？」上惻然不疑其詐，即詔入宮，授福國長公主，下降高世榮。汪龍溪行制詞云：「彭城方急，魯元嘗困於面馳；江左既興，益壽宜充於禁臠。」資妝一萬八千緡。紹興十二年，顯仁太后回鑾，言柔福死於虜中久矣，始知其詐。執付詔獄，乃一女巫也。嘗遇一宮婢，謂之曰：「子貌甚類柔福。」因告以宮禁事，教之爲詐。遂伏誅。前後請給錫賚計四十七萬九千緡。

這段文字詳細標明「柔福」南歸年月，以及當時詞臣所行制詞言語、賞賜之數，頗爲可信。考諸《宋史》，《宦者》列傳也有類似史料可作印證：

> 先是，僞柔福帝姬之來，自稱爲王貴妃季女，益自言嘗在貴妃閣，帝遣之驗視，（馮）益爲所詐，遂以眞告。及事覺，（馮）益坐驗視不實，送昭州編管，尋以與皇太后聯姻得免。（紹興）十九年，卒於家。

看來有關「柔福回歸」的事件，在南宋初期確實是件頗爲轟動的事。問題在於，宋高宗對這位比自己只小四五歲、僅別四年的妹妹，唯有「足長大」一點值得懷疑，而身爲「康王邸舊人」的老宦官馮益，爲何也會被輕易瞞過？

葉紹翁《四朝聞見錄・乙集》「柔福帝姬」條更是耐人尋味：

> 柔福帝姬，先自金閒道奔歸，自言於上，上泣而具記其事，遂命高世榮尚主。一時寵渥，莫之前比。蓋徽宗僅有一女存，上待之故不忍薄也。及韋太后歸自北方，持高宗袂泣未已，遽曰：「哥被番人笑說，錯買了顏子帝姬。柔福死已久，生與吾共臥起，吾視其斂，且置骨。」上乙太母之命，置姬於理。獄具，誅之東市。或謂太后與柔福俱處北方，恐其訐己之故，文之以僞；上奉母命，則固不得與之辯也。然柔福自聞太后將還鑾馭，即以病告。嘗以尼師自隨，或謂此尼曾事眞帝姬，故備知疇昔帝姬俱上在宮中事。僞帝姬引見之頃，呼上小字，尼師之教也。京師顏家巷髹器物不堅實，故至今謂之「顏子

生活」。

這就是說，所謂「僞柔福」事件，全憑宋高宗生母韋太后一人之言。葉紹翁的「或謂太后與柔福俱處北方，恐其訐己之故，文之以僞；上奉母命，則固不得與之辯也」，絕不是空穴來風。只要我們將上面兩段文字聯繫起來，就不難看出：後來馮益之所以承認自己當初「驗視不實」，原來是他已得到將來會有補償的承諾。果然時隔不久，他就與皇太后韋氏「聯」起「姻」來。一個痛遭貶謫的宦者，竟能與皇太后結爲親家，從此輕而易舉地進入國戚之列，不僅罪過得以豁免，還享受著一般宦官做夢都想不到的富貴榮華，難道此中沒有不可告人的隱秘嗎？

《宋史．公主傳》在徽宗諸女之後，專門記載了所謂「僞柔福」的來歷，依據應是當年的結案文字：

又有開封尼李靜善者，內人言其貌似柔福，靜善即自稱柔福。蘄州兵馬鈐轄韓世忠送至行在，遣內侍馮益等人驗試，遂封福國長公主，適永州防禦使高世榮。其後內人從顯仁太后歸，言其妄，送法寺治之。內侍李愋自北還，又言柔福在五國城，適徐還而薨。靜善遂伏誅。柔福薨在紹興十一年，從梓宮來者以其骨至，葬之，追封和國長公主。

只要將這段文字與《南渡錄》對比觀看，就會發現疑竇重重。既然柔福帝姬後歸金將澤利所有，如何又嫁得漢人徐還？「顯仁太后」（高宗母韋氏）之「歸」與徽宗「梓宮」之「來」繫在同時，爲何要分兩處立論？官方結論矢口不談柔福與韋太后的糾葛，卻以「內人」、「內侍」的舉證爲憑據，更有欲蓋彌彰之嫌。

另有《隨國隨筆》，也曾直言道破韋太后誅殺柔福的原因：

柔福實爲公主，韋太后惡其言在虜隱事，故亟命誅之。

由此益發證實，所謂「僞柔福」事件，分明是一樁讓人難以信服的撲朔迷離之案。人爲遮掩讓歷史蒙上煙塵，史料缺失更讓人扼腕而歎。正因爲此，小說家才有了極爲廣闊的想像和推斷空間。

四

我與米蘭並不熟識，只知道她是香港亞視與暨南大學聯合主辦的影視編劇培訓班的學員。在梁立人先生主持，王晶、文雋等名導名編主講的這個培訓班上，我也被拉去充過數，並留下了自己的電郵地址，此後便接二連三地收到許多小說、劇本稿件。慚愧地說，我怠慢了他們，一是因爲忙，二是因爲聽過我講課的各類學員很多，課後收到的習作更多，大多數作品只能草草看個開頭，若無興味便放下了。然而《柔福帝姬》這四個字，一開始就深深地吸引了我。二十五年前讀研究生時就是專攻宋代，而我的《萬古風流蘇東坡》（光明日報出版社、吉林文史出版社二〇〇二～二〇〇五年版，一～八卷）已經涉及一些宋徽宗時代的人物，《詩劍龍洲俠》（作家出版社二〇〇一年版，一卷）恰恰是寫宋高宗時期的一些重要事件，有關柔福公主，確曾有過動筆之念。

沒想到，打開《柔福帝姬》，就再沒能放下。作者對北宋末、南宋初那段令人窒息的歷史是那樣熟悉，對宋金雙方主要當事人的瞭解是那樣透徹，對稗史佚聞的運用是那樣純熟，不禁使我暗自忖度，作者應該是位讀歷史的中年人（我清楚地記得，這個班裡甚至有年逾古稀的女學員）。接著作者提供的兩條簡短資訊讓我大跌眼鏡：原來她走出大學校門僅有五年，所學專業竟是法語，畢業後一直在傳媒機構的體育部門司職。作爲一個業餘的歷史愛好者，能夠駕馭如此紛繁多舛的歷史題材，不能不令人刮目相看。

我在談長篇小說創作心得時常說，敘事文學的成功與否，取決於三個要素：一是結構能力，即作者結構故事和場景創造能力；二是個性，即個性化的敘述文字和個性化的人物語言；三是性格弧線，指小說主要人物的性格發展弧線是否符合故事的內在邏輯並與相關人物合理地互動著。《柔福帝姬》的作者之所以敢於向我展示她的作品，並且直截了當地要求我爲之作序，或許就因爲她在這些方面深持自信吧。

《柔福帝姬》體現了作者卓越的結構故事能力。在宋徽宗醉生夢死的歲月裡，柔福身爲寵妃所生的帝姬，過的是錦衣玉食的生活，童年時代所經歷的最大痛苦，莫過於被迫纏足。宋徽宗的這一癖好，恰恰與李後主如出一轍。柔福的天放性情在乃父的癖好下受到嚴重摧殘，對此施以同情的，正是她的九哥趙構。於是纏足場景成了小說中的一個重要結穴。柔福的腳在死死纏著的宮規和偷偷釋放的快意中畸變著，這雙比其他帝姬略大一些的腳，應是她那因爲庶出而被冷落、從而苦心勵志練功的九哥最爲愛憐的目標。這雙較能走路的腳，在她從金人魔掌中逃脫時立下大功。當她歷經萬難逃到已成皇帝的九哥身邊時，偏偏是這雙脫了型的大腳，成了她身分真僞的最大疑點。最能理解這雙不倫不類的腳的，應該是她的九哥趙構，從而她順利地回到了自己應有的位置。讓她始料不及的是，當初那個較少顧忌、敢作敢爲的九哥，自從當上皇帝之後，腦袋就像她的腳一樣也被裹得面目全非，至高無上的皇權、朕即天下的勢欲、君君臣臣的禮法、對皇兄南歸的憂懼，尤其是皇帝的面子，猶如一道道裹腳布，使他原本尚算天全的頭腦纏得畸怪無比。在朕即天下的勢欲左右下，他寧願寵信秦檜、殺害岳飛，也不讓天下和朕改變態勢。趙構在從康王變成皇帝後，身體也隨之發生了巨大變化，戰亂的驚恐使他喪失了生育能力。但爲顧及面子，他決不承認自己已經陽痿，於是一面在後宮增添大小劉妃那樣的傾國傾城之色，一面百般寵幸王繼先等江湖遊醫，希望他們能將自己的命根子充實。爲了顧及面子，他甚至忍受得了小劉妃與王繼先在宮中大肆宣淫。然而，有一種情境是他無法逃避的：當自己少時便夢想擁有的既俏麗、又任性的妹妹柔福帝姬重新投入自己的懷抱時，不論是重尋舊夢、還是嘗試著將雄性再度喚起，他都無由抗拒。在無尚幽美的鏡湖之夜，在那個只有兩個人相擁的小船裡，趙構再次嘗到了失敗的苦澀、也許是一生最難嚥下的苦澀。這時柔福那雙不倫不類的腳，應是他腦海中最難排遣的記憶。於是，將柔福嫁出去，讓她遠離自己，成了消弭這種苦澀的最佳方式。然而柔福並不喜歡她的駙馬，儘管高世榮對自己無限癡迷。她割斷了與九哥卿卿我我的情思，一心催促他爲國復仇雪恥、也爲自己復仇雪恥。當她最終看到九哥的所作所爲全與她的夢想背道而馳時，她的夢斷了，心碎了，最後寧願帶著微笑死於九哥的御旨。趙構母親韋氏在金國逆來順受，仰人鼻息，嫁人生子，曾遭到柔福嚴厲的譴責，在她眼裡，這個大腳帝姬是個最不識時務的東西。當韋氏南歸、成爲宋金和議的最大成果、接著就會登上皇太后之位時，她處心積慮所要做的第一件事，就是將柔福處死。於是在她帶回的徽宗靈柩後面，跟著一副所謂「柔福帝姬」的棺材，棺材裡可以沒有任何東西，因爲向來實施火化的金人，所歸還的徽宗遺骨也不過是一截朽木而已。南宋君臣絕不會開棺，因爲他們與金人料定的那樣，受死了罪也得要面子。而太后的面子就是皇帝的面子，柔福必死無疑。趙構賜死柔福之前，所能想到的無外乎柔福那雙既不倫不類、又曾可愛、此時已變得可恨的腳，因爲它就像一面鏡子，印鑒著不倫不類的自己。

場景是故事的寄存形式。沒有精彩絕倫的場景展現，人物形象很難呼之欲飛。柔福一生最精彩的生命歷程，除了在她與九哥童年相惜、成年相依、最終相棄的一系列場景中得到展現外，另一讓她刻骨銘心、也讓讀者永遠銘記的，是她與完顏宗雋，即金國八太子的情感糾葛。小說放棄柔福被擄後落到澤利掌中的記載，精心編織了她與八太子之間愛恨交織的故事。每當倔強的柔福處於困境、處於危難的時刻，總會出現八太子的身影。宗雋開始只將她視作一匹桀驁不馴的小馬，一面放任、一面馴馭，最終將她當成終生心儀的伴侶。當他最終知道柔福心裡只有她的九哥、她的故國時，連金主都不放在眼中的宗雋認輸了，將她像小馬一樣放歸荒澤。纏足，原是柔福最討厭的事，宗雋最早調教她時，就是要她放棄纏足。正因爲他讓放棄，柔福才執意堅持，這個場景不唯展現柔福的個性，而是將她對故國的摯愛、與金人的作對全部熔進了筆底。《金史》中大量的史料表明，宗雋是後來力主與南宋講和的金國大臣，正是因爲他的堅持，金人才同意歸還南宋一大塊失陷的領地。宗雋後來在權力爭鬥中被殺，與他主張與宋講和不無關係。可惜小說的作者爲了避免喧賓奪主，簡化了這個可以展開的情節，只讓宗雋私隨金國使者到杭州去與柔福相會。如果能讓宗雋後來對柔福的追求在宋金和議中起到作用，進而成爲趙構對柔福厭棄的另一個楔子，因此柔福和宗雋雙雙成了兩國統治者骯髒交易中的犧牲品，也許小說的悲劇性結局會更加撼魂動魄。

特別需要指出，《柔福帝姬》結構故事的方式非常奇特。傳統的敘事文學大都是歷時的，從簡單的神話傳說到滾雪球式的《水滸傳》，大都在歷時順敘的模式下演繹故事，「花開兩朵、各表一枝」曾是較爲別致的敘述方法。近現代小說大量使用插敘、倒敘模式，托爾斯泰在《安娜•卡列尼娜》中使用雙線並行的方式，便為文學評論家們津津樂道，這種手法雖已開啓「共時」之端，但仍以「歷時」、「穿插」為主。電視媒體的出現，尤其是互聯網路的風靡，大大滋長了受眾的主動抉擇、即興選取的愛好，因此，「共時關聯」的敘事方式應運而生。我在創作《智聖東方朔》（作家出版社二〇〇〇～二〇〇一年版，一～六卷）時，曾經惴惴不安地同時操縱五條線索「共時並進」，這種手法首先得到了網民們的青睞，然後才是影視界和普通讀者的認同，因此它就成了本人演講時可以沾沾自炫的資本之一。然而新一代的作者們、尤其是互聯網上寫手們，昨天的創變今天就是陳跡，滿足於一種敘事手法儼然是固步自封的表現，他們拋棄已有的模式，就像更新過了氣的程式一樣坦然。《柔福帝姬》雖然在寫歷史，但它是在眞實歷史背景下自我推演的歷史，小說在融會「歷時穿插」和「共時並進」的基礎上，任由作者的意趣驅動情節，「歷時」與「共時」被隨意交織著，確切地說，它用一種全新的「關聯縱深」式的手法，在著意敘述一個主要人物的命運同時，深化著一應關聯著的群體。作者刻意將讀者帶進條條幽谷之中，讓你心無旁騖地細緻感受，得到深刻領悟之後，再將另外一種情境呈現在你的面前。初隨流覽，頗覺茫然；深度體察，淋漓酣暢——也許這就是這部小說雖然事古語雅，卻能贏得眾多讀者緊緊追隨的一大原因。

五

「事古語雅」，是《柔福帝姬》的重要特色，也是作者極富個性化的敘述語言的凸顯。平心而論，在人物對話語言的個性化上，《柔福帝姬》是有欠缺的，這一點不可避免地受到作者年齡、閱歷，特別是「閱人」方面的局限。但作者用她清雅明麗、柔婉幽峭、耐人尋味的個性化敘事語言，含混了在人物個性對話方面的不足，給人留下極爲深刻的印象。且隨意看她一段文字：

> 一行宋人，或乘舊車，或騎瘦馬，更多的是徒步而行，在惻惻冷風中衍成一條蜿蜒的線，探入天邊與人等高的秋草深處，趨向又一陌生的土地和未知的命運。趙佶、趙桓的馬車在隊伍中間，柔福隱於一排樹木後，隨著車的徐行不住地跑，輕塵沾衣，淚流滿面。

這是精彩的視覺場景，也是讓人揪心的歷史畫面。沒有形容、比喻，一如清淡簡易的白描，但人馬「衍」成的「蜿蜒」，「探」摸著「等高」的秋草，「趨向」著「陌生」的未知命運。優雅隱於簡約，古樸透出幽深。再如小說描寫賢福帝姬在備受欺辱之後得到關愛時的柔順之態：

> 宗雋撫了撫她柔順如絲的烏髮，她安寧地合上眼，神色恬淡靜和，溫婉得像一隻終於找到一處細暖裀褥的受凍的貓。

柔順如貓，這是一個尋常至極的比喻，然而這是一隻深深「受凍」的貓，當她「終於找到一處細暖裀褥」的時候，那種「溫婉」又是何等可人、可意啊。這種精熔細煉的語言，在敘事的時候更顯功力：

> 怒極，柔福揚手朝他臉上揮去。音高的「啪」，驟然響起，心碎的聲音在其下悄然隱匿，柔福收回摑他的手，倔強地仰首側目視他。宗雋的頰上留下異樣的紅色，有如燙傷的痕跡。
>
> 柔福閉目不理他，惟下頷依舊微揚，與纖美挺直的脖頸形成清傲的弧度。

清麗、優雅、幽峭、冷豔。唯獨這樣的敘述語言，才與柔福的身分相符，與她的個性契合。在小說裡，另一個著墨甚多、人物形象也最豐滿的是趙玉箱。同是被俘宋室女子，柔福倔強不屈，茂德逆來順受，而趙玉箱，似乎很自然地接受了委身敵酋的命運，面無絲毫愁苦哀戚之色，甚至可說在主動迎合，婉轉邀寵。特別是她去看望父親晉康郡王的那個場面，尚有血性的趙孝騫對女兒冷嘲熱諷，再三挖苦，玉箱始終面帶微笑，不多解釋。當父親利刃斷裾、以示斷絕父女關係時，玉箱這才失聲痛哭，直至雙目流血。請看她在生命最後時刻的豔麗出場：

一隻纖纖素手拾起果盤邊的小銀刀，另一手扶著桌上選定的蜜瓜輕輕一剖，蜜瓜旋即裂開，淡黃綠色的表皮下露出滿盈瑩亮水色的淺桔紅色果肉。玉箱有條不紊地將果肉削出，切成大小均勻的塊擱入碟中，雲紋織錦袖口下露出一隻細細的金素釧，隨著她的動作在如玉皓腕上悠悠地晃。

這日是她二十一歲生辰，郎主設宴廣請宗室大臣爲她慶祝，並特意命他們將所納的趙氏宗室女也一併帶來。蛾眉只是淡掃，朱唇僅只是漫點，未刻意多做修飾，席間盛裝女子百媚千妍，她靜靜地處於其間，仍炫目如光源，閒閒一轉眸，晨曦千縷梳過雲靄，曉天從此探破。

她身著窄交領花錦長袍，腰束紳帶，帶兩端垂於前面，長長飄下，那腰身纖細，似不盈一握，雖已連生二子，她卻還婀娜苗條若未嫁少女。殿內男子都在凝神看她，她彷彿渾然未覺，漫不經心地切完手中蜜瓜，放下銀刀，以銀匙挑起一塊切好的果肉，這才加深了唇角若有若無的笑意，抬首，眼波微漾，將銀匙送至完顏晟嘴邊，請他品嘗。

趙玉箱僅是親王之女，她沒有柔福帝姬那樣頑傲和剛烈，但她的隱忍和沉潛恰恰與柔福形成鮮明的對比。她爲了實現復仇的目的，不惜犧牲自己的肉體、自己的尊嚴、自己的親情，甚至自己產下的骨肉，一面以強顏歡笑博取金主的寵信，一面不動聲色地顛覆著敵酋的後宮，最後將浸透慢性毒素的「補藥」送進饕餮之口。雖然最終她被饕餮肉泥一般吞噬了，但她那冷豔的面容、峭爽的話語，讓每一個殘暴的敵人想起來都要不寒而慄。在這一曲陰冷得讓人窒息的樂章裡，悲哀與感傷已是宋徽宗之流懦弱男人的奢侈品，頑強、頑劣才是那些魔窟豔麗們最有效的武器，當然，這種武器的功效極有限，於是柔福和玉箱用她們頑豔得十分濃烈、更十分豔麗的血，祭奠了本該由他們父兄去祭奠的民族魂魄。

哀感瀰漫在天幕，頑豔才是天幕上的亮麗。

再現這種亮麗，必須要清雅明麗、柔婉幽峭的語言。

締結這種語言，除在古典文學修養上厚積薄發，還需要淡泊心態。

淡泊，在沉靜中矢志追求，超乎尋常功利目的、獨享愜意的淡泊。

而在沉靜與淡泊之後，還有一股激情在湧動。沒有激情，上述語言無法產生，刻意雕琢，便會矯揉造作。

六

歷史小說創作，最忌諱的不是不符合歷史，而是拘泥於歷史。特別是作者在創作時，經常想到熟知這段歷史的人會如何評價，那恰恰墜入了史家們施展僵化天規的圈套。在這一點上，最幸運的是司馬遷，因爲在他之前，雖然有許多有名的史家，卻無一本體大思精的史書，於是他在寫人物傳記時，便創造出了精彩絕倫的小說。如果讓他與班固換一個位置，他註定無法寫出舉世稱道的《史記》來。

於是後來的歷史，多爲斷爛朝報，其中許多都像「假柔福」片斷一樣，早被文人的無知和無恥刻意雕飾過多回。歷史學家們對斷缺了的鏈條、被僞造了的史實只能哀歎，唯有小說家才有還原歷史眞相的權利和能力。歷史小說追求想像中的原味眞實，絕不是史料上的貌似眞實。値得憂慮的是，歷史小說家常常走進左道旁門，愈是摯愛自己筆下的人物，愈想將他（她）與眞實的歷史相關聯，因而時常模糊了焦點。由於不是歷史專業出身，《柔福帝姬》的作者常被歷史眞相如何如何而干擾，甚至不時用注解來爲自己辯白，從而分散了自己的良苦用心，讓想像中的歷史失去點原味，也讓小說失去些許詩意。其實不學歷史是米蘭的幸運，愈是食古不化的人愈會墜入陷阱。本人在寫《萬古風流蘇東坡》時也曾因此而不停失足，於是不得不靠穿插著去寫刻意超越史料的《怪傑徐文長》（華藝出版社二〇〇四年版，一卷），來稀釋被所謂「眞實有據」固化了的滯澀之墨。

至關重要的在於，永遠不要讓你的人物失去目的。沒有目的，人物就失去了驅力。許多人在追求目的的時候會不擇手段，愈是不擇手段，愈能展現他或她的性格的發展與變化，甚至是人格扭曲。柔福帝姬少女時的生活目的，一是能和愛自己的人朝夕相處，另一個追求的是天性不受拘束，對她來說，康王趙構是能夠滿足她的唯一依賴。國破身污之後，她的第一個生存目的雖沒泯滅，卻被另一個目的所取代了，那就是復仇雪恥。儘管知道趙構已經無法滿足她的第一個追求，但她依然生活得很有信心，她一直以爲當上了皇帝的九哥能夠幫助自己實現願望，並且認爲那也應是九哥的願望。然而皇帝的位置扭曲了趙構，她的夢幻因之一步步破滅，於是她的生存也就一天天地沒了意義。當韋氏來到杭州，變成南宋王朝的皇太后之後，趙構爲了母親的面子，也是自己的面子，別說她的願望、就連她的生命與尊嚴也棄若敝屣，柔福活著又有什麼意思？從容赴死，便是她最恰當、也是最適意的抉擇。

《柔福帝姬》成功地做到了這一點，但做得尚不徹底。關鍵在於對柔福的生存價値的另外一半——

趙構的生存目的尙有含混，與二人命運休戚相關的完顏宗雋的生存目的也較單一。按照本書開始的邏輯，趙構在他們渾渾噩噩的父兄中是個出類拔萃者，作爲康王的他，曾經把振興朝廷、抵禦外侮作爲使命。可是，一旦身爲大宋皇帝，他的生存目的迅速改變爲如何保全自己的皇位，於是岳飛的精忠報國、柔福的矢志復仇，都成了趙構大目的的犧牲品。與此同時他還有另一個願望，就是修復被戰亂摧殘了的生命本能，讓自己的骨血承繼大宋皇位。任何對他生命本能的藐視，都是死罪，這是岳飛被害不可忽視的原因。柔福同樣如此。作者一開始就將柔福乳名選定爲「瑗瑗」，從而與宋孝宗趙瑗之名關聯，可謂別具匠心。當九哥失去了血性之後，瑗瑗把他的養子趙瑗視作實現復仇目的的希望，在這一點上，她與岳飛一樣，無意之間觸及了趙構的隱痛，何況柔福是世上知道皇帝這隱痛的少數幾個人之一。對趙構來說，維護命根子的顏面，比對父母之孝、兄皇之悌的顏面更爲重要，最終，他用孝順母親的顏面遮掩著維護命根子的顏面，在背叛自己少年壯志的同時背叛了自己那份看似畸形實質確曾純眞的情感。如果作者能將這種目的改變、驅力置換更清楚地演繹出來，某些線民就不會產生她在美化趙構的錯覺了。

作者同樣著力刻畫的，還有趙構的吳皇后。歷史上的吳皇后是個既知書達禮、又頗有武略的京城女性，十四歲時被選進康王府，後來與趙構同歷艱險，曾經救駕，最終被立爲國母。但她與史書中多數女性一樣，雖然貴爲皇后，也沒有自己的名字。在《柔福帝姬》裡，吳氏被賜予瓔茀這個美妙的名字，並轉化爲柔福的侍女。北宋時期並沒有要求所有女人都要纏足，作爲使喚丫頭的侍女，瓔茀應是天足，正是這雙天足，讓她在後來的顛沛流離中施展勇武，從身後幫助趙構提起脊樑；也應是這雙天足，喚醒了柔福對天放的追求。在華陽宮的浮光掠影裡，瓔茀把既能得到柔福的信任、又能得到風情萬種的三皇子趙楷的垂青作爲目的。到了康王身邊，她的目的隨著自己作用的增大而不斷提升，最終定格爲天下女性最高的位置，爲此她能容忍一切，甚至處心積慮地討好周圍所有的人，從而變得既大度、又陰鷙。柔福的回歸給她提供了更多的施展權術和陰鷙的契機：利用柔福的任性好強和與趙構的曖昧關係，她輕而易舉地剷除了第一個對手潘賢妃；明知皇帝陽痿，卻給柔福創造與他亂倫共枕的條件，讓趙構的無能在柔福面前暴露無遺，同時也讓柔福在自己面前不再擁有優勢；深曉趙構忌諱立儲之議，卻讓柔福親近大有出息的皇養子；揣摩出趙瑗將是未來的皇位繼承人，卻將哺育之權讓給能與自己爭位的張婕妤，並不斷替她們母子張目。嬰茀將自己刻意裝扮成天下最爲賢淑、最爲無欲無求的女性，最終成了趙構情感上的唯一維繫。當韋氏從北國歸來，非要剷除柔福不可時，她毫不猶豫地出賣了自己原先的主子，並且落井下石，透露出柔福曾與九哥亂倫的隱秘，從而爲韋氏提供更重要的口實，也徹底斷絕了趙構袒護柔福的後路。遺憾的是小說在駕馭這個極爲複雜的人物時略顯力不從心，在關鍵的情節上沒能做到入木三分、力透紙背，因而嬰茀的性格弧線尚不及趙玉箱那樣圓潤。誠然，對一個涉世尚淺的年輕作者來說，此等要求也許太高，應該寄望於她未來的努力。

以上文字，與其爲「跋」，毋寧說一半是解讀，一半在與《柔福帝姬》的作者交流創作心得。不妥之處，恭請作者和讀者縱情抨擊。

乙酉立秋後十日，草於北京九龍家園龍吟齋

國家圖書館出版品預行編目資料

柔福帝姬（下）此花幽獨／米蘭 Lady 著；——初版．
——臺中市：好讀，2012.11

面：　公分，——（眞小說；19）

ISBN 978-986-178-255-3（平裝）

857.7　　101014284

好讀出版

真小說 19

柔福帝姬（下）此花幽獨

作　　者／米蘭 Lady
總 編 輯／鄧茵茵
文字編輯／莊銘桓
美術編輯／鄭年亨
行銷企畫／陳昶文
發 行 所／好讀出版有限公司
台中市 407 西屯區何厝里 19 鄰大有街 13 號
TEL:04-23157795　FAX:04-23144188
http://howdo.morningstar.com.tw
（如對本書編輯或內容有意見，請來電或上網告訴我們）
法律顧問／甘龍強律師
承製／知己圖書股份有限公司　TEL:04-23581803

總經銷／知己圖書股份有限公司
http://www.morningstar.com.tw
e-mail:service@morningstar.com.tw
郵政劃撥：15060393　知己圖書股份有限公司
台北公司：台北市 106 羅斯福路二段 95 號 4 樓之 3
TEL:02-23672044　FAX:02-23635741
台中公司：台中市 407 工業區 30 路 1 號
TEL:04-23595820　FAX:04-23597123

初版／西元 2012 年 11 月 1 日
定價／250 元
如有破損或裝訂錯誤，請寄回知己圖書台中公司更換

Published by How-Do Publishing Co., Ltd.
2012 Printed in Taiwan

ISBN 978-986-178-255-3

讀者回函

只要寄回本回函，就能不定時收到晨星出版集團最新電子報及相關優惠活動訊息，並有機會參加抽獎，獲得贈書。因此有電子信箱的讀者，千萬別吝於寫上你的信箱地址

書名：柔福帝姬（下）此花幽獨

姓名：______________ 性別：□男 □女　生日：____年____月____日

教育程度：____________________

職業：□學生 □教師 □一般職員 □企業主管

□家庭主婦 □自由業 □醫護 □軍警 □其他____________________

電子郵件信箱（e-mail）：____________________ 電話：______________

聯絡地址：□□□ ____________________________________

你怎麼發現這本書的？

□書店 □網路書店（哪一個？）______________ □朋友推薦 □學校選書

□報章雜誌報導 □其他____________________________________

買這本書的原因是：____________________________________

□內容題材深得我心 □價格便宜 □封面與內頁設計很優 □其他__________

你對這本書還有其他意見麼？請通通告訴我們：

____

你買過幾本好讀的書？（不包括現在這一本）

□沒買過 □ 1 ～ 5 本 □ 6 ～ 10 本 □ 11 ～ 20 本 □太多了

你希望能如何得到更多好讀的出版訊息？

□常寄電子報 □網站常常更新 □常在報章雜誌上看到好讀新書消息

□我有更棒的想法____________________________________

最後請推薦五個閱讀同好的姓名與 E-mail，讓他們也能收到好讀的近期書訊：

1. ____

2. ____

3. ____

4. ____

5. ____

我們確實接收到你對好讀的心意了，再次感謝你抽空填寫這份回函

請有空時上網或來信與我們交換意見，好讀出版有限公司編輯部同仁感謝你！

好讀的部落格：http://howdo.morningstar.com.tw/

請填妥後對折黏貼，直接投郵即可，無須貼郵票。

廣告回函
台灣中區郵政管理局
登記證第 3877 號
免貼郵票

好讀出版有限公司　編輯部收

407 台中市西屯區何厝里大有街 13 號
電話：04-23157795-6　傳眞：04-23144188

沿虛線對折

購買好讀出版書籍的方法：

一、先請你上晨星網路書店 http://www.morningstar.com.tw 檢索書目
或直接在網上購買

二、以郵政劃撥購書：帳號 15060393 戶名：知己圖書股份有限公司
並在通信欄中註明你想買的書名與數量

三、大量訂購者可直接以客服專線洽詢，有專人爲您服務：
客服專線：04-23595819 轉 230 傳眞：04-23597123

四、客服信箱：service@morningstar.com.tw